# CONTES

## DU CHEVALIER

# De Boufflers

TIRAGE A PETIT NOMBRE

STANISLAS DE BOUFFLERS

DE L'ACADÉMIE FRANÇAISE

Ad. Lalauze sc.

Imp. A. Quantin

# CONTES

## DU CHEVALIER

# De Boufflers

### DE L'ACADÉMIE FRANÇAISE

Avec une Notice bio-bibliographique

PAR

## OCTAVE UZANNE

## PARIS

A. QUANTIN, IMPRIMEUR-ÉDITEUR

7, RUE SAINT-BENOIT

### 1878

# NOTICE SUR LA VIE

## ET LES ŒUVRES DE BOUFFLERS

Boufflers, c'est Voisenon le Grand.

SAINT-LAMBERT.

N ne saurait mieux portraire un écrivain et mettre en relief ses qualités, son talent, ses faiblesses ou ses vices, qu'en reproduisant fidèlement les jugements sincères de ses contemporains. Dans ce but, il faut opposer la critique à l'éloge, mettre en contraste deux opinions,

a

et par la comparaison affaiblir ce que l'une a
d'excessif en mitigeant ce que l'autre pourrait avoir
de trop acerbe. Le verdict de la Postérité n'est le
plus souvent rendu qu'après l'audition des documents
contraires relatifs à un même personnage ; on doit
faire ombre au tableau, et nous placerons en présence, dès le début de cette Notice, deux portraits
du Chevalier de Boufflers, qui sont recommandables
à tous égards par leur impartialité notoire et leur
bonne origine.

Le Prince de Ligne, cet homme d'action et
d'épée, cet observateur qui voit si juste avec son
admirable vivacité d'esprit et sa causticité bien-
veillante ; le Prince de Ligne, qui aimait Boufflers
et qui visait avec une certaine prétention à égaler
ses manières [1]; ce même Prince de Ligne qui écrivait : « J'aime mieux une chanson d'Anacréon que
l'Iliade et le Chevalier de Boufflers que le Dictionnaire encyclopédique, » nous a laissé le joli
portrait qui suit, relevé par la coquetterie du style,

---

[1]. Madame du Deffant, dans une lettre à Horace Walpole
(3 août 1767) parle ainsi du Prince de Ligne, comme venant
de faire sa connaissance : « Il est doux, dit-elle, poli, bon enfant, un peu fou ; il voudroit, je crois, ressembler au Chevalier de Boufflers, mais il n'a pas, à beaucoup près, autant
d'esprit ; il est son *Gille.* »

*et qui n'est certes pas le moins délicat dans cette galerie de délicieux pastels et de fidèles peintures d'une société qui allait disparaître* [1] :

« M. de Boufflers a été successivement abbé, militaire, écrivain, administrateur, député, philosophe, et, de tous ces états, il ne s'est trouvé déplacé que dans le premier. M. de Boufflers a beaucoup pensé, mais, par malheur, c'était toujours en courant ; son mouvement est ce qui nous a le plus volé de son esprit. On voudrait pouvoir ramasser toutes les idées qu'il a perdues sur les grands chemins avec son argent. Peut-être avait-il trop d'esprit pour qu'il fût en son pouvoir de le fixer, quand le feu de la jeunesse lui donnait tout son essor. Il fallait que cet esprit fît tout de lui-même et maîtrisât son maître ; aussi a-t-il brillé d'abord avec tout le caprice d'un feu follet, et l'âge seul pouvait lui donner la sagesse d'un fanal. Une sagacité sans bornes, une profonde finesse, une légèreté qui n'est

---

1. *Œuvres du Prince de Ligne.* Bruxelles et Paris, 1860, in-12, tome 3, page 300. Boufflers fut très-lié avec cet écrivain d'un esprit français de pure race. On trouve dans ses poésies trois stances : *Au Prince de Ligne,* dont voici la première :

> Mon Prince est à la fois Turenne et Timaret,
> Favori de Palès et de la Renommée,
> Il a tous les talents : je crois qu'il mènerait
> Un troupeau de moutons aussi bien qu'une armée.

*jamais frivole, le talent d'aiguiser des idées par
le contraste des mots, voilà les qualités distinctives
de son esprit, à qui rien n'est étranger. Heureuse-
sement, il ne sait pas tout, mais il a pris la fleur
des diverses connaissances et surpendra, par sa profondeur, tous ceux qui le savent léger, et, par sa
légèreté, tous ceux qui ont découvert combien il
pouvait être profond. La base de son caractère est
une bonté sans mesure ; il ne saurait supporter
l'idée d'un être méchant et donnerait jusqu'à son
plus strict nécessaire pour s'en délivrer ; il se pri-
verait de pain pour nourrir même un ennemi : ce
pauvre méchant ! dirait-il.*

*« Il a de l'enfance dans le rire et de la gaucherie
dans le maintien ; la tête un peu baissée, les pouces
qu'il tourne devant lui comme Arlequin, ou les mains
derrière le dos, comme s'il se chauffait ; des yeux
petits et agréables, qui ont l'air de sourire, quelque
chose de bon dans la physionomie ; du gai, du naïf
dans sa grâce ; une pesanteur apparente dans la
tournure et du mal tenu dans toute sa personne. Il a
quelquefois l'air bête de La Fontaine ; on dirait qu'il
ne pense à rien lorsqu'il pense le plus ; il ne se met
pas volontiers en avant, et n'en est que plus piquant
lorsqu'on le recherche. La bonhomie s'est emparée de
ses manières et ne laisse percer sa malice que dans*

*ses regards et son sourire. Il se défie tellement de son talent pour l'epigramme, qu'il penche trop, peut-être, du côté opposé. Il a l'air de prodiguer des louanges pour empêcher la satire d'éclore, mais leur excès les rend suspectes. Il est impossible d'être meilleur ni plus spirituel ; mais, chez lui, ces deux qualités ont peu de communications entre elles, et, si son esprit n'a pas toujours de la bonté, quelquefois aussi sa bonté pourrait manquer d'esprit.* »

*N'est-t-il pas brillant, chaud, coloré, plein de tact, de grâce, d'éclairs, et parfait dans sa précision, ce Boufflers en pied ? Ne forme-t-il pas une des bonnes pages échappées à ce Prince de Ligne qui livra à ses petits-neveux tant d'aperçus merveilleux sur son époque, tant de portraits exquis ? — Opposons cependant l'ombre à ces rayons lumineux ; mettons une sourdine à ce style gai, loyal et franc ; à ce médaillon qui charme, faisons succéder un croquis à la mine de plomb, attribué à Laclos* [1] *et qui est digne de lui et de sa mordacité.*

« Fulber *eût été le plus heureux des hommes s'il avait pu demeurer toujours à vingt-cinq ans : écrits voluptueux, couplets amusans, vers agréables, cette foule de riens qui font les hochets d'une jeunesse*

---

1. Ce portrait de Boufflers, sous le nom de *Fulber*, se trouve dans la *Galerie des États généraux*.

partagée entre l'amour et les talens donnent une espèce de célébrité ; mais, lorsque la raison vient revendiquer ses droits, elle rougit des succès dus à de si petites causes. Fulber en est à ces tristes expériences ; il a voulu faire succéder la vérité aux contes, la pensée au coloris, la méditation à la poésie. Quel a été son étonnement, lorsque l'habitude des choses frivoles a rendu pénible l'usage de l'esprit appliqué à des vues plus utiles ! Fulber abonde dans ce qu'on appelle esprit, et il parle comme quelqu'un qui a besoin de ne rien perdre. Né sérieux, il veut être gai ; frivole, il veut être grave ; bon, il veut être caustique ; paresseux, il veut jouer le travailleur. Il court après les petits succès et paraît les dédaigner. A peine fut-il parvenu au fauteuil qu'il plaisanta sur les honneurs académiques. Il est né quatre-vingts ans trop tard. Du temps des Fontenelle, des La Mothe, des Gresset, il eût brillé sur le Parnasse français ; à l'époque où nous nous trouvons, qu'est-ce que l'esprit tout seul, ou de l'esprit poétique, ou de l'esprit d'Académie, ou de l'esprit de boudoir, ou de l'esprit des soupers ? Nous évitons à un certain âge le ridicule des couleurs tendres, de la danse et autres amusements :

> Qui n'a pas l'esprit de son âge
> De son âge a tout le malheur. »

L'auteur des Liaisons dangereuses dut faire mordre cette eau-forte à la manière noire vers 1789; il y a beaucoup de vérité dans ces quelques lignes, mais peut-être aussi y trouve-t-on un peu de malice jalouse et ombrageuse : nous préférons ce résumé piquant du Chevalier par Rivarol, qui le caractérise ainsi avec esprit : « Abbé libertin, Militaire philosophe, Diplomate chansonnier, Émigré patriote, Républicain courtisan. » — C'est tout Boufflers en essence.

## II

Les biographes semblent d'accord pour donner l'être à Boufflers en 1737 à Lunéville [1]; c'est là une double erreur que M. A. Jal, cet érudit orthopédiste de l'histoire et de la biographie, s'est plu à relever avec soin [2]. Stanislas de Boufflers naquit à Nancy, en mai 1738, ainsi que l'atteste l'acte de naissance et de baptême conservé aux archives de la mairie de

1. La Biographie universelle de Michaud, la France littéraire de Querard et la Nouvelle Biographie générale de Didot font naître Boufflers à Lunéville en 1737. — Larousse porte la date de 1838 à Lunéville. — Boufflers eut un frère aîné, Charles-Marc-Jean-François Régis, qui naquit à Lunéville et y fut baptisé en 1736, et une sœur, devenue par la suite Madame de Boisgelin.

2. Dictionnaire critique de Biographie et d'Histoire, par A. JAL, in-4°, 1772. M. Jal, p. 260 et suivantes, a écrit un excellent précis biographique sur Boufflers.

Lunéville. « *Stanislas-Jean, fils légitime de haut et puissant Seigneur, Messire Louis-François, Marquis de Boufflers, Capitaine de dragons, pour le service de Sa Majesté Très-Chrétienne, et de haute et puissante Dame, Madame Marie-Catherine de Beauveau-Craon, son épouse, étant né à Nancy, le 31 mai 1738, fut ondoyé le lendemain, dans la petite paroisse de Saint-Roch. Les cérémonies ayant été différées, par ordre de M^gr l'Évêque, ont été suppléées le 21 juin de la même année dans la Chapelle du Roi. Il a eu pour Parrain et Marraine le Roi et la Reine, qui ont signé avec moi. (Signé) Stanislas, Roi — Catherine — C. Verlet, curé de Lunéville.* » *Cet acte ne laisse aucun doute. Notre chevalier vint donc au monde à Nancy* [1] *cette même année où son royal parrain Stanislas signait le traité de Vienne, par lequel il renonçait à la Pologne, en recevant de la Maison d'Autriche la souve-*

---

1. Ou du moins près de Nancy, car le Chevalier de Boufflers, qu'on devait appeler plus tard : *Le plus errant des Chevaliers*, reçut le jour sur une grande route. Madame de Boufflers fut prise des douleurs de l'enfantement en se rendant en Lorraine et accoucha en rase campagne; un magistrat qui se trouvait avec la Marquise lui servit de sage-femme. Un fataliste ne tirerait-il pas de cette façon d'entrer dans la vie l'origine de toutes les aventures qui sillonnèrent la vie du Chevalier de Boufflers, lequel courut les grandes routes à tout âge et faillit cent fois y mourir?

*raineté viagère des Duchés de Bar et de Lorraine.*

*La Marquise de Boufflers, sa mère, femme du Capitaine aux gardes de Boufflers-Remiencourt et sœur du Maréchal–Prince de Beauveau et de Madame de Mirepoix, joignait à infiniment d'esprit une rare beauté et un tel enjouement, que le bon vieux Roi de Pologne en était devenu amoureux à l'extrême et se laissait volontiers gouverner par elle. Voltaire insinuait brutalement qu'elle était la maîtresse du beau-père de Louis XV, et les courtisans plus réservés la surnommaient malicieusement :* La Dame de volupté[1]. *Madame de Boufflers faisait les honneurs de cette*

---

1. La Marquise de Boufflers mourut en 1787. Elle se composa elle-même cette cynique épitaphe, qui résume assez bien son esprit et ses mœurs :

> Ci-gît, dans une paix profonde,
> Cette *Dame de volupté,*
> Qui, pour plus grande sûreté,
> Fit son paradis en ce monde.

Boufflers adressait à sa mère les plus galantes exhortations, qui révoltent aujourd'hui le sens moral.

> Reniez Dieu, brûlez Jérusalem et Rome,
> Pour docteurs et pour saints n'ayez que les amours.

Un jour, la peu crédule marquise jurait qu'elle ne pourrait jamais aimer Dieu. « Ne jurez de rien, lui répondit son fils ; si Dieu se faisait homme une seconde fois, vous l'aimeriez tout comme un autre. » Ce mot rappelle un propos analogue tenu par Mlle Arnould.

*petite Cour de Lunéville où régnait ce nouveau Duc de Lorraine et de Bar ; elle était la vie et l'ornement de toutes les fêtes qu'on y donnait, et répandait dans son entourage la gaieté, la grâce et le plaisir. Le Roi Stanislas avait fondé dans son semblant de royaume une royale société des sciences et des lettres, et il s'était formé autour du* Philosophe bienfaisant [1] *une académie des plus beaux esprits du siècle. Voltaire, Saint-Lambert, Moncrif, Tressan, Helvétius, le Président Hénault, M^{mes} du Châtelet, de Grammont et beaucoup d'autres s'y donnaient souvent rendez-vous et composaient ainsi une Cour sans pareille, que Versailles eût pu jalouser.*

*C'est dans ce milieu littéraire, spirituel et galant que le chevalier de Boufflers fit ses premiers pas. Son esprit, tout d'abord, sembla engourdi, il se développa lentement, et le filleul de Stanislas reçut dans sa première jeunesse la dénomination peu flatteuse de* Pataud. *Cependant les brouillards qui obscurcissaient cette intelligence à son aurore ne devaient pas tarder*

1. La Société des lettres que Stanislas avait fondée lui décerna ce surnom, que la France confirma. Stanislas Leczinski a laissé plusieurs volumes de morale, de politique et de philosophie qui ont été réunis sous le titre de: *Œuvres du Philosophe bienfaisant*, 1765, 4 vol. in-8°. Les *Œuvres choisies de Stanislas, roi de Pologne*, ont été publiées en 1825, in-8°.

à se dissiper pour faire place à un excès de précocité : sa malice sautillante, ses petites polissonneries pleines d'astuce, ses remarques éveillées, sa curiosité même révélèrent un digne rejeton de la Marquise sa mère, et le fameux Père de Neuville, qui le vit à la campagne chez son aïeule, la Princesse de Craon, demeura émerveillé des remarquables dispositions de ce petit bonhomme. On lui donna pour précepteur l'abbé Porquet[1], homme superficiel, qui avait de la littérature et tournait assez agréablement le vers, mais qui était abbé mondain, frivole et sans convictions. C'est ce même abbé Porquet, plus tard aumônier de la maison du Roi de Pologne, qui, la première fois

---

1. Pierre-Charles-François Porquet naquit à Vire en 1728, et mourut en 1776. La marquise de Boufflers le protégea et le fit admettre dans les réunions les plus intimes. Il fut grand bailli de Nancy et membre de l'Académie de cette ville. On trouve quelques pièces de vers de lui dans les *Almanachs des Muses* et d'autres recueils. Dans le *Journal de Fréron*, il signait quelquefois: *Le petit vieillard.* Voici l'épitaphe qu'il se fit:

> D'un écrivain soigneux, il eut tous les scrupules.
> Il approfondit l'art des points et des virgules,
> Il pesa, calcula tout le fin du métier,
> Et, sur le laconisme, il fit un tome entier.

On a de l'abbé Porquet un *Discours de réception*, prononcé en 1746 à l'Académie de Nancy, et des *Réflexions sur l'usure*. Le *Magasin encyclopédique* de 1807, tomes II et III, contient une intéressante notice sur cet abbé.

qu'il parut à la table de Stanislas, dans ses nouvelles
fonctions, scandalisa si fort le monarque, au dire de
Laharpe, en montrant sa coupable ignorance du bene-
dicite. Un tel instituteur, qui était plus âgé que son
élève de dix ans à peine, ne devait pas exercer sur
celui-ci une autorité bien terrible ; le maître et le disciple devinrent bons camarades et rimèrent bientôt
ensemble sur les femmes, l'amour et la folie.

Jean-Stanislas de Boufflers, en dépit de cette
éducation, qui n'eut certes rien de sacerdotal, fut de
bonne heure destiné à l'état ecclésiastique, non par un
sentiment de délicatesse et de piété ou par une vocation qu'on n'aurait pu découvrir en lui, mais plutôt
par orgueil, par ambition et par lucre. L'Église
était alors une carrière estimée pour les cadets de
bonne maison ; et comme les Boufflers ne s'étaient encore illustrés que par les armes, la famille du jeune
homme pensa qu'un chapeau rouge à l'horizon, et, en
l'attendant, quelque gros archevêché et de bons bénéfices
conviendraient à merveille au descendant d'un Maréchal
de France : Boufflers devint un apprenti évêque au séminaire de Saint-Sulpice, où il fut placé vers 1759 ;
il y fit d'assez bonnes études, y apprit la théologie,
fut considéré comme fort latiniste ; mais la foi, l'ardente piété, l'idée de Dieu étaient absentes de ce cœur
fait pour le monde et ses jouissances les plus vives.

*Sa folie naturelle excitée par la réclusion, son ima-*
*gination passionnée lui firent composer au sein même*
*du séminaire des couplets d'une licence outrée, comme*
*ceux de sa chanson :* Mon plus beau surplis[1]*, qui*
*dépasse en indécence tout ce que Parny, Piron et*
*Grécourt ont écrit dans ce genre de plus grivois.*

*Le Chevalier, il faut le dire, n'avait puisé à la*
*Cour de Lunéville que des exemples frivoles et per-*
*nicieux bien inhérents à son époque. Le libertinage*
*qui avait environné son enfance, la galanterie* offi-
cielle *de sa mère, la vue de la vertu misérable et du*
*vice triomphant, les mœurs relâchées, coquettes et pro-*
*voquantes qui ne lui offraient que des images volup-*
*tueuses et friponnes, les aventures piquantes et décol-*
*letées qu'il entendait narrer à chacun, cette théorie*
*succincte de la passion, qui consistait à* avoir *une*
*femme ou à se* laisser *posséder par un homme, tout*
*ce dévergondage avait laissé sur la virginité de ses*
*premières sensations et sur son tempérament déjà dis-*
*solu une chaude et ineffaçable empreinte. —* « *En*
*pensant à cette Cour de Lunéville, écrivait plus tard*
*Boufflers, je crois plutôt me souvenir de quelques*

1. Cette chanson, trop gaillarde pour être reproduite ici,
se trouve p. 149 des *Contes théologiques, suivis des litanies*
*des catholiques du dix-huitième siècle*, à Paris, de l'Imprimerie de la Sorbonne, 1783 (1793), in-8°.

pages d'un roman que de quelques années de ma vie. »

Le gouvernement de la France, selon un mot d'alors, était une monarchie absolue tempérée par des chansons ; l'esprit primait si fort le sentiment, qu'on le mettait à la place de l'âme ; jouir semblait résumer la vie des grands, et le cœur n'était plus qu'un sens, qu'un mot honnête destiné à couvrir un autre mot qui ne l'était pas. L'aumônier du roi Stanislas, l'abbé Porquet lui-même, le précepteur de Boufflers, tenait des discours si libres et croyait si peu en Dieu, que le vieux monarque lui disait spirituellement : « L'abbé, il faut vous modérer, tâchez de croire à la religion dont vous êtes l'apôtre ; je vous donne un mois pour cela [1].

« Le monde que Boufflers voyait dans ses jours de congé, dit M. A. Jal, dans sa courte notice sur notre poète [2], ce monde était frivole et libertin, et comme les choses sérieuses n'étaient point pour lui plaire, il reçut de ses fréquentations des impressions qui développèrent en lui le goût d'une littérature qui avait fait un nom, dans les ruelles, à Bernis, abbé

---

1. Le sens de cette saillie du roi Stanislas nous est fourni par Champfort dans ses *Caractères et Anecdotes*.

2. *Dictionnaire critique de Biographie et d'Histoire*, p. 261, col. 3.

*et membre de l'Académie française. Il referma, pour ne plus les ouvrir, la* Somme *de saint* Thomas *et la* Cité *de Dieu de saint Augustin, et ouvrit, pour ne plus les refermer, les historiettes grivoises de* La Fontaine *et de* Vergier. *Ce furent ses derniers rudiments. — Il avait encore l'habit des Sulpiciens, lorsqu'à l'âge de vingt-trois ans, il composa et fit connaître son conte* d'Aline, Reine de Golconde[1], *qui eut d'abord un succès d'étonnement, et qui fit vite son chemin dans les cercles de la belle société. Bien que le clergé ne fût guère austère, il y eut une certaine révolte contre la faveur accordée à ce petit ouvrage qu'avouait un jeune lévite; la pudeur se mêla de l'affaire, et l'on décida que M. de Boufflers devait renoncer à sa muse libertine ou à l'étude des canons de l'Église. »*

*On ne saurait se faire une idée exacte aujourd'hui de l'engouement qu'excita le délicieux conte* d'Aline; *Grimm en parle avec enthousiasme :* « J'aimerais mieux

---

1. Le titre primitif était: *la Reine de Golconde.* Boufflers dut composer ce conte vers les premiers jours de l'année 1761. Grimm en adressait une copie à ses correspondants au mois de juillet de cette année : « La *Reine de Golconde* est de M. l'abbé de Boufflers, dit-il (à la date du 15 juillet 1761). Il paraît par ce conte, qui est très-joli, que M. l'abbé de Boufflers a plus de vocation pour le métier de bel esprit que pour celui de prélat. »

avoir fait la Reine de Golconde *que tous les* Contes
moraux *de Marmontel, dit–il* [1]*, quoique le premier
ne porte pas le titre de* Conte moral. » *Ce fut une
fureur pendant plus de six mois ; d'innombrables
copies d'*Aline *couraient de ruelle en ruelle, de
salon en salon, de société en société ; on s'arrachait
ces manuscrits, on ne parlait que du conte et de
l'auteur.* Boufflers *eut une vogue qu'il n'avait point
cherchée, mais qui n'en fut que plus rétentissante
et le mit de plain-pied dans le domaine de la
galanterie. Toutes les femmes voulurent connaître
l'heureux amant de la jolie laitière, cet écrivain simple et charmant qui avait su, par la fraîcheur et la
jolie tournure de son style, exciter la curiosité d'un
public blasé par les fadeurs de tant de petits romans.
Les Douairières se faisaient lire cette* Bagatelle *et
souriaient en applaudissant ; à Versailles, la cour
entière était sous le charme, et Madame de Pompa-
dour prit un intérêt si vif à la lecture d'*Aline*, il lui
en resta une impression si favorable, à ce que nous
apprend Bachaumont, que, dès ce jour, elle conçut
l'idée de la petite ferme rustique et des jardins du
Petit-Trianon. Elle voulut avoir des vaches, les
traire elle-même, et revêtir parfois le corset et le*

---

1. *Grimm, Correspondance,* 15 mai 1763. Édition Tourneux, tome V, p. 285.

cotillon blanc d'Aline pour séduire de nouveau, sous ce travestissement coquet, son royal et très-volage amant.

Tout Saint-Sulpice avait lu en cachette ce conte, qui n'était signé que des initiales M. D * * *; le bruit qu'il excita parmi les camarades du petit Prélat fut si scandaleux, que celui-ci fut invité à réfléchir sur son impiété, et à décider, après un scrupuleux examen de conscience, si sa vocation pour l'épiscopat était des plus inébranlables. — Le Chevalier ne fut pas Tartuffe; il s'écria avec toute la franchise de son beau naturel, qu'il renonçait volontairement à la Pourpre et au Chapeau, pour se lancer dans la carrière des armes; il troqua le petit collet contre la croix de Malte, ce qui ne l'empêchait pas de se conserver quarante mille livres de rente que le roi Stanislas lui avait conférées par des bénéfices en Lorraine. L'Abbé de Boufflers redevint le Chevalier de Boufflers, comme devant; sa qualité de Chevalier de Malte lui donnait le droit étrange d'assister à l'office divin en uniforme et en surplis, de sorte qu'on put le voir plus tard, à la fois Prieur et Capitaine de hussards, offrir ses vœux à l'Éternel dans ce bizarre accoutrement d'un abbé d'épée, le blanc surplis, aux ailes longues et plissées, sur les épaules, et le sabre d'acier lui battant aux talons.

. *Voici une lettre de Boufflers[1], adressée à l'abbé*
*Porquet au commencement de l'annnée 1762; c'est*
*une manière de confession, une auto-biographie de*
*cette période de son existence où sa carrière se des-*
*sine; nous la citerons en partie. Cette lettre spiri-*
*tuellement écrite montre Boufflers dans toute sa*
*belle humeur, son jugement et son esprit d'aventure :*

« *Enfin, mon cher abbé, me voici sur le point*
*d'exécuter un projet que mon esprit a toujours chéri,*
*et que votre raison a toujours blâmé : celui de*
*changer d'état. Ce n'est point une petite affaire que*
*de commencer, pour ainsi dire, une nouvelle vie à*
*l'âge de vingt-quatre ans; vous me direz peut-être*
*qu'il faudrait mettre à cela plus de réflexion que*
*mon âge et surtout ma vivacité ne me le permettent;*
*mais ne me condamnez pas sans m'avoir entendu une*
*dernière fois; et comme en matière de bonheur il n'y*
*a de véritables juges que les parties, laissez-moi,*
*s'il vous plaît, plaider et décider dans ma propre*
*cause.*

« *J'étais dans la route de la fortune; les pre-*
*miers pas que j'y avais faits suffisaient pour m'en*

---

1. Voyez *Correspondance de Grimm*, édition Tourneux,
tome VI, à la date du 1er février 1765. — Cette lettre a
été réimprimée dans les *Œuvres posthumes de Boufflers*,
Paris, Louis, 1816, in-18, p. 83 et suiv.

assurer. *Les circonstances les plus favorables sem-*
*blaient rassemblées pour présenter à mon imagina-*
*tion l'avenir le plus brillant. Sans aucun mérite,*
*j'aurais pu, comme bien d'autres, obtenir encore*
*quelques bénéfices ; avec un peu d'hypocrisie, je*
*serais probablement devenu Évêque, peut-être, avec*
*un peu plus de friponnerie, Cardinal : qui sait si*
*quelques ruses et quelques intrigues de plus ne*
*m'auroient point mis à la tête du clergé? Mais j'ai*
*mieux aimé être aide de camp dans l'armée de Sou-*
*bise :* Trahit sua quemque voluptas. *La première*
*règle de conduite n'est point de devenir riche et puis-*
*sant, c'est de connaître ses véritables désirs et de les*
*suivre. Alexandre, avec l'or de l'Asie dans ses*
*coffres, et le sceptre de l'Univers dans ses mains,*
*cherchait le bonheur dans Babylone, et un petit*
*pâtre de dix-huit ans le trouvera dans son hameau,*
*s'il obtient en mariage la petite paysanne qu'il*
*aime.*

« *Mais quittons Alexandre, et revenons à moi,*
*qui ressemble beaucoup plus au petit pâtre qu'à lui.*
*Vous savez qu'un songe bouillant, un esprit incon-*
*sidéré, une humeur indépendante sont les trois pre-*
*miers traits qui me caractérisent ; comparez ce*
*caractère-là avec tous les devoirs de l'état qne j'avais*
*embrassé, et vous me direz si j'y étais propre. Vous*

*n'ignorez pas de quelle impossibilité il est pour
moi, et de quelle nécessité il est pour un ecclésiastique de cacher tout ce qu'il désire, de déguiser tout
ce qu'il pense, de prendre garde à tout ce qu'il dit,
et surtout d'empêcher de prendre garde à tout ce
qu'il fait. Pensez de plus aux haines atroces, aux
noires jalousies, aux perfidies indignes qui habitent
encore plus dans les cœurs des prêtres que dans les
autres, et à toute la prise que ma simplicité, mon
indiscrétion, ma licence même auraient donnée sur
moi : vous conviendrez que je n'étais pas fait pour
vivre avec ces gens-là. Comptez-vous pour rien le cri
général qui s'était élevé contre la liberté de ma
conduite? Ce sont les sots qui crient, me direz-vous :
tant pis, vraiment, il vaudrait bien mieux que ce
fussent les gens d'esprit ; cela ferait moins de bruit.
Les sots ont l'avantage du nombre, et c'est celui-là
qui décide. Nous aurons beau leur faire la guerre,
nous ne les affaiblirons pas ; ils seront toujours nos
maîtres ; ils resteront toujours les rois de l'Univers ;
ils continueront toujours à dicter les lois, à assigner
tous les rangs de la société ; il ne s'introduira pas
une pratique, pas un usage, pas un devoir dont ils
ne soient les auteurs ; enfin ils forceront toujours les
gens d'esprit à parler et presque à penser comme
eux, parce qu'il est dans l'ordre que les vaincus par-*

lent la langue des vainqueurs. D'après l'extrême vénération dont vous me voyez pénétré pour la toute-puissance des sots, ai-je tort de chercher à rentrer en grâce avec eux, et ne dois-je pas regarder comme le plus beau moment de ma vie, celui de ma réconci-liation avec les premiers souverains du monde? Pardonnez-moi de m'égayer un peu dans le cours de mes raisonnements ; c'est pour m'aider et vous aussi à en supporter l'ennui. D'ailleurs, Horace, votre ami et votre modèle, permet de rire en disant la vérité, et le premier philosoophe de l'antiquité n'était sûrement pas Héraclite. J'aurais pu, me direz-vous, d'après mon respect pour l'avis des sots, quitter mon état sans en prendre un autre ; mais les sots m'ont dit qu'il fallait avoir un état dans la société. Je leur ai proposé d'avoir celui d'homme de lettres ; ils m'ont dit de m'en bien garder, parce que j'avais trop d'esprit pour cela. Je leur ai demandé ce qu'ils voulaient que je fisse, et voici ce qu'ils m'ont répondu : « Il y a quelques siècles que nous avons voulu que tu fusses gentilhomme ; nous voulons à présent que tout gentilhomme aille à la guerre. » Là-dessus je me suis fait faire un habit bleu, j'ai pris la croix de Malte, et je pars.

« Il doit vous rester à présent bien des objections à me faire sur la manière dont j'ai pris mon parti. Je me les suis déjà toutes faites à moi-même. Je vais vous les détailler avec toute la sincérité que vous me connaissez, et y répondre avec un sérieux que vous ne me connaissez pas.

« Vous pourrez me dire que je n'ai point assez consulté mes parents sur le parti que j'allais prendre, et que pourtant je devais assez compter sur leur tendresse et sur leurs lumières pour écouter leurs conseils. Il est vrai que je me suis contenté de faire part à ma mère et à mon frère [1] de mon projet sans les consulter ; mais je crois qu'il était inutile de le faire : ma résolution était formée ; je les aurais trompés si je leur avais demandé leur avis avec l'air d'être disposé à le suivre. S'ils avaient pensé comme moi, les choses auraient été comme elles vont ; s'ils avaient été contraires à mes idées, j'aurais souffert de ne point leur céder : j'ai mieux aimé manquer à une petite formalité que de les tromper ou de leur résister en face..... Le respect dû aux parents n'a point de terme ; l'obéissance en a un marqué par la nature : c'est celui de l'entier développement des organes de notre corps et de notre faculté d'esprit.....

« Vous me demandez si le Roi est averti de mon changement d'état. Le Roi m'a souvent questionné sur le plan que je voulais choisir, et j'ai eu le cou-

---

1. Le frère aîné de Boufflers. — Jean-François Regis de Boufflers.

rage de lui répondre, depuis environ dix-huit mois, que je ne me souciais pas d'avancer dans mon état ; que le bien qu'il m'avait fait jusqu'à présent me suffisait ; que l'ambition était un sentiment étranger à mon cœur, et que je me sentais plus fait pour être heureux que pour être grand. Là-dessus le Roi voulut bien me parler des projets qa'il avait conçus à mon sujet : il y aurait eu de quoi éblouir quelqu'un qui n'aurait point puisé la plus saine philosophie dans les leçons et dans les exemples de mon bienfaiteur même. Je répondis que le Roi pouvait ajouter aux grâces dant il m'avait comblé, mais qu'il n'ajouterait ni à ma reconnaissance ni à mon contentement, et que je gagnerais plus à imiter sa modération dans ma sphère qu'à accumuler ses bienfaits. Le Roi, surpris de ce que je posais, pour ainsi dire, des limites à sa bienfaisance, daigna agréer ma réponse, et depuis ce temps ne me proposa point de me rétracter.

« Je n'entreprendrai point de répondre aux gens qui m'accuseront de manquer de reconnaissance envers mon bienfaiteur ; je crains peu le reproche sur cet article : mon cœur parlera toujours plus haut que mes calomniateurs, et je puis d'avance assurer que tous les moments où l'on pourra dire ces horreurs-là de moi auront été marqués dans ma pensée par un tendre souvenir des bienfaits du Roi et par le désir vif de lui en rendre un jour le prix en les méritant. Vous connaissez le fond de mon âme; vous savez qu'un enfant qui aimerait son père et sa mère comme j'aime le Roi passerait les bornes de son devoir, si un tel devoir pouvait avoir des bornes......

‹ Concluez de ma longue lettre, mon cher abbé, et surtout du long temps que nous avons vécu ensemble, que je pourrai, comme il m'arrive souvent, être emporté loin de mes devoirs par la légèreté de mon esprit, par la vivacité de mon âge, par la force de mes passions, mais que je mourrai avant de cesser d'être honnête :

« Ante, pudor, quam te violo, aut tua jura resolvo. »

Ce fut, comme on le voit, sans hésitations, avec la plus cordiale franchise, que notre Sulpicien, qui n'avait rien d'un Tiberge, jeta aux orties sa soutane encore neuve, pour revêtir la soubreveste rouge, à croix blanche, des profès de l'ordre de Malte. L'épée dans sa main était mieux servie que le goupillon; les paroles d'amour sortaient plus librement, plus chaudement de son cœur que les prières; il chantait plus volontiers matines dans les alcôves, au milieu des aubades de baisers donnés et rendus, qu'au pied des autels ; et, lorsqu'il s'agissait de tourner un madrigal ou une chanson, de dompter un cheval, de sabrer un ennemi

ou de caresser une belle, le chevalier se redressait
de toute la hauteur de sa race guerrière et galante,
avec une crânerie qui lui seyait à merveille. Il était
à l'armée, comme dans les ruelles, plein de gaieté,
de folie ; il avait, dit Grimm, nommé un de ses chevaux
le Prince Ferdinand, un autre le Prince Héréditaire. Quand on venait le voir le matin, il appelait un
de ses palefreniers et lui demandait d'un grand sérieux
si le Prince Ferdinand et le Prince Héréditaire
étaient étrillés ? « Oui, Monsieur le Chevalier, » lui
répondait-on. « Je les fais étriller tous les matins,
disait-il alors à la compagnie ; vous voyez que j'en
sais plus long que nos Maréchaux. »

L'auteur de la Reine de Golconde fit avec éclat la
campagne de Hanovre. Il avait toutes les qualités
requises pour la guerre ; une bravoure innée, une furia
radieuse, le mépris du danger et le défaut même de
ces qualités, ce je ne sais quoi que nous traduisons aujourd'hui par : un cerveau brûlé. Entre deux batailles
sanglantes, dans les entr'actes de ses tueries, son
admirable esprit français reparaissait dans toute son
insouciance ; loin de songer à se reposer, il ne pensait
qu'à ses amours, et après avoir largement saccagé la
vie humaine, sa philosophie le poussait à rétablir
l'équilibre, en procréant de nouveaux petits combattants.

Faisons l'amour, faisons la guerre,
Ces deux métiers sont pleins d'attraits :
La guerre au monde est un peu chère ;
L'amour en rembourse les frais.
Que l'ennemi, que la bergère,
Soient tour à tour serrés de près...
Eh! mes amis, peut-on mieux faire,
Quand on a dépeuplé la terre,
Que de la repeupler après?

*Boufflers, à son retour de l'armée, rendu à Paris et à la vie facile, se livra tout entier à la dissipation, aux plaisirs de son âge, aux femmes, au jeu, aux chevaux — sa passion favorite. — Comme poëte sa réputation était faite : ses vers faciles, élégants, aimables, spirituels, d'une licence coquette et délicate, jamais grossière, mais juste assez osés dans leur libertinage pour faire rougir et sourire à la fois les Dames qui se plaisaient à les entendre ; ses petites poésies que Chamfort comparait aux meringues et à la crème fouettée, sa pièce du Cœur, surtout, qui, dans sa légèreté, était une véritable profession de foi libertine ; toutes ces ravissantes fleurettes qu'il savait cueillir avec art sur le Parnasse, dans le coin réservé aux Bernis, aux Parny, aux Grécourt, aux L'Attaignant ; sa conversation enjouée et frivole, enfin, lui donnèrent accès dans les cercles de la meilleure compagnie. — Le chevalier portait, du reste, avec lui la plus sûre des lettres de crédit : son visage, d'un gracieux ovale, mettait en relief deux petits yeux ardents, pétillants de désirs et d'audace, et ses lèvres sensuelles, retroussées aux commissures par une malice et un scepticisme du diable, savaient lancer le propos avec une langueur à la fois nerveuse et caressante.*

*Aux bonnes et belles manières, à une tournure noble et harmonieuse, Boufflers joignait un tempérament à la Casanova et une assurance de lui-même qui lui attirèrent plus de bonnes fortunes qu'à aucun gentilhomme de son époque. Il ne semblait créé que pour rendre hommage aux belles ; pour lui, point de cruelles ; il vole de conquête en conquête, sans prendre le temps d'être un* mourant; *il n'agonise amoureusement que pour renaître plus vaillant et, lorsqu'on songe à lui reprocher de n'avoir jamais aimé, d'être inconstant et de s'adresser aux hétaïres faciles, il s'écrie :*

Je le connais trop bien ce dangereux amour ;
Dès mes plus jeunes ans il reçut mon hommage,
Il n'est le plus souvent que l'ouvrage d'un jour,
Mais un jour ne peut pas détruire son ouvrage.
J'ai goûté ses douceurs, et j'ai senti ses coups ;
Je sais qu'il se nourrit de plaisirs et de larmes.
  Vous ne connaissez que ses charmes ;
  Ah ! je le connais mieux que vous.
  Las des mépris, des inconstances
  Dont furent payés tous mes soins,

Je cherchai d'autres jouissances,
Moins pures, il est vrai, mais qui me coûtaient moins.
J'eus recours, je l'avoue, à ces beautés faciles
Qui veulent de l'argent, et non pas des soupirs :
Elles ont essuyé, courtisanes habiles,
Les larmes de l'amour par la main des plaisirs.
  A l'amant qui leur plaît, ces belles,
Pour n'en point violer, ne font pas de serments :
Que de femmes, hélas ! devraient faire comme elles,
  Pour ne point tromper leurs amants [1]!

*Boufflers, quoiqu'il veuille bien affirmer le contraire, fit plus souffrir par son inconstance qu'il ne souffrit de celle de ses maîtresses ; au temps passager de son bel âge, les tendres feux lui semblèrent ennuyeux, la constance de mauvais ton ; ce fut un faune d'esprit et de gentillesse, comblé de faveurs comme le Dieu des jardins ; ce fut un séducteur, qui, avec une philosophie machiavélique, laissa parler son cœur, ne voulut jamais mêler l'absinthe de la jalousie et des pitoyables querelles au miel des amours soudaines, et qui trouva toujours sa grâce au pied des victimes immolées à son caprice.*

1. Ces vers sont adressés à **M.** de Choiseul, en réponse à une épître rimée de celui-ci. M. de Choiseul-Meuse (au nom de plusieurs Dames, dont il se faisait l'interprète) reprochait à Boufflers son libertinage : voy. *Mémoires secrets de la République des lettres*, à la date du 1er avril 1765.

Le tendre amour se blesse
De sermens indiscrets ;
Ne l'enchaînons jamais,
Pour le garder sans cesse.
   Avec nos feux,
   Avec nos vœux,
Qu'il finisse ou qu'il dure ;
Qu'il renaisse à chaque moment :
Mais qu'il renaisse librement ;
Car, dès qu'on songe à son serment,
   On est déjà parjure.

*Plus tard, il rachètera ses fautes, il sera bon mari, bon père, bon administrateur et bon fermier ; mais plus tard, ce ne sera plus Boufflers ; plus tard, il vivra des souvenirs passés, car la jeunesse doit enjuponner la mémoire, la tapisser de joyeuses équipées, la meubler avec les ris et les grâces : la jeunesse n'est que 'la pourvoyeuse des douces joies remémoratives de la vieillesse.*

Dans les jours de la folie,
On jouit sans rien prévoir ;
En avançant dans la vie,
Le bonheur n'est qu'un espoir :
La vieillesse encore projette ;
Mais, avant d'exécuter,
L'heure sonne, et l'on regrette
Sans avoir à regretter.

*Vers 1765, le Chevalier-poète résolut de faire un*

*pèlerinage à Ferney ; il alla à Voltaire comme on
va au soleil, avec l'aveuglement et la conscience du
génie lumineux, qu'il se préparait à timidement regarder en face. C'est dans ce voyage en Suisse
qu'il adressa à Madame sa mère cette correspondance espiègle, qui est une des plus gaies et des
plus spirituelles qui aient été écrites dans notre
langue. C'est un peu la manière de Chapelle et de
Bachaumont, mais avec plus de badinage et de vivacité dans le récit. Il partit en artiste, avec une légère
valise, comme un aimable coureur d'aventures ; et, afin
de conserver l'incognito, de déguiser sa condition,
il se présenta sous le nom de Monsieur Charles,
peintre au pastel.*

*Suivons-le un instant : Il passe à Soleure, arrive à
Genève et donne des aperçus charmants sur les mœurs et
les habitants de la Suisse. « La terre est ici cultivée
par des mains libres, écrit-il ; les hommes sèment pour
eux et ne récoltent pas pour d'autres. Les chevaux ne
voient pas les quatre cinquièmes de leur avoine
mangés par les rois ; les rois n'en sont pas plus gras,
et les chevaux le sont bien davantage. Les paysans
sont grands et forts, les paysannes sont fortes et
belles ; je remarque que partout où il y a de
grands hommes, il y a de belles femmes, soit que
les climats les produisent, soit qu'elles viennent*

*les chercher, ce qui ne serait pas décent. » A Genève, il s'enthousiasme sur le lac; il lui semble que l'Océan ait voulu donner à la Suisse son portrait en miniature; mais c'est la simplicité des habitants de Vevay qui le touche profondément. « On ne me connaît que comme peintre, dit-il dans sa troisième lettre à la Marquise de Boufflers; je suis traité partout comme à Nancy; je vais dans toutes les sociétés; je suis écouté et admiré de beaucoup de gens qui ont plus de sens que moi, et j'y reçois des politesses que j'aurais tout au plus à attendre de la Lorraine; l'âge d'or dure encore pour ces gens-là. Ce n'est pas la peine d'être grand seigneur pour se présenter chez eux, il suffit d'être homme. L'humanité est pour ce bon peuple-ci tout ce que la parenté serait pour un autre. » Plus loin, les Alpes le transportent, et il plaisante même leur majesté avec une certaine irrévérence et un goût douteux : « Oh! pour le coup, me voilà dans les Alpes jusqu'au cou. Il y a des endroits ici où un enrhumé peut cracher à son choix, dans l'Océan ou dans la Méditerranée. Où est Pampan¹? c'est ici qu'il ferait beau le voir grossir les deux mers de sa pituite,*

---

1. C'était un des amis communs de M^mes de Boufflers et de son fils à la petite cour de Lunéville; il se nommait M. Devaux. Boufflers a fait des couplets sur lui.

au lieu d'en inonder votre chambre. Où est l'abbé Porquet? que je le place, lui et sa perruque, sur le sommet chauve des Alpes, et que sa calotte demeure, pour la première fois, le point le plus élevé de la terre. »

C'est dans ce même voyage que Boufflers se lia avec le célèbre Haller, et soutint avec lui une conversation de cinq heures devant dix ou douze personnes. Il vit également J.-J. Rousseau, mais ne plut sans doute pas au philosophe, dont l'humeur un peu sombre et le jugement sévère ne pouvaient s'accorder avec la gaieté et la pétulance du petit poète. Dans les Confessions du Citoyen de Genève, nous trouvons en effet ce passage malicieux, mais peut-être bien juste :

« Le Chevalier de Boufflers a beaucoup de demi-talents en tout genre, et c'est tout ce qu'il faut dans le grand monde, où il veut briller ; il fait très-bien des petits vers, écrit très-bien de petites lettres, va jouaillant un peu du sistre et barbouillant un peu de peinture au pastel. »

Voltaire devait venger le Chevalier de la demi-réception que lui avait faite l'auteur d'Émile. Il reçut son jeune confrère à bras ouverts, avec une joie non déguisée, avec toute la chaude sympathie qu'il ne cessa de lui témoigner par la suite. « Me voici enfin chez le roi-de Garbes, s'écrie le jeune disciple, dans une lettre à sa mère, datée de Ferney; car, jusqu'à présent, j'ai voyagé comme la fiancée; ce n'est qu'en le voyant que je me suis reproché le temps que j'ai passé sans le voir. Il m'a reçu comme votre fils, et il m'a fait une partie des amitiés qu'il voudrait vous faire. Vous ne pouvez avoir une idée de la dépense et du bien qu'il fait. Il est le roi et le père du pays qu'il habite; il fait le bonheur de ce qui l'entoure, et il est aussi bon père de famille que bon poète. Si on le partageait en deux et que je visse d'un côté l'homme que j'ai lu et de l'autre homme que j'entends, je ne sais auquel je courrais. Ses imprimeurs auront beau faire, il sera toujours la meilleure édition de ses livres. »

Boufflers anima par sa turbulence, ses bons mots, ses folies, la maison du patriarche de Ferney; il conquit l'amitié de Mᵐᵉ Denis et de Mᵐᵉ Dupuis, née Corneille, ces deux nièces de Voltaire : la première, bonne de la bonté qu'on aime; la seconde, remarquable par ses grands yeux noirs et son teint brun. L'auteur de Candide, lui-même, ne peut se défendre du charme, de la jeunesse, de la verve gaillarde de son hôte; les mille polissonneries du sémillant Chevalier le rajeunissaient; il aimait à le voir sauter crânement à cheval et parcourir, les campagnes superbes qui environnaient sa demeure, à la recherche de quelque petite bergère à séduire ou d'une belle et piquante bourgeoise à peindre, ce qui équivalait à une séduction. Dans une lettre à M. Dupont, à la date du 15 janvier 1766, Voltaire écrivait : « Nous avons à Ferney un de vos compatriotes ; c'est M. le Chevalier de Boufflers, un des plus aimables enfants de ce monde, tout plein d'esprit et de talent. » Le 21 janvier de la même année, il écrit également au Maréchal de Richelieu : « Le Chevalier de Boufflers est une des plus singulières créatures qui soient au monde. Il peint au pastel fort joliment ; tantôt il monte à cheval tout seul à cinq heures du matin et s'en va peindre les femmes à Lausanne... Tantôt il enjôle ses modèles ; de là, il va en faire autant à Genève, et de là il revient chez moi se reposer de... ses forces perdues avec des huguenotes. »

A Ferney, Boufflers fait chère lie, il est traité en enfant gâté ; il s'amuse, il amuse ; il trousse des impromptus galants à toutes les dames ; il est minaudier, étourdi, prime-sautier, quelquefois sérieux et profond, mais cela ne dure guère ; il est adoré de tous les convives, on ne peut plus se passer de lui. « Où est donc notre Chevalier, » demande-t-on lorsqu'il est absent, et l'on bâille d'ennui ; on se morfond dans son attente. Voltaire improvise sur lui, à propos d'une dame Cramer, courtisée par Boufflers, le huitain suivant qui résume la vie de celui-ci :

Mars l'enlève au séminaire ;
Tendre Vénus, il te sert ;
Il écrit avec Voltaire,
Il sait peindre avec Hubert;
Tous les arts sont sous sa loi :
De grâce, dis-moi, ma chère,
Ce qu'il sut faire pour toi.

*Dans ses soirées au château, s'il ne parle pas, il dessine le Maître, qui s'est engagé dans une partie d'échecs, et il envoie ce croquis à sa mère pour ses étrennes. « Cela n'a ni force ni correction, lui dit-il, parce que je l'ai fait à la hâte, à la lumière et au travers des grimaces qu'il fait toujours quand on veut le peindre ; mais le caractère de la figure est saisi, et c'est l'essentiel. Il vaut mieux qu'un dessin soit bien commencé que bien fini, parce qu'on commence par l'ensemble et qu'on finit par les détails* [1]. »

1. Boufflers dessina à Ferney et grava à l'eau-forte et au pointillé, dans la manière de Rembrandt (dit la *Biographie Michaud*), avec beaucoup d'art et d'esprit, un portrait en profil de Voltaire, très-ressemblant et très-expressif. Il l'a représenté assis devant son bureau, la plume à la main et coiffé d'un bonnet. Cette estampe fut très-recherchée. — Il est à regretter que, de tant de portraits au pastel qu'il dessina dans son voyage en Suisse, aucun ne soit par-

*A Genève, à Lausanne, à Vevay, il n'est question que de ses succès en tout genre : il est recherché partout, M. Charles est le peintre et l'homme d'esprit à la mode; toutes les femmes veulent se faire croquer au pastel par lui, et les maris, sans défiance, le conduisent eux-mêmes dans leur intérieur, comme on mène un renard dans un gélinier. Les séances ne sont pas ennuyeuses : il sait égayer les jolis minois qu'il caresse de son crayon par cent contes égrillards; il invente des madrigaux sur la bouche qu'il trace à la sanguine, sur les yeux de flamme qui le regardent, et, de temps à autre, il se lève pour empourprer de ses baisers un visage qu'il trouve peut-être trop pâle. Toutes les principales habitantes de la Suisse ont leur portrait peint par Boufflers, trop heureuses lorsque ce dernier ne leur laisse pas le sien exécuté en collaboration. Il a la réputation d'un homme unique, car il ne prend qu'un petit écu par miniature, quand il n'est pas payé entre les bras de ses modèles. Plus tard, lorsqu'il songea à reprendre son véritable nom, les bons Suisses, confus de leur méprise, le regardèrent comme un aventurier.*

venu jusqu'à nous. Il doit y avoir une curieuse galerie de miniatures féminines; nous eussions aimé contempler les victimes du chevalier et pouvoir apprécier son talent de peintre, mais nous avouons n'avoir rien découvert qui puisse révéler l'artiste à nos yeux.

*Boufflers dut cependant quitter Ferney et les val-
lons de l'Helvétie. Il y eut une effusion de tendresse
entre le peintre poète, ses nombreuses maîtresses et
ses innombrables amis; vers 1768, le solitaire de génie
qui l'avait si bien accueilli lui écrivait une lettre en
prose et en vers très-laudatifs qui se terminait par ces
mots : « La Suisse est émerveillée de vous, Ferney
pleure votre absence, et le* Bonhomme *(Voltaire) vous
regrette, vous aime, vous respecte infiniment. »*

*Cette amitié, qui ne se dément pas un seul instant,
n'est-elle pas merveilleuse dans l'âme du* Bonhomme ?
*Cette affection avait pris naissance par la fameuse
pièce du* Cœur *adressée à Voltaire et à laquelle celui-
ci répondit par ces stances si connues, dont voici la
première :*

Certaine dame honnête, savante et profonde,
    Ayant lu le *Traité du cœur,*
Disait en se pâmant : Que j'aime cet auteur !
Ah ! je vois bien qu'il a le plus grand *cœur* du monde.

*L'historien de Charles XII professait certainement
une sincère estime pour ce badin nourrisson des Muses,
qui se faisait si volontairement son disciple ; il y
avait des affinités gauloises entre eux, et Boufflers
s'épanchait sympathiquement dans l'esprit de Voltaire,
comme un clair petit ruisseau qui se jette en murmu-*

d

rant dans le cours d'un grand fleuve. Le Chevalier,
qui maniait si bien les hochets de la gaieté française,
avait du sourire dans l'esprit et de la jeunesse radieuse
dans sa poétique ; le vieillard aimait cette fraîcheur de
verve et cet épanouissement de facultés vitales, et il
s'ébaudissait copieusement de ses chansons et de ses
pièces érotiques, en particulier de cette curieuse histoire
de Loth mise en quatrain [1] :

> Il but ;
> Il devint tendre ;
> Et puis il fut
> Son gendre.

Le poète prit toujours Voltaire pour guide ;
lorsque l'âge le gagna sans trop le mûrir, lorsqu'il
en vint à avouer qu'il fut, dans son printemps, guidé
par la folie, dupe de ses désirs et bourreau de ses
sens, c'est encore à son vieux maître qu'il s'adresse
dans cette confession délicieuse :

> Soyez mon directeur, donnez-moi vos avis ;
> Convertissez-moi, je vous prie :
> Vous en avez tant pervertis !

1. On pourrait retirer à Boufflers la paternité de ce
quatrain, car son originalité se trouve presque entièrement
dans le dernier vers de ce distique de Deslandes (*Épitaphes*,
page 168) :

> Ci-Loth, sa femme en sel, sa ville en cendre,
> Il but et fut son gendre.

Sur mes fautes je suis sincère,
Et j'aime presque autant les dire que les faire.
Je demande grâce aux amours :
Vingt beautés à la fois trahies,
Et toutes assez bien servies,
En beaux moments, hélas! ont changé mes beaux jours
J'aimais alors toutes les femmes :
Toujours brûlé de feux nouveaux,
Je prétendais d'Hercule égaler les travaux,
Et sans cesse auprès de ces dames
Être l'heureux rival de cent heureux rivaux.
Je regrette aujourd'hui mes petits madrigaux,
Je regrette les airs que j'ai faits pour les belles,
Je regrette vingt bons chevaux
Que, courant par monts et par vaux,
J'ai, comme moi, crevés pour elles ;
Et je regrette encore bien plus
Ces utiles moments qu'en courant j'ai perdus.
Les neuf Muses ne suivent guère
Ceux qui suivent l'amour. Dans ce métier galant,
Le corps est bientôt vieux, l'esprit longtemps enfant ;
Mon esprit et mon corps, chacun pour son affaire,
Viennent chez vous sans compliment,
L'esprit pour se former, le corps pour se refaire

. . . . . . . . . . . . .

Jadis les chevaliers errants,
Sur terre après avoir longtemps cherché fortune,
Allaient retrouver dans la lune
Un petit flacon de bon sens :

Moi, je vous en demande une bouteille entière ;
  Car Dieu mit en dépôt chez vous
L'esprit dont il priva tous les sots de la terre
Et toute la raison qui manque à tous les fous.

*De nouveaux succès semblaient attendre Boufflers
à son retour à Paris. Les lettres sur son voyage en
Suisse furent publiées en 1770 ; elles firent sensa-
tion dans un milieu de délicats, et le Chevalier de Bon-
nard lui adressa une épitre en vers très-fine et pleine
de traits piquants. En 1771, il se disposait à suivre
les troupes confédérées en Pologne ; mais, retenu à
Vienne, il s'y fit le représentant de la France galante,
et il obtint encore auprès des femmes allemandes une
réputation dont il eût pu s'enorguellir. En 1772, nous
le voyons capitaine d'un régiment du hussards, il ac-
compagne le duc d'Orléans au combat d'Ouessant ; en
1780, il est fait Brigadier d'infanterie, et, quatre ans
plus tard, Maréchal de camp. Il devient difficile à cette
époque de suivre Boufflers : il dépiste les biographes
par ses voyages multipliés du nord au midi, de l'est
à l'ouest ; on le voit tour à tour en Lorraine, en
Prusse, en Danemark, sur tous les points de l'Europe ;
c'est bien réellement le plus errant des Chevaliers.
Voisenon, dans ses Anecdotes littéraires* [1]*, dit à ce*

1. Voisenon, *Œuvres complètes*, in-8°, 1781, tome IV,
page 164.

sujet : « *Il n'est guère possible d'être plus aimable que le Chevalier de Boufflers. Son goût dominant est celui d'être toujours ambulant ; c'est apparemment pour avoir la satisfaction de répandre le plaisir partout. Quelqu'un (M. de Tressan), l'ayant rencontré sur les grands chemins, lui dit :* Monsieur le Chevalier, je suis enchanté de vous trouver chez vous. »

*Le mot est drôle et malicieux, Boufflers y donnait prise. Ses histoires comiques, ses aventures, ses satires, ses bonnes fortunes, ses moindres mots étaient saisis avec empressement et racontés par les compilateurs d'Ana. Au milieu d'une foule d'anecdotes sur notre poète, nous ne cueillerons que celle-ci dans la* Correspondance secrète *de Metra :*

« *L'un de nos plus aimables courtisans, également bien venu au Parnasse, à Cythère et à Versailles, M. de Boufflers, se vengea dernièrement par une épigramme sanglante de l'infidélité d'une belle Marquise. Cette petite pièce ne parvint à sa destination qu'après avoir passé dans vingt cercles. La Marquise écrivit immédiatement au Chevalier pour lui demander pardon de ses torts, le supplier de détruire toutes les traces de sa vengeance, et l'engager à venir chez elle, à une heure indiquée, pour sceller une réconciliation sincère. Le Chevalier connaissait trop bien les femmes pour aller sans défiance au ren-*

dez-vous. Il se munit de pistolets. A peine avait-il fait les premières explications, que quatre grands drôles arrivent, le saisissent, l'étendent sur le lit, le déshabillent autant qu'il était nécessaire pour exécuter leur dessein, et lui administrent en cadence cinquante coups de verge sous le commandement de Madame. La cérémonie finie, le Chevalier se relève froidement, se rajuste, et, s'adressant aux spadassins que la vue de ses pistolets à deux coups fit trembler : « Vous n'avez pas fini votre besogne, leur dit-il. Madame doit être satisfaite, son tour est venu ; je vous brûle la cervelle à tous les quatre si vous ne lui rendez à l'instant ce que je viens de recevoir... » Les pleurs de la belle n'empêchèrent pas que le satin de sa peau ne fût déchiré sans pitié. Mais ce ne fut pas tout : M. de Boufflers voulut que les exécuteurs de ces actes de vengeance se fissent subir mutuellement une semblable punition ; puis, voulant se retirer : « Adieu, Madame ; que rien ne vous empêche de publier cette plaisante aventure ; je serai le premier à en régaler les oisifs. » On prétend que la Marquise courut après lui, se mit à ses genoux, et le conjura tellement de garder le secret, qu'il soupa chez elle le même soir pour décon-certer les indiscrétions. »

Cette historiette témoigne que notre Chevalier, et avec raison, ne craignait pas de traiter les femmes à la hussarde. Ses amours volages devaient néanmoins prendre fin, du jour où l'amour sérieux pénétra dans son être sous les traits de M^me la comtesse de Sabran.

Ce fut en 1777, alors qu'il se trouvait Colonel au régiment de Chartres, que Boufflers fit la connaissance de M^me de Sabran. Françoise-Éléonore de Jean de Manville était veuve d'un officier de marine peu fortuné, qui l'avait épousée sur le tard, et qui mourut d'apoplexie au sacre de Louis XVI, à Reims, la laissant mère de deux enfants : l'un, qui devait porter le titre de comte Elzéar de Sabran; l'autre, Delphine de Sabran, qui épousa par la suite le jeune comte de Custines. M^me de Sabran était dans la sublime maturité de sa beauté, elle comptait vingt-sept ans; Boufflers en avait trente-neuf. Si nous en jugeons par le portrait que nous a laissé d'elle M^me Vigée-Lebrun, il est impossible d'imaginer une plus adorable créature, plus fine dans le sourire, plus spirituelle dans l'éclat de ses grands yeux noirs couronnés de bruns sourcils, plus poétique dans l'encadrement de cette vaporeuse et longue chevelure blonde et frisottée, plus nonchalante et plus voluptueuse dans la langueur de son attitude. Sur la fraîcheur de sa blanche collerette, l'ensemble de ce visage se détache comme une séduction; le nez est mutin, les narines paraissent sensuelles, la fossette du menton est rieuse et charmante;

*le front large et intelligent. On ne comprend que trop aisément la passion du Chevalier pour cette femme mignonne et exquise.*

*Comment se connurent-ils ? L'histoire et nos documents ne nous le révèlent pas ; peut-être l'aventure a-t-elle quelque analogie avec le conte que l'on trouvera plus loin sous le titre de Ah ! si... Quoi qu'il en soit, ils s'aimèrent d'un amour commun, violent, vivace et constant. M^me de Sabran était femme d'esprit, nous dirions presque : une femme de lettres ; l'abbé Delille, qui l'avait connue chez M^me de Trudaine, lui apprit le latin et la littérature française ; Turgot et Malesherbes goûtaient fort son esprit, et ses succès dans le monde, succès de beauté, de grâce et d'agréments personnels, l'avaient mise fort à la mode parmi les artistes, les savants et les lettrés de distinction.*

*C'est dans la* Correspondance inédite de la Comtesse de Sabran et du Chevalier de Boufflers *(1778-1788), publiée dernièrement par E. de Magnieu et Henri Prat[1], qu'il nous serait possible de puiser les informations et les détails les plus variés sur cette passion véritable, qui se sanctifia dans le mariage, si nous prétendions étudier à l'extrême la vie de l'amou-*

---

1. *Correspondance inédite de la Comtesse de Sabran et du Chevalier de Boufflers,* 2ᵉ édition, Paris, Plon, in-8º, 1775.

reux poète ; mais notre travail ne saurait supporter l'examen de plus de deux cents lettres, et nous renvoyons les curieux au compacte et intéressant volume qui les contient.

Dès les premières missives, on se traite de frère et de sœur ; on se raconte, dans un style qui voudrait être grave, les mille bagatelles arrivées en une semaine ou dans une journée ; on se chuchote timidement de tendres aveux ; on relit ses lettres, on vit d'espérance ; puis peu à peu, lentement cependant, la liaison se resserre, se fait plus intime ; les cœurs se rapprochent et se choquent amoureusement ; la tendresse et l'indulgence dans le bonheur s'unissent ; on ne se nomme plus mon frère ni ma sœur, mais mon enfant, de part et d'autre, avec une grâce touchante, une sincérité émue. La passion éclate avec fièvre ; ces deux amants s'embrassent follement, c'est leur âme même qui dicte ces lettres qu'on ne peut parcourir sans émotion, et ces âmes dictent si bien qu'ils écrivent des chefs-d'œuvre.

La Comtesse de Sabran aimait pour la première fois, avec la fougue, le délire d'une femme qui se donne entièrement et qui sent ne pouvoir aimer qu'une fois en sa vie. Mariée de bonne heure à un vieillard, ses sens n'avaient sommeillé que pour se réveiller plus ardents, plus agiles et plus volontaires. Le Che-

*valier de Boufflers opposait à cette impétuosité amou-*
*reuse le contre-poids d'un tempérament rassis et un*
*cœur souvent donné en gage, mais toujours despotique-*
*ment repris ; il avait le grand art de se faire attendre*
*et désirer : les passions les plus solides ne vivent que*
*dans ce contraste. Boufflers sut tisonner la flamme*
*de sa maîtresse avec les brusques cahots de sa vie*
*d'aventures, et il attisa si bien ce feu d'amour qu'il*
*n'eut jamais à en fouiller les cendres.*

*Le poète possédait la science de la vie ; sans doute*
*l'avait-il apprise à ses dépens, mais peut-être bien*
*aussi les bons conseils de Madame sa mère avaient*
*encore plus apporté dans son jugement ce positivisme*
*dont il nous a plusieurs fois signalé les tendances.*
*Dans un jeu de société on agite cette question : Lequel*
*rend plus heureux, de l'esprit ou du cœur ? Et Boufflers*
*de répondre aussitôt :*

Ne demandez-vous pas qui des deux au bonheur
Mène plus sûrement, de l'esprit ou du cœur?
    En qualité de bon apôtre,
    Je réponds : Ni l'un ni l'autre.
Dans ce chemin glissant, qu'à toute heure, avec soin,
Pour nous faire tomber, sous nos pas le temps fauché,
C'est la seule raison dont nous avons besoin;
    Car l'esprit mènerait trop loin,
    Et le cœur mènerait à gauche.

Cependant l'heureux amant de M^{me} de Sabran a plus de cœur qu'il n'en veut bien montrer.—Le voyage qu'il fit comme Gouverneur au Sénégal et le journal daté de sa résidence nous le montrent sous un aspect tout nouveau : « Il ne veut pas épouser celle qu'il aime avant de s'être fait une grande situation, disent les introducteurs de sa correspondance avec la Comtesse. En se mariant, il perdrait ses bénéfices ; il n'apporterait dans la communauté que sa misère et ses cheveux blancs ; il lui faut de l'honneur, de la gloire, de grands emplois, et il va chercher tout cela sous les feux des tropiques, acceptant les privations, les douleurs, les épreuves, pour arriver au but, et trouvant dans son cœur les expressions les plus ingénieuses d'une tendresse qui étonne. » Vers l'année 1785, le gouvernement du Sénégal devint vacant ; Boufflers le demanda, dit-on, et le Roi le lui accorda en le désignant pour cette charge importante, le 9 octobre de ladite année.

On a prétendu attribuer l'envoi du poète sur les côtes de l'Afrique occidentale à une disgrâce encourue par suite de la publication dans le Journal de Paris (du 31 mai 1785) d'une chanson intitulée l'Ambassade, où Boufflers plaisante sur ce genre de mission et même un peu sur les Souverains. Les Mémoires de Bachaumont, à la date du 6 juin 1785, parlent en effet de la suppression du journal, et le 14 juin suivant [1] on y trouve la chanson incriminée, dans laquelle le Chevalier traite la princesse Christine, nouvellement abbesse de Remiremont, d'Altesse sauvage et de Princesse boursoufflée ; mais cette allégation n'a rien de fondé, car il est à remarquer que ladite chanson fut imprimée dès 1782 dans un recueil des poésies de Boufflers. Il serait plus juste de dire qu'à cette époque le chansonnier se trouvait endetté de près de 60,000 livres, et que, en outre d'un patrimoine fort mince et de 6,000 francs de pension, il ne possédait plus qu'une petite rente viagère. La Biographie Michaud nous apprend, dans une note, que Boufflers fit présenter un mémoire au Roi, en protestant de son dévouement, et proposant de s'arranger avec ses créanciers avant son départ. Calonne, alors Ministre, eut l'idée de lui faire payer deux années de sa pension pendant cinq ans, à la condition qu'il ne lui serait rien payé les cinq années suivantes ; par cet arrangement, disait le Ministre, le trésor royal ne sera à découvert que de cinq années, qui rentreront successivement. Le Roi accorda la demande et fixa le

1. Le motif de cette suppression me paraît d'autant plus injuste, dit Bachaumont, que cette pièce est extraite d'un nouveau journal intitulé les Quatre saisons, imprimé avec permission.

*traitement du nouveau Gouverneur à 24,000 francs.*
*On ne s'attendait guère à voir un poète badin dé-*
*ployer de bien grandes qualités administratives, mais*
*chacun fut trompé dans son attente : il se signala par*
*des institutions utiles et bienfaisantes ; il interdit la*
*traite des noirs à ceux qui étaient attachés à son gou-*
*vernement ; il s'efforça, lorsqu'il ne put l'empêcher, à*
*rendre ce hideux commerce moins cruel, et on le vit*
*même acheter des nègres dans le seul but de leur*
*sauver la vie ou de les protéger contre les mauvais*
*traitements. Dans une lettre au gouvernement fran-*
*çais, il demande un secours de dix mille francs pour*
*organiser une expédition dans l'intérieur de l'Afri-*
*que, et explique que la caravane, composée de quatre*
*à cinq blancs, de huit ou dix nègres, de six che-*
*vaux et d'autant de chameaux, partira de la presqu'île*
*du Cap—Vert en face de Gorée, pour être conduite à*
*Guiguis, résidence ordinaire du Roi de Cayor. Tout*
*ce plan est bien combiné, arrêté avec une sagacité et*
*une tactique qui frappent. Rien n'y est oublié : il in-*
*dique avec détails les moyens de navigation et de*
*communication, et il estime que la dépense minime*
*que cette expédition peut coûter sera largement payée*
*à l'issue du voyage par les objets de curiosité qui en*
*seront rapportés. Boufflers revint à Paris, rappelé par*
*le Ministre, en août 1786 ; mais il devait repartir*

*pour sa résidence de Gorée quelques mois plus tard.*
*Ce ne fut qu'en 1787, le 20 novembre, que M. le*
*Gouverneur du Sénégal, muni d'un congé du Roi,*
*s'embarqua à bord de la corvette le* Rossignol *pour*
*mettre pied à La Rochelle le 25 décembre. Par suite*
*de l'intervention de M*^me *de Sabran et de ses amis, le*
*congé qu'il possédait devint définitif.*

*Son départ fut considéré comme une calamité.*
*Boufflers, qui était accessible à tous, fut regretté et*
*pleuré par les blancs et les noirs qui l'avaient connu;*
*il paraîtrait même, si nous en croyons M. A. Jal,*
*auquel des camarades de promotion dans la marine*
*racontèrent le fait, qu'il se fit beaucoup aimer des*
*femmes du pays, et, sans peindre ces Signares au*
*pastel, il les traita comme les huguenotes de Suisse,*
*en laissant dans la Colonie française beaucoup de pe-*
*tits mulâtres que leurs mamans étaient fières d'attri-*
*buer aux bontés de M. le Gouverneur.*

*Le journal écrit par le Chevalier de Boufflers fut,*
*pendant ses deux voyages au Sénégal, adressé par*
*paquets à M*^me *de Sabran. Ce journal d'amour et de*
*tendresse est merveilleux par les sentiments élevés*
*qu'il exprime, par la noblesse de cœur, la volonté*
*ferme, l'intrépidité, le dévouement et surtout l'esprit*
*étonnant qui s'y manifestent. Il faut tout lire pour*
*bien comprendre Boufflers tel qu'il était alors, pour*

l'aimer et lui pardonner les petits péchés de son adolescence. — Dans une note du 8 février 1787, il parle de l'achat d'une petite négresse de deux ou trois ans, destinée à Madame la duchesse d'Orléans. « Elle est jolie non pas comme le jour, mais comme la nuit, dit-il ; ses yeux sont comme deux petites étoiles, et son maintien est si doux, si tranquille, que je me sens touché aux larmes en pensant que cette pauvre enfant m'a été vendue comme un petit agneau. Si tu là vois au Palais-Royal, ajoute-t-il en s'adressant à M<sup>me</sup> de Sabran, ne manque pas de lui parler son langage et de la baiser en pensant que je l'ai baisée aussi et que son visage est le point de réunion de nos lèvres. »

Si nous citons ce passage, c'est que, croyons-nous, il se rattache quelque peu à notre histoire littéraire. Cette petite négresse ne fut-elle pas Ourika, et Boufflers ce Chevalier de B... dont il est question dans le joli chef-d'œuvre de M<sup>me</sup> de Duras? Cette fin de lettre n'est-elle pas aussi exquise de grâce et de fraîcheur d'esprit : « Je vais me coucher et tâcher de m'endormir avec ton idée dans la tête, comme les petits enfants friands font quelquefois avec une dragée dans la bouche : » Donnons un aperçu délicieux de l'auteur du Cœur, revenu au sentiment : « Je suis un barbare, ma fille, je viens d'une chasse aux petits oiseaux; j'ai tiré un grand coup de fusil, et du même coup j'ai tué deux charmantes tourterelles. Elles étaient sur le même arbre, se regardant, se parlant, se baisant, ne pensant qu'à l'amour et la mort est venue au milieu de leurs doux jeux. Elles sont tombées ensemble sans mouvement et sans vie, la tête penchée avec une certaine grâce triste et touchante, qui aurait presque fait penser qu'elles aimaient encore après leur mort. Tout en les plaignant, je les enviais; elles n'ont point souffert; leur existence n'a point fini par la douleur; leur amour n'a point fini par le refroidissement; leurs pauvres petites âmes voltigent peut-être encore et se caressent dans les airs; elles n'ont plus de mort à craindre, mais peut-être craignent-elles d'être un jour condamnées à naître à des époques éloignées l'une de l'autre, et par conséquent à vivre l'une sans l'autre. Tout cela donne beaucoup à penser!... »

Quel abîme entre notre Chevalier au sortir de Saint-Sulpice et ce Gouverneur grave, réfléchi, qui se douloie si mignardement à la vue de deux tourterelles mortes en s'aimant et se becquetant! C'est que l'orage a passé sur sa tête sans la lui faire courber; c'est que le filleul du Roi Stanislas a franchi cet âge où le cœur se brise ou se bronze; c'est qu'il a souffert, qu'il a lutté contre lui-même, qu'il a aimé et surtout qu'il aime encore avec cette nuance charmante d'un amour doublé d'estime et d'amitié.

A son retour du Sénégal, l'Académie française élut le Chevalier et Marquis de Boufflers à la place de M. de Montazet, Archevêque de Lyon. Nous ne discuterons pas ses droits plus ou moins légitimes à cette illustration littéraire, car à cette époque, comme à la nôtre, le nimbe du génie n'influençait en rien le jugement des Immortels, et le nouvel élu se trouvait porté au fauteuil par l'influence d'amis dévoués et remuants plutôt que par son désir personnel. On lui prête même ce joli quatrain improvisé, en réponse à M<sup>me</sup> de Staël, qui, peu de temps avant sa nomination, s'étonnait de ne point le voir agréé de la docte société :

Je vois l'Académie où vous êtes présente.
Si vous m'y recevez, mon sort est assez beau :
Nous aurons à tous deux de l'esprit pour quarante,
   Vous comme quatre et moi comme zéro.

Sa réception eut lieu le 9 décembre 1788. Son discours est original ; il débute par un morceau sur les nègres et sur les rives du Sénégal, puis il transporte son auditoire au milieu des bergers d'Arcadie et dans la vallée de Tempé. Grimm, qui assistait à cette réception, rapporte que ce discours fut très-applaudi. On

e

y trouve, en effet, des passages sur le style qui sont
remarquables. La clarté du style, selon Boufflers,
est le premier indice et le plus sûr garant de celle
de l'esprit ; semblable à la lumière du jour, qui se
compose de plusieurs rayons, elle dépend non-seulement de la propriété des expressions, mais du
choix des images, de la justesse des tours et surtout
de l'ordre des idées. Il y a dans tous les genres,
depuis le plus grave jusqu'au plus frivole, depuis
l'épopée jusqu'à l'idylle, depuis la sublime philosophie jusqu'à la pensée la plus légère, une marche
constante, une dépendance successive, un enchaîne-
ment invariable et presque une filiation de causes et
d'effets, de principes et de conséquences, qui, observée
ou inconnue, produit la lumière ou l'obscurité. Rendre
fidèlement son idée, c'est à la fois le but et l'art
d'écrire ; en imitant ainsi, on est original, et, dans ce
genre, plus on est exact, moins on est servile.

En 1789, le poète académicien, déjà grand bailli
de Nancy, fut député par ses compatriotes aux États-
Généraux. L'auteur d'Aline ne se fit guère remarquer dans ces nouvelles fonctions. La politique n'était
aucunement son terrain ; il prononça des discours
plus nourris de bonnes intentions que de verve ora-
toire ; il parla du clergé, du traitement des titulaires
ecclésiastiques et des octogénaires, de la propriété

des inventions et des découvertes, etc. *Toutes ses motions témoignent d'une grande sagesse et d'une douce modération, rien de plus. Avec Malouet, Virieu et Larochefoucault-Liancourt, il fut l'un des fondateurs du* Club des Impartiaux *en 1790, et l'on trouve dans le* Moniteur *la trace de ses travaux législatifs.*

*Sur la fin de sa vie, de 1790 à 1815, Boufflers est moins saisissable pour le biographe. Nous le voyons, avec M^me de Sabran, devenue sa femme, émigrer à la cour de Reinsberg, où il fut accueilli par le prince Henri de Prusse, dont il s'était montré à plusieurs reprises le panégyriste, et qui le fit nommer membre de l'Académie de Berlin, en lui faisant obtenir, par Frédéric-Guillaume, de vastes concessions en Pologne, dans le dessein d'y fonder une colonie d'émigrés.*

*Vers 1800, Bonaparte, voyant le nom du poète sur une liste des proscrits, biffa ce nom célèbre en s'écriant :* « Qu'on le fasse revenir, il nous fera des chansons. » *Et Boufflers revint ; mais il ne revint pas chansonnier. Lorsqu'il remit les pieds sur le sol de la France, il était vieux, usé, cassé, découragé, sombre, obscur et ennuyeux. En 1804, il fut admis à l'Institut dans la classe de littérature[1], et il composa à cette épo-*

1. Dans un article sur Rœderer (août 1853), Sainte-Beuve raconte que ce savant proposa au choix du premier consul, sur

que quelques-uns des contes que nous donnons plus loin,
ainsi que des fragments littéraires et une indigeste
élucubration métaphysique, le Libre Arbitre (1808),
qui obtint un succès d'estime. Il ne signait plus alors
le Chevalier de Boufflers, mais modestement : Stanislas Boufflers[1], membre de l'Institut. — Ce dernier
titre semblait devoir être son éteignoir.

On a reproché à Boufflers d'avoir honoré de ses
suffrages poétiques le pouvoir de Napoléon. Il adressa
en effet des vers au prince Jérôme, mais la reconnaissance parlait seule en lui. En 1813, lorsqu'il
vit mettre à Vincennes, sur l'ordre de l'Empereur,
le jeune comte de Sabran, qu'il regardait comme son
fils, il éprouva une telle secousse qu'il ne put depuis
se dominer. Vif et brillant encore par instants, il alla
cacher ses désillusions, sa tristesse et sa philosophie
dans la solitude ; il devint gentilhomme campagnard
et fermier, vécut au milieu des blés, qu'il nommait
spirituellement ses dernières poésies, tandis que le

---

une liste d'inspecteurs des études, le Chevalier de Boufflers,
et qu'il lui fut répondu : « Comment voulez-vous donner
pour inspecteur aux lycées l'auteur de poésies si libres et
si connues ? Les élèves, en entendant son nom, demande-
ront : Est-ce le Chevalier de Boufflers qui a fait... etc. ? »
Et il indiquait une pièce plus que légère.

1. Lorsque le régime des Bourbons fut restauré, Boufflers reprit son titre de Marquis.

*bon Ducis, ce Janin avant la lettre, lui adressait
ses vœux, en le peignant ainsi :*

> Ami sûr, philosophe, et poète, et fermier,
> Mari tendre et fidèle, et Boufflers tout entier.

*Le 18 janvier 1815[1], Boufflers, qui avait succédé
depuis six mois à son compatriote Palissot, dans les
calmes fonctions de conservateur adjoint à la Bibliothèque Mazarine, Boufflers achevait sa longue vie,
vaincu par l'âge, la tristesse et de douloureuses infirmités. Il ne laissait qu'un fils, triste rejeton d'un pareil père, un fils à moitié fou ou tout au moins mono-
mane, dont la génération de 1830 a dû connaître
suffisamment le visage et les allures pour que nous
n'insistions pas davantage à son sujet.*

*Sur son désir, le poète du Cœur fut inhumé auprès
du poète Delille, son ami. Sur sa tombe on grava
son dernier joli mot :* Mes amis, croyez que je dors,
*en dehors de cette épitaphe faite par lui-même :*

> Ci-gît un Chevalier qui sans cesse courut,
> Qui, sur les grands chemins, naquit, vécut, mourut,
> Pour prouver ce qu'a dit le sage,
> Que notre vie est un voyage.

1. Voici l'acte qui fut inscrit au registre de la première
mairie de Paris : « Du 19 janvier 1815, à midi. Acte de décès
de M. Stanislas-Jean, marquis de Boufflers, ancien maré-

## III

*Les OEuvres de Boufflers ont été bien souvent réim-*
*primées ou contrefaites ; on en trouve dans tous les*
*formats, sous toutes les rubriques, au milieu de pièces*
*réunies dans des recueils qui portent les titres les*
*plus étranges. Ses poésies fugitives ont été colpor-*
*tées et insérées dans la plupart des journaux du*
*temps, dans les publications périodiques, dans les*
*chroniques, les mémoires, les* Almanachs des Muses
*et les ana. Il serait donc audacieux de vouloir affir-*
*mer que notre travail bibliographique est sans défauts*
*ou sans lacunes ; nous n'affichons pas la prétention*
*d'offrir ici le catalogue raisonné et détaillé de l'œuvre*
*complète de Boufflers ; il nous eût fallu, pour réaliser*
*un tel programme, bouleverser tout un demi-siècle de*
*1761 à 1815, compulser le* Mercure, l'Observateur.
littéraire, le Journal français, *les journaux bibliogra-*
*phiques, les mémoires secrets, les correspondances*

chal des camps et armées du roi, *chevalier de l'ordre royal*
*et militaire de Saint-Louis et de la Légion d'honneur,*
membre de l'Académie française, décédé hier, en son hôtel,
rue du Faubourg-Saint-Honoré, n° 144, à quatre heures du
matin, âgé de soixante-dix-sept ans, marié à dame Françoise-Éléonore de Manville, etc. Signé : Elzéar de Sabran,
Bertscher. »

littéraires, les bulletiniers, les pamphlets, les feuilles clandestines, les revues critiques, les manuscrits, les archives particulières, etc., et c'est à peine si un fort volume eût offert assez de marge à nos documents. Nous ne donnons donc — et l'entreprise est déjà suffisamment ardue — que l'histoire des éditions successives des Œuvres diverses de Boufflers, en suivant l'ordre chronologique de leur apparition, qui nous semble préférable à tout autre. La bibliographie suit ainsi la biographie dans une voie parallèle, et le lecteur peut, à son gré, suppléer facilement à celle-ci en questionnant celle-là, ce qui est loin de présenter la diffusion des deux études réunies en une seule.

1761. — La Reine de Golconde, *conte*, par M. D***, s. l., frontispice gravé au burin, non signé, 1 volume in-8° de 52 pages.

Ce conte a été imprimé dans le *Mercure*, avec les changements les plus ridicules et les plus absurdes qu'on ait jamais imaginés, dit Grimm. Il figure également dans les *Contes moraux, recueillis de divers auteurs*, publiés par M^lle Uncy, Amsterdam, 1763, t. II, p. 247, sous ce titre : *La nouvelle paysanne parvenue ou la courtisane devenue philosophe*. Cette impression est faite d'après la copie défectueuse du *Mercure*. Le conte commencé ainsi : « *J'étois dans un âge où un univers nouveau* » et se termine comme les autres éditions. En 1868, une nouvelle édition à part de ce conte a été publiée dans le format in-32 par Victor Develay, Paris, *Académie des Bibliophiles.*

M. Sedaine, en 1766, tira du sujet fourni par Boufflers un ballet héroïque en trois entrées, dont il confia la musique à Monsigny. Cette pièce qui fut jouée sous le titre *Aline, Reine de Golconde,* n'obtint qu'un médiocre succès. Voyez : *OEuvres complètes de Sedaine.*

1763. — LES CŒURS, *poème érotique,* in-12, petite plaquette assez rare.

1770. — LETTRES DU CHEVALIER DE BOUFFLERS, SUR SON VOYAGE EN SUISSE. Paris, 1770, in-8°.

Réimprimées en 1776 dans les *Lettres chinoises, indiennes et tartares* adressées à M. Pauw, chanoine de Breslau, et par la suite dans les *Voyages en France.* (Voyez à la date de 1808.)

1774. — TABLETTES D'UN CURIEUX OU RECUEIL DE PIÈCES CHOISIES. Amsterdam, in-12.

Contient les *Lettres sur la Suisse.*

1781. — ŒUVRES DU CHEVALIER DE BOUFFLERS. La Haye, chez Detune, libraire. In-16 (format dit Cazin) de 144 pages.

Ce volume contient : *Aline, les Lettres, l'Oculiste,* conte en vers, *le Cœur,* poème, *Lettres et Poésies diverses.*

1782. — POÉSIES ET PIÈCES FUGITIVES DIVERSES DE M. LE CHEVALIER DE B***. Paris, Desenne, in-8°.

1782. — Œuvres du chevalier de Boufflers, à Genève. (Édition dite Cazin.) In-16 de 102 pages. Mêmes pièces que dans les précédentes.

Frontispice de Marillier, gravé par de Launay. Cette édition est ordinairement suivie du poème badin de Junquières : *Caquet-Bonbec, la poule à ma tante,* que les éditeurs ont placé à la suite du volume pour le rendre aussi gros que les autres (*sic*).

1782. — Boufflers et de Junquières. *Poésies.* Genève, in-16.

Voyez *Cazin, sa vie, ses éditions,* 1876.

1782. — Œuvres mêlées de M. le chevalier de Boufflers et de M. le marquis de Villette, à Londres; se trouve à Reims, chez Cazin, libraire, rue d'Artois.

1782.—Œuvres de M. le chevalier de Boufflers. Londres (Paris, Cazin), in-16.

Frontispice par Chevaux, gravé par Duponchel, représentant Boufflers inspiré par les trois Grâces.

1783. — Contes théologiques *suivis des Litanies des catholiques au dix-huitième siècle et de poésies érotico-philosophiques,* ou *Recueil presqu'édifiant.* Paris, de l'imprimerie de la Sor-

bonne, et se vend aux Chartreux chez le portier
(fausse date 1793). In-8° de 304 pages, publié,
dit-on, par Fr.-René-Jean de Pommereul, sous
le mom du chevalier de Busca, avec cette épigraphe : « *Lasciva est nobis pagina, vita proba
est.* »

Ce recueil, outre différentes pièces de Crébillon, de Poinsinet, de Voltaire, contient quelques
poésies érotiques de Boufflers et des facéties en
prose écrites dans la jeunesse du Chevalier. Dans
les *Analectes du Bibliophile,* Turin, Gay, 1876,
1ʳᵉ livraison, pages 111 et suivantes, on trouve
quelques extraits de ces *Juvenilia.*

1784. — Voyage du chevalier de Boufflers.
Londres *(Paris),* in-18.

1786. — Les Œuvres du chevalier de Boufflers.
Londres *(Orléans),* 2 vol. in-18.

Cette édition a été tirée sur magnifique papier
vergé vert ou jaune fabriqué par Léorier Delisle et
imprimée par Couret de Villeneuve. Le tome Iᵉʳ
est quelquefois tiré sur papier vert d'eau, et le
tome II sur papier jaune.

1788. — Discours de réception du chevalier
de Boufflers a l'Académie française. In-4°.

1789. — Scène du Bourgeois gentilhomme, *arrangée par Boufflers, pour une représentation donnée
au prince Henri de Prusse en février 1789.*

Imprimée dans la *Correspondance* de Grimm et insérée dans les *OEuvres posthumes* parues en 1816. Voyez : *Bibliographie Moliéresque*, p. 143.

1791. — RAPPORT DE M. DE BOUFFLERS *sur l'application des Récompenses nationales aux inventions et découvertes en tout genre d'industrie,* le 9 septembre 1791. In-8°.

1791. — RAPPORT FAIT A L'ASSEMBLÉE NATIONALE *sur la propriété des auteurs de nouvelles découvertes ou inventions en tout genre d'industrie.* Paris, in-8° de 50 pages.

1792. — ŒUVRES DE BOUFFLERS, *nouvelle édition, augmentée de plusieurs morceaux qui n'ont pas encore paru dans les précédentes.* Paris, in-16 *(édition Cazin).*

Gravure se rapportant au sujet d'*Aline : « Je lui demandai à boire de son lait pour me rafraîchir. »* Cette figure non signée peut être attribúée à Binet.

1795. — ŒUVRES DE M. LE CHEVALIER DE BOUFFLERS, *nouvelle édition, augmentée de plusieurs morceaux qui n'ont pas encore paru dans les précédentes.* Avec figures (4 figures non signées). In-18. Paris, Dufart, an III.

1800. — DISCOURS SUR LA VERTU, *prononcé à*

l'*Académie de Berlin, le 25 février 1797, par*
*M. de Boufflers.* Paris, Pougens, in-8º.

Cette édition a été réimprimée une seconde
fois.

1801. — Discours sur la littérature, *prononcé à*
*l'Académie de Berlin, par de Boufflers.* Paris,
in-8º.

1803. — Œuvres du C. Stanislas Bouflers (*sic*),
*membre de la ci-devant Académie française.*
*Seule édition avouée et corrigée par l'auteur, où*
*se trouvent un grand nombre de pièces inédites.*
A Paris, chez L. Pelletier, de l'imprimerie de
Lesguilliez, frères. An XI. 1 vol. in-8º avec
portrait non signé, lithographié.

(Édition réimprimée en 2 vol. in-18 en 1805.)
— On a retranché de cette édition les pièces li-
cencieuses ou irréligieuses. Une lettre de Boufflers à son éditeur se termine ainsi : « Je mets
une condition à la publication de mes œuvres...
c'est de retrancher de votre édition toutes les
pièces qui ne sont pas de moi, ainsi que celles
qui auraient pu échapper à ma jeunesse, et sur
lesquelles, en ce moment, je me crois en droit
d'exercer ma propre censure. »

1805. — Éloge de M. le maréchal de Beauveau, *membre de l'Académie française.* Paris,
in-8º.

1806. — ÉLOGE DE M. BARTHÉLEMY. Paris, in-8°.

1808. — VOYAGES EN FRANCE ET AUTRES PAYS, par *Racine, Lafontaine, Regnard, Piron, Parny, Boufflers,* etc., ornés de 36 planches dessinées par Monnet, Duplessis, Bertaux, Lebrun, Fragonard fils, Lemire, Marillier, etc. A Paris, chez J. Chaumerot, 5 vol. in-12. Frontispice, portraits et figures.

> Contient les *Lettres sur la Suisse.* Cette édition a été réimprimée plusieurs fois, notamment en 1818, 5 vol. in-18, chez Briand, libraire, de l'imprimerie de Didot le jeune.

1808. — LE LIBRE ARBITRE, PAR STANISLAS BOUFFLERS, *membre de l'Institut,* avec cette épigraphe : « *Nosce te ipsum.* » A Paris, chez F. Buisson, libraire, rue Gît-le-Cœur. In-8°, papier bleuté.

> Sur l'exemplaire que nous possédons se trouve un envoi autographe à Son Excellence le sénateur ministre de la police, de la part de l'auteur. L'écriture de Boufflers est vieillotte et tremblée.

1808. — L'HEUREUX ACCIDENT. *Conte par M. de Boufflers.* Londres, chez Didier et Tebbet, imprimerie de P. Da Ponte, Poland-Street. Petit in-12.

> Ce conte peu connu est bâti sur un canevas à peu près semblable à l'histoire de *Ah! si...*

1810. — LE DERVICHE, TAMARA, AH! SI.., *contes*
(*1re édition*). Paris, Briand, 2 vol. in-12.

1810. — L'ESPRIT DE BOUFFLERS (*publié par
M. Fayolle*). Paris, 1 vol. in-18.

1811. — ESSAI SUR LES GENS DE LETTRES, *lu dans
une séance de l'Institut, le 26 décembre 1810*.
Paris, Lenormand, in-8°.

1813. — ŒUVRES COMPLÈTES DE STANISLAS BOUF-
FLERS, *membre de l'Institut et de la Légion
d'honneur; édition ornée de 16 gravures et du
portrait de l'auteur.* 2 vol. in-8°. Paris, imprimerie de Didot le jeune, Briand, libraire, 3, rue
de Crébillon.

Cette édition, revue et corrigée par Boufflers,
tirée à 1,000 exemplaires, est assez estimée, bien
qu'elle ne soit point complète. On n'y trouve
aucun des discours ou éloges cités plus haut. Le
portrait est gravé par Mme Benoist, d'après Ricard,
et les figures sont signées Marillier, Monnet, Por-
not, Vallin, et gravées par Delignon, Dupréel et
Macret.

1816. — ŒUVRES POSTHUMES DU CHEVALIER DE
BOUFFLERS. Paris, imprimerie de Didot aîné,
chez Louis, libraire. In-18. ( *Quelques exemplaires ont été tirés sur format in-8°.* )

Cette édition a été donnée par M. Fayolle,
l'auteur d'un article sur Boufflers signé *F...le*

dans la *Biographie Michaud*. On y trouve un *Discours prononcé en* 1758 *à l'Académie de Nancy*, un *Remercîment à l'Académie de Dijon de* 1766, un *Dialogue entre Épicure et Léontium*, la *Lettre à l'abbé Porquet*, des articles de Boufflers insérés dans l'*Encyclopédie*, le *portrait de la Marquise de Boufflers*, sa mère, des *Poésies de l'abbé Porquet*, etc.

1817. — ŒUVRES DU CHEVALIER DE BOUFFLERS, *membre de l'Institut, seconde édition complète*, 4 volumes in-18. Imprimerie de Didot le jeune, à Paris, chez Briand, rue de Crébillon, 3.

1827. — ŒUVRES CHOISIES DE BOUFFLERS, 2 volumes in-32. Imprimerie de Decourchant, à Paris, à la librairie du Palais-Royal, Galerie de Bois, 263-264.

1827. — ŒUVRES CHOISIES DE BOUFFLERS, *nouvelle édition*, Paris, 1 volume in-32. Imprimerie de Henri Fournier. Furne, libraire, quai des Augustins, 57.

Quelquefois le frontispice porte l'adresse de M. Peytieux ou celle de la rue de l'École de médecine, n° 4.

Portrait de Deveria, gravé par Fauchery, et une figure pour *Aline*, dessinée par Desenne, gravée par Derly.

1827. — ŒUVRES COMPLÈTES DE BOUFFLERS, *de l'Académie française, nouvelle édition augmen-*

*tée d'un grand nombre de pièces non recueillies.*
Imprimerie de H. Fournier, 2 volumes in-8°,
portrait et figure. Paris, Furne, libraire.

Bonne édition, précédée d'une petite notice de
xxi pages (par M. Jules Taschereau). Cette notice
a été tirée à part à 70 exemplaires; elle ne nous
apprend rien sur Boufflers, dont il est à peine
question. C'est un aimable bavardage, qui ne
laisse pas de nous étonner de la part d'un érudit
aussi consciencieux que M. J. Taschereau. Cette
notice n'est pas signée; l'auteur de la *Vie et des
Ouvrages de P. Corneille* aurait-il eu la pudeur
de son insuffisance?

1828. — ŒUVRES DU CHEVALIER DE BOUFFLERS,
*membre de l'Institut, nouvelle édition ornée de
9 figures,* 2 volumes in-8°. Paris, imprimerie
de Rignoux, J.-N. Barba, libraire, cour des
Fontaines, 7.

Le portrait de cette édition est gravé très-fine-
ment par Gaucher, d'après le dessin d'Hilaire Le
Dru. Les gravures de Marillier sont les mêmes
que celles de l'édition de 1813.

1829. — LE DERVICHE — TAMARA — AH ! SI...
*(seconde édition),* in-32 de 278 pages. Imprimerie de Firmin-Didot, à Paris, chez Dau-
thereau.

1832. ŒUVRES CHOISIES DE BOUFFLERS. Paris, Furne.
1 volume in-8°.

1833. — ŒUVRES CHOISIES DE BOUFFLERS, *précédées d'une notice historique*, 1 volume in-18. Imprimerie de Marchand-Dubreuil. Paris, chez Hiard, rue Saint-Jacques, 131.

Livraison 19 bis de la *Bibliothèque des amis des lettres*.

1852. — ŒUVRES DE BOUFFLERS, *précédées d'une histoire de Boufflers, par Arsène Houssaye. — Aline — Le Derviche — Tamara — Ah ! si... — Poésies — Contes — Fables — Voyages — Du libre arbitre — Maximes et Pensées.* Imprimerie Simon Raçon. Eugène Didier, éditeur, 1 volume in-18.

Cette édition fait partie de la *Bibliothèque de l'esprit français*, éditée par E. Didier. L'étude de M. A. Houssaye sur la *Vie et les œuvres de Boufflers* est plus spirituelle que nourrie de faits. C'est Boufflers aperçu tout entier au travers du conte d'*Aline*; mais l'historien est tellement séduit par la petite laitière qu'il se laisse aller à oublier Boufflers. Il y revient légèrement à la fin. Tout cela constitue plutôt une agréable nouvelle qu'une *Histoire de Boufflers*, qui eût réclamé infiniment plus de soins.

1868. — ALINE, REINE DE GOLCONDE, *nouvelle édition*, par Victor Develay, petit in-32. *Académie des Bibliophiles.*

*f*

1870. — Correspondance inédite de la comtesse de Sabran et du chevalier de Boufflers, (1778-1788). *Recueillie et publiée par E. de Magnieu et Henri Prat. Paris, E. Plon et C^{ie} et L. Téchener.*

Joli portrait de M^{me} de Sabran, gravé à l'eau-forte par Rajon. Une *seconde édition* a été donnée en 1875.

1875. — Œuvres choisies de Boufflers, in-32. *Librairie de la Bibliothèque nationale.*

'Édition populaire, qui forme le tome 200 de la *Bibliothèque nationale* publiée à 25 centimes le volume.

*Il n'existe pas d'œuvres de Boufflers véritablement complètes, on peut s'en convaincre par cette étude bibliographique. En outre, beaucoup des compositions du Chevalier de Boufflers sont, paraît-il, restées inédites dans les mains de ses héritiers, qui n'ont trouvé aucun libraire-éditeur qui voulût s'en charger. On annonça, il y a une vingtaine d'années, une édition d'œuvres inédites, comprenant des contes, des pièces fugitives et des discours philosophiques; mais cette intéressante publication n'a jamais, par malheur, été exécutée.*

## IV

*Les contes en prose du Chevalier de Boufflers de-*
*vaient figurer dans notre galerie de* petits conteurs
du XVIIIᵉ siècle, *bien qu'à notre avis, le poète, chez*
*Boufflers, soit de beaucoup supérieur au prosateur.*
*Dans la poésie fugitive, personne n'a mieux que lui*
*le trait fin et mordant, le tour vif et joyeux, la verve*
*brusque et coquine; il chatouille les Muses plutôt*
*qu'il ne les flatte, il les lutine, mais il se garde bien de*
*les posséder, car ce qu'il aime en elles, c'est leur rire*
*frais et sonore, leur grâce, leur abandon, et non pas*
*l'austérité, le maintien noble, la beauté idéale que tant*
*de poètes se plaisent à évoquer. Dans toutes ses pe-*
*tites pièces, selon un mot de Duclos,* « *il paye d'es-*
*prit, argent comptant, il use et abuse quelquefois*
*des pointes, mais il les amène si joliment, avec tant*
*de naturel, qu'elles conservent leur piquant et char-*
*ment aussi bien aujourd'hui qu'à son époque.* » —
*D'après son jugement, dans tous ses madrigaux, il*
*vit à vœu découvert, il se gaudit, s'allusionne, et fait*
*danser son aimable cervelle dans toutes les brague-*
*ries d'une existence aventureuse.*

*Parmi ses œuvres en prose, le conte d'*Aline *restera*
*son diamant, son joyau; il a tout le prisme, toute la*

*fraîcheur de l'adolescence dont il émane ; c'est mieux qu'un péché de jeunesse, c'est un péché mignon qui a engendré un chef-d'œuvre : dans la paternité littéraire de Boufflers, c'est l'enfant de l'amour, qui est venu dru, gaillard, éveillé, rose blond et bien taillé, dans sa délicatesse, pour défier la postérité. On sent dans Aline toute la fioriture d'un talent frivoliste qui s'épanche goliardement et qui ne s'est pas encore académifié. Les autres contes, Tamara et le Derviche, conçus et écrits au commencement de ce siècle, ont quelque chose de moins coquet, de moins actilisé ; ils sont dans la tonalité grise des œuvres de même provenance et de même milieu. De 1800 à 1810, il fallait écrire des chefs-d'œuvre pour ne pas tomber dans cette petite littérature, morne, terne, pluvieuse, pour ainsi dire ; tout cela se ressent de l'architecture, du mobilier, des manières d'alors. C'est raide, froid, grêle, indécis, sans couleur ou originalité. Le gracile a tué le gracieux. Le style ne se délicate plus. Dans sa simplesse, il n'est plus dupeur d'oreille, diamanté, expressionné, dorloteur. Il devient inquiet, il raisonne, se douloie et se traîne ; c'est un vilain moment de transition : Voltaire vient de se coucher, Byron se lève.*

*La Nouvelle allemande Ah ! si… a plus de relief dans le faux brillant de son marivaudage ; c'est du*

Boufflers vieux et caduc, du Céladonisme, mais on y rencontre des éclairs, des retours de verve folâtre, un ton de bonne compagnie qui séduit, une politesse d'un autre âge. De cette lecture, il reste un tableau charmant gravé dans l'esprit. Mais il ne faut pas absoudre notre conteur d'un défaut qu'on lui reproche, non sans raison : c'est de confondre trop souvent le style écrit avec le style parlé. Il faut croire parfois qu'on l'entend et non pas qu'on le lit.

Nous avons néanmoins réuni ici, à la suite de la Reine de Golconde, les trois contes dont nous venons de parler. Nous n'avions pas le droit d'atténuer Boufflers comme conteur, et nous avons donné tous nos soins à cette édition, qui pourrait bien être définitive. Pour Aline, nous avons restitué le texte de l'édition originale de 1761, que son auteur, par la suite, avait meurtri en croyant le corriger. Pour les autres Nouvelles, nous nous sommes efforcé de présenter une orthographe homogène et une ponctuation normale qui n'existaient pas dans la plupart des anciennes éditions, et que de plus récentes impressions avaient modernisées. Un conte du Chevalier a paru à Londres en 1808, sous le titre de l'Heureux Accident. Le style nous en a paru si faible, et le canevas se rapprochait tellement de la nouvelle Ah! si..., que nous avons cru agir judicieusement en lui refusant une hos-

pitalité dont il n'était assurément point digne et que
tous nos prédécesseurs lui ont refusée dans des éditions prétendues complètes.

Ainsi présenté avec un attrait de novelleté, Boufflers a droit à l'estime des lettrés délicats sous ses
différentes manières d'écrivain-prosateur, et nous
faisons espoir qu'il sera goûté et bien accueilli du
public d'élite auprès duquel nous le guidons. —
L'espérance, disait le bienheureux Chevalier, est un
à-compte sur tous les biens. Sur le succès même de
cette édition, nous prenons cet à-compte avec assurance,
en attendant notre payement intégral de l'opinion
des bien pensants.

Octave UZANNE.

Paris, 8 septembre 1878.

Citoyen Ministre,

Je sçai la manière dont vous avés bien voulu parler de moi, et les obligations que je vous ai vous avés cru sans doute (et je l'espère) que c'étoit une justice que vous me deviés, mais il est bien doux de la recevoir d'un homme qui force en ce moment toute l'europe à la lui rendre

recevés donc tous mes remerciemens, Citoyen Ministre, et mettés moi à portée de cultiver une ancienne connoissance avec quelqu'un dont les agrémens pourroient presque séparer de mérité, et dont le mérité pourroit séparer d'agrémens

Boufflers

Ce 13 floréal an 8
à St Denis rue martel N° 9  an 8.

# CONTES

## DU CHEVALIER

# DE BOUFFLERS

# LA REINE

# DE GOLCONDE

*CONTE*

# ALINE

## REINE DE GOLCONDE

---

### ÉPITRE

$P$ar votre ordre, Belle Éliante,
Je vais, du léger Hamilton,
Avec une voix glapissante,
Essayer de prendre le ton.
Il avoit une douce Lyre
Dont il jouoit adroitement,
Même au milieu de son délire :
Moi, je n'ai qu'un Sistre allemand ;
Et les sons aigres que j'en tire
Ne peuvent, à ce que je crois,
Trop bien accompagner ma voix.
Mais, sans m'arrêter davantage,
Je vais vous raconter comment
Aline, auprès de son village,
Troqua, dans un vallon charmant,

Son innocence et son laitage
Contre un vilain petit enfant.
Vous, en pareille circonstance,
Voici ce que vous auriez fait :
Vous auriez mangé votre lait,
Et conservé votre innocence.
Aline, de cet enfant-là,
Dont le hasard m'avoit fait père,
Fit à ses parents un mystère.
Mais sa taille à la fin parla;
Sa mère même apprit par là
Qu'elle serait trop tôt grand'mère.
J'ai remarqué que les parents
Ont tous un singulier caprice.
Ils veulent qu'on les avertisse
Avant de faire des enfants;
Mais il est rare qu'on le puisse.
Mon Aline n'avertit pas,
Faute d'avoir prévu le cas.
La maudite mère en furie
Donne cent coups à ma Beauté;
Son doux visage est souffleté,
Sa gorge d'albâtre est meurtrie;
Et, pour comble de cruauté,
Mon brutal beau-père irrité
Chasse à jamais de sa Patrie

*Aline et ma postérité.*

*Cependant, malgré ce tapage,*

*Pour Aline, rassurez-vous;*

*Le Ciel est toujours assez doux*

*Pour la Beauté qui n'est pas sage;*

*Et jamais un joli visage*

*Ne fut, dit-on, mangé des loups.*

*D'Aline une ville inconnue*

*Reçut un petit citoyen :*

*Partout elle fut bien reçue;*

*Elle ne manqua plus de rien;*

*Et des gens qui depuis l'ont vue*

*M'ont dit qu'elle se portait bien.*

# LA REINE

# DE GOLCONDE

e m'abandonne à vous, ma plume : jusqu'ici mon esprit vous a conduite; conduisez aujourd'hui mon esprit, et commandez à votre maître.

Le sultan des *Mille et une Nuits* interrogeoit Dinarzade ; le géant Molinos, son Bélier ; et on leur contoit des histoires : contez-m'en aussi quelqu'une que je ne sçache pas. Il m'est égal que vous commenciez par le milieu ou par la fin.

Pour vous, mes Lecteurs, je vous avertis
d'avance que c'est pour mon plaisir, et non pour
le vôtre, que j'écris. Vous êtes entourés d'amis,
de maîtresses et d'amants; vous n'avez que
faire de moi pour vous amuser ; mais, moi, je
suis seul, et je voudrois bien me tenir bonne
compagnie moi-même.

Arlequin, en pareil cas, appelle Marc-Aurèle,
*Imperator Romano,* à son secours pour s'endormir : moi, j'appelle la *Reine de Golconde*
pour me réveiller.

J'étois dans un âge où un univers nouveau se
déploie à des organes à peine développés ; où
de nouveaux rapports nous lient aux êtres qui
nous environnent ; où des sens plus attentifs, où
une imagination plus ardente nous fait trouver
de plus vrais plaisirs dans de plus douces illusions ; j'avois quinze ans, en un mot, et j'étois
loin de mon Gouverneur, sur un grand cheval
anglois, à la queue de vingt chiens courants qui
chassoient un vieux sanglier : jugez si j'étois
heureux. Au bout de quatre heures, les chiens
tombèrent en défaut et moi aussi. Je perdis la
chasse. Après avoir longtemps couru à toute
bride, comme mon cheval étoit hors d'haleine,
je descendis ; nous nous roulâmes tous deux
sur l'herbe, ensuite il se mit à brouter, et moi
à dormir.

Je déjeunai avec du pain et une perdrix
froide, dans un vallon riant, formé par deux
coteaux couronnés d'arbres verts : une échappée

de vue offroit à mes yeux un hameau bâti sur la
pente d'une colline éloignée, dont une vaste
plaine, couverte de riches moissons et d'agréables vergers, me séparoit.

L'air étoit pur et le ciel serein, la terre encore
brillante des perles de la rosée; et le soleil, à
peine au tiers de sa course, ne causoit encore
que des feux tempérés, qu'un doux zéphyr
modéroit par son haleine.

Où sont-ils ces amateurs de la nature qui
savent si bien jouir d'un beau temps et d'un joli
paysage ? C'est pour eux que je parle; car, pour
moi, j'étois alors moins occupé de cet objet
que d'une paysanne en corset et en cotillon
blanc, que je voyois venir de loin avec un pot
au lait sur la tête. Je la vis avec un secret plaisir passer sur une planche qui servoit de pont
au ruisseau, et suivre un sentier qui devoit
conduire ses pas auprès de l'endroit où j'étois
assis. En approchant, elle me parut d'une
grande fraîcheur; et, sans rien concevoir de ce
qui se passoit au dedans de moi, je me levai
pour aller à sa rencontre. Chaque pas que
je faisois l'embellissoit à mes yeux, et bientôt
j'eus regret à tous ceux que j'aurois pu faire
pour la voir plus tôt. La Géorgie et la Circassie
ne produisent que des monstres en comparaison
de ma petite Laitière, et jamais une créature
aussi parfaite n'avoit orné l'univers. Ne sçachant
quel compliment lui faire pour entrer en conversation avec elle, je lui demandai à boire un

peu de son lait pour me rafraîchir. Je lui fis ensuite quelques questions sur son village, sur sa famille, sur l'âge qu'elle avoit. Elle répondit à tout avec une naïveté et une grâce qui rendoient ses paroles dignes de sortir de sa bouche.

Je sus qu'elle étoit du hameau voisin, et qu'elle s'appeloit Aline. Ma chère Aline, lui dis-je, je voudrois bien être votre frère (ce n'est pas cela que je voulois dire). Et moi, je voudrois bien être votre sœur, me répondit-elle. Ah ! je vous aime pour le moins autant que si vous l'étiez, ajoutai-je en l'embrassant. Aline voulut se défendre de mes caresses ; et, dans les efforts qu'elle fit, son pot tomba, et son lait coula à grands flots dans le sentier. Elle se mit à pleurer, et, se dégageant brusquement de mes bras, elle ramassa son pot et voulut se sauver. Son pied glissa sur la voie lactée, elle tomba à la renverse ; je volai à son secours, mais inutilement. Une puissance plus forte que moi m'empêcha de la relever, et m'entraîna dans sa chute... J'avois quinze ans, et Aline quatorze : c'étoit à cet âge et dans ce lieu que l'Amour nous attendoit pour nous donner ses premières leçons. Mon bonheur fut d'abord troublé par les pleurs d'Aline ; mais bientôt sa douleur fit place à la volupté, elle lui fit aussi verser des larmes. Et quelles larmes ! Ce fut alors que je connus vraiment le plaisir, et le plaisir plus grand d'en donner à ce qu'on aime.

Le temps, qui sembloit avoir cessé d'exister

pour nous, suivoit sa marche pour le reste de
la nature ; et le soleil, incliné vers l'horizon,
rappeloit les bergers à leurs cabanes, et les troupeaux à leurs étables : l'air retentissoit du son
des cornemuses et des chants des travailleurs
qui retournoient au repos. Il est temps que je
m'en aille, dit Aline, car ma mère me battroit.
Je respectois encore ma mère dans ce temps-là :
je n'eus pas l'esprit de la désabuser du respect
qu'elle avoit pour la sienne. J'ai perdu mon
lait et mon honneur, ajouta-t-elle, mais je vous
le pardonne. Allez, lui dis-je, vous êtes plus
blanche que n'étoit votre lait, et le plaisir vaut
mieux que l'honneur. Je lui donnai le peu
d'argent que j'avois sur moi, et un anneau d'or
que je portois au doigt : elle me promit de ne
jamais le perdre. Nos visages, toujours collés,
l'un contre l'autre, se séparèrent humides de
larmes et de baisers. Je remontai à cheval ; et,
après avoir suivi aussi loin que je pus des yeux
ma chère Aline, je fis mes derniers adieux aux
lieux consacrés par mes premiers plaisirs, et je
revins au château de mon père, bien fâché de
n'être point un petit paysan du hameau
d'Aline.

J'avois bien résolu de ne plus aller à la
chasse ailleurs que dans ce charmant vallon, et
de faire grâce, en faveur de la belle Aline, à
tout le gibier de la province ; mais ces projets,
si chers à mon cœur, s'évanouirent comme un
songe. J'appris en arrivant que des nouvelles

imprévues forçoient mon père à partir le len-
demain pour Paris. Il m'emmena avec lui.
J'embrassoi ma mère en pleurant, mais c'étoit
Aline que je pleurois.

Le temps ronge l'acier et l'amour : j'étois
inconsolable en partant ; je fus consolé en arrivant. A mesure que je m'éloignois d'Aline,
Aline s'éloignoit de mon esprit ; et la joie d'entrer dans un monde nouveau me fit oublier les
délices de celui que je quittois. Le libertinage
et l'ambition remplacèrent Aline dans mon
cœur. Je servis six pénibles campagnes, dans
lesquelles je reçus de grandes blessures et de
petites récompenses ; je revins à Paris me
dédommager, dans le service des Belles, de tout
ce que j'avois souffert au service de l'État.

Sortant un jour de l'Opéra, je me trouvai
par hasard à côté d'une jolie femme qui attendoit son carrosse : après m'avoir regardé avec
attention, elle me demanda si je la reconnais-
sois ; je lui répondis que j'avois le bonheur de
la voir pour la première fois. Regardez-moi
bien, dit-elle. L'ordre n'est pas dur, répondis-je,
et votre visage sçaura bien vous faire obéir ;
mais plus je vous regarde, plus je trouve de
différence entre tout ce que j'ai vu jusqu'à présent et ce que je vois à cette heure. Puisque mes
traits mêmes ne me rappellent point à votre
souvenir, dit-elle, peut-être que mes mains
seront plus heureuses. Alors, ôtant son gant,
elle me montra l'anneau que j'avois jadis donné

à la petite Aline ; l'étonnement m'ôta la parole.
Son carrosse arriva, elle me dit d'y monter avec
elle, je la suivis.

Voici son histoire :

« Vous vous souvenez peut-être encore de
mon pot au lait, et de tout ce que je perdis avec
lui. Vous ne saviez ce que vous faisiez ni moi
non plus ; mais je sus bientôt que c'était un
enfant : ma mère s'en aperçut aussi, et me
chassa de la maison ; je m'en allai demander
l'aumône à la ville voisine, où une vieille
femme me retira. Elle me servoit de mère, et
je lui servis de nièce ; elle eut soin de me parer
et de me produire : je répétois souvent par son
ordre les leçons que vous m'aviez données ; et
comme vous aviez eu pour successeur immédiat
le Curé du lieu, votre fils lui échut en partage.
Il en a fait depuis un très-joli enfant de chœur.
Ma tante, espérant que ma beauté lui seroit
encore plus utile dans une grande Ville, me
mena à Paris, où, après avoir passé par plusieurs mains différentes, je tombai dans celles
d'un vieux Président ; une des premières personnes de l'État pour la dignité étoit une des
dernières pour l'amour, et il se trouvoit réduit
à bien peu de chose quand il était dépouillé de
sa perruque, de sa simarre et de son portefeuille. Cependant le peu qui en restoit m'aima
à la folie, et nous combla, ma tante et moi,
d'argent et de pierreries. Ma tante mourut ; j'en
héritai : j'avois environ vingt mille livres de

rente et beaucoup d'argent comptant : je trouvai
le métier que j'avois fait jusqu'alors ennuyeux ;
je voulus faire celui d'honnête femme, qui a
aussi son ennui. Pour deux louis que je donnai
à un Généalogiste, je fus une fille d'assez bonne
maison. Quelques liaisons que je formai avec
des gens de lettres me valurent la réputation
d'esprit, peut-être même un peu d'esprit. Enfin
un homme de naissance, riche de plus de cent
mille livres de rente, crut faiblement payer ma
vertu en m'épousant, et la pauvre Aline est à
présent pour le public *la Marquise de Castelmont ;* mais pour vous *la Marquise de Castelmont* veut encore être Aline.

Et qui avez-vous le plus aimé, lui dis-je, de
tout ce que vous avez connu ? « Pouvez-vous
me le demander ? me répondit-elle, j'étois
simple quand vous m'avez vue, et je ne l'étois
plus quand j'en ai vu d'autres. J'avois commencé
à me parer, je n'étois plus si belle ; j'avois
besoin de plaire, je ne pouvois plus aimer. L'art
nuit à tout ; le rouge que nous mettons décolore
nos joues ; les sentiments que nous affectons
refroidissent nos cœurs. Je n'ai aimé que vous ;
et, quoiqu'il soit aisé d'être plus fidèle que moi,
il seroit impossible d'être plus constante : votre
idée, toujours présente à mon esprit dans les
infidélités que je vous faisois, en empoisonnoit
presque toujours le plaisir. J'avouerai cependant qu'elle leur prêtoit de temps en temps des
charmes. »

J'eus une véritable joie de retrouver ma chère Aline; nous nous embrassâmes avec les mêmes transports que dans ces temps heureux où nos lèvres n'avoient point encore rencontré d'autres lèvres, et où nos cœurs répondoient aux premières invitations de la volupté : nous arrivâmes chez elle; j'y restai à souper; et comme M. de Castelmont étoit absent, je survécus à toute la compagnie, et j'usai de mes droits. L'amour fuit les alcôves dorées et les lits superbes; il aime à voltiger sur l'émail des prairies et à l'ombre des vertes forêts. Mon bonheur se borna donc à passer la nuit entre les bras d'une jolie femme; mais elle ne s'appeloit et n'étoit plus Aline.

Amants qui voulez connaître l'amour ou seulement la volupté, n'allez point en bonne fortune avec des lettres du Ministre dans votre poche, qui vous forcent à partir pour l'armée. C'est dans ces circonstances que je vis M$^{me}$ de Castelmont, et j'y perdis beaucoup. Jusqu'à quand la trompeuse voix de la gloire rendra-t-elle odieux ce doux repos et ces tendres plaisirs? jusqu'à quand préférera-t-on la guerre à l'amour? Je ne faisois point encore ces sages réflexions : quand on est Brigadier comme je l'étois, on pense bien plus à devenir Maréchal-de-Camp que Philosophe ; et, malgré toute la sévérité des ministres, on en est ordinairement plus près. J'entrai donc dans ma chaise en sortant de chez M$^{me}$ de Castelmont, et je volai avec plaisir à de nouveaux ennuis.

Après avoir été quinze ans loin de ma Patrie, après avoir essuyé à la fois bien des coups de fusil en Allemagne et bien des injustices à la cour, je passai aux Colonies en qualité de Lieutenant-Général.

Je laisse aux Poètes et aux Gascons le soin d'essuyer et de décrire des tempêtes. Pour moi, j'arrivai sans accident. Tout étoit calme à mon arrivée, et mon séjour dans les Indes ressembloit plutôt à un voyage de plaisir qu'à une commission militaire. N'ayant donc rien à faire, je parcourus les différents Royaumes qui partagent ce vaste pays, et je m'arrêtai en Golconde. C'étoit alors le plus florissant État de l'Asie. Le peuple étoit heureux sous l'empire d'une femme qui gouvernoit le Roi par sa beauté et le Royaume par sa sagesse. Les coffres des particuliers et ceux de l'État étoient également pleins. Le paysan cultivoit sa terre pour lui, ce qui est rare, et les trésoriers ne recevoient point les revenus de l'État pour eux, ce qui est encore plus rare. Les Villes ornées d'édifices superbes, et plus embellies encore par les délices qui y étoient rassemblées, étoient pleines d'heureux citoyens, fiers de les habiter ; les gens de la campagne y étoient retenus par l'abondance et la liberté qui y régnoient, et par les honneurs que le Gouvernement rendoit à l'agriculture ; les Grands, enfin, étoient enchantés à la

Cour par les beaux yeux de leur Reine, qui
savoit l'art de récompenser leur fidélité sans
épuiser les trésors publics : art infaillible et charmant, dont les Reines usent trop peu à mon
gré, et dont le Roi son époux ignoroit qu'elle
se servît. J'arrivai à cette Cour, et j'y fus reçu
avec tout l'agrément possible. J'eus d'abord une
audience publique du Roi, ensuite de la Reine,
qui, m'ayant aperçu, baissa son voile. Sur sa
réputation, je l'avais soupçonnée de ne rien
voiler : je fus très-étonné de cette réception ; au
reste, elle me reçut fort bien, et je n'eus à me
plaindre que de n'avoir pas vu son visage, que
je mourois d'envie de voir, d'abord parce
qu'on le disoit fort beau, ensuite parce que tout
ce qui appartient à une grande Reine est fort
curieux.

De retour chez moi, je trouvai un Officier
qui me proposa de me faire voir le lendemain
le jardin et le parc qui environnaient le Palais ;
j'acceptai la partie : nous nous levâmes avec le
soleil ; l'on me mena, par de superbes allées,
dans une espèce de bois touffu, où les myrtes,
les acacias et les orangers mêloient leurs odeurs
et leurs feuillages. Nous trouvâmes un cheval
attaché à un de ces arbres : mon guide sauta
légèrement dessus ; et, ayant sonné une fanfare
avec une trompe qu'il portoit sur lui, il s'enfuit
à toute bride. Je suivis la route où j'étois, très-
étonné de la conduite de cet Officier, et ne pouvant concevoir qu'il y eût un pays où ce fût

l'usage de mener perdre les étrangers au lieu
de les mener promener. Mais quelle fut ma
surprise, quand, arrivé à la lisière du bois, je
me trouvai dans un lieu parfaitement semblable à celui où j'avois jadis connu pour la première fois Aline et l'amour ! C'étoit la même
prairie, les mêmes coteaux, la même plaine, le
même village, le même ruisseau, la même planche, le même sentier ; il n'y manquoit qu'une
laitière, que je vis bientôt paraître avec des habits
pareils à ceux d'Aline et le même pot au lait.
Est-ce un songe ? m'écriai-je ; est-ce un enchantement ? est-ce une ombre vaine qui fait illusion
à ma vue ? Non, me dit-elle ; vous n'êtes ni
endormi ni ensorcelé, et vous verrez *tout à*
*l'heure* que je ne suis point un fantôme. C'est
Aline, Aline elle-même, qui vous a reconnu
hier, et qui n'a voulu être connue de vous que
sous la forme sous laquelle vous l'aviez aimée.
Elle vient se délasser avec vous du poids de sa
Couronne en reprenant son pot au lait : vous
lui avez rendu l'état de laitière plus doux que
celui de Reine. J'oubliai la Reine de Golconde, et je ne vis qu'Aline. Nous étions tête à
tête, alors les Reines sont des femmes : je re-
trouvai ma première jeunesse, et je traitai Aline
comme si elle avoit conservé la sienne, parce
que les Reines sont toujours censées ne la perdre jamais.

Après cette agréable reconnaissance, Aline reprit ses habits de Reine, qu'un esclave de con-

fiance, qui l'avoit suivie, lui apporta. Nous ren-
trâmes dans le Palais, où je lui vis recevoir
toute sa Cour, avec une grâce et une bonté qui
charmoient tout ce qui l'approchoit. Elle regardoit les uns, parloit aux autres, sourioit à
tous; en un mot, elle avoit bien l'air d'être
maîtresse de tout le monde, mais elle ne paraissoit la Reine de personne.

Après le dîner, pendant lequel tout le monde
mangea avec elle, je la suivis dans une salle
séparée où, m'ayant fait asseoir à côté d'elle,
elle me conta ainsi ses dernières aventures :

« Le marquis de Castelmont fut tué en duel
environ trois mois après votre départ, et il laissa
sa veuve éplorée avec quarante mille écus de
rente pour toute consolation. Une partie de ses
biens étoit en Sicile, et demandoit, disoit-on,
ma présence. Je m'embarquai avec joie pour ce
voyage. Mais un vent contraire força ma fré-
gate de relâcher sur une côte éloignée, où un
vaisseau encore plus contraire la prit et l'emmena. C'étoit un Corsaire turc, dont le Capitaine
fit à l'équipage tous les mauvais traitemens, et
à moi tous les bons dont les Turcs sont capa-
bles; il me conduisit à Alger, de là à Alexan-
drie, où il fut empalé. Je fus vendue comme
esclave, avec toute sa maison, et tombai en
partage à un marchand indien, qui me conduisit ici et me fit apprendre la langue du pays,
dans laquelle je fis en peu de temps de grands
progrès. J'avois connu la misère, mais point le

malheur, et je ne pus supporter l'esclavage : je
me sauvai de chez mon maître sans savoir où
j'allois; je fus rencontrée par des eunuques qui,
me trouvant belle, m'amenèrent au Roi. J'eus
beau demander grâce pour ma vertu, je fus en-
fermée dans le Sérail ; et dès le lendemain je
reçus de tout ce qui m'entouroit les honneurs de
Sultane favorite, que le Roi m'avoit accordés
pendant la nuit. Bientôt la passion du Roi
n'eut plus de bornes, et mon autorité n'en eut
pas davantage. La Golconde, accoutumée à
obéir aux arrêts que je dictois du fond du
Sérail, me vit sans étonnement devenir l'épouse
du Souverain, qui n'étoit depuis longtemps
que mon premier sujet. Je me suis ressouvenue
dans mon Palais de ce petit village où j'avois
conservé mon innocence, et surtout de ce charmant vallon où je la perdis; j'ai voulu retracer
à mes yeux l'image intéressante de mes premières années et de mes premiers plaisirs. C'est
moi qui ai bâti ce hameau que vous avez vu
dans l'enceinte de mon parc ; il porte le nom de
mon ancienne Patrie, et tous ses habitants sont
traités comme mes parents et mes amis. Je
marie tous les ans un certain nombre de leurs
filles, et souvent j'admets les vieux d'entre eux
à ma table pour me retracer le tableau de mon
vieux père et de ma pauvre mère, que j'aimerois à respecter si je les possédois encore. Les
herbes de la prairie ne sont jamais foulées que
par les danses des jeunes garçons et des filles

du hameau : la cognée respectera tant que je vivrai ces arbres imitateurs de ceux qui prêtèrent leur ombre à nos amours ; et mes habits de paysanne, conservés avec des ornemens royaux, ne cessent, au milieu de l'éclat qui m'environne, de me rappeler ma première obscurité. Ils me défendent de mépriser une condition dans laquelle j'ai été moins méprisable que dans toutes celles auxquelles je me suis élevée depuis ; ils m'apprennent à respecter l'humanité partout, ils m'instruisent à régner. »

O la charmante Princesse que celle de Golconde ! elle étoit tout à la fois bonne Reine, bon Roi, bonne femme et bon philosophe ; elle étoit encore plus : elle étoit bonne jouissance. Hélas ! je ne le sçus que pendant quinze jours, au bout desquels je fus surpris avec elle par son mari lui-même, et obligé de sortir de son Royaume par la fenêtre de sa chambre à coucher. Je repartis peu de temps après pour la France, où je parvins aux plus grandes dignités et aux plus grandes disgrâces, ne méritant ni les unes ni les autres. J'ai erré depuis sans fortune et sans espérance de pays en pays ; enfin je vous ai rencontrée dans ce désert, où je compte me fixer, puisque j'y trouve une solitude et une société.

Mon lecteur a peut-être cru jusqu'à présent que c'étoit à lui que je contois cette histoire ; mais comme il ne m'en a point prié, il trouvera bon que ce récit s'adresse à une petite vieille

vêtue de feuilles de palmier, ancienne habitante
du désert où je suis retiré, et qui m'avoit demandé de lui conter mes aventures les plus in-
téressantes. Elles ont pu ennuyer ceux qui les
ont lues ; mais elles furent écoutées de la vieille
avec une attention singulière ; elle n'en perdit
pas une parole, et, quand j'eus fini, elle me dit :
Ce qui me plaît le plus dans votre histoire, c'est
qu'il n'y a pas un mot qui ne soit vrai. Qu'en
sçavez-vous ! lui dis-je ; peut-être que je vous
ai menti d'un bout à l'autre. Je suis sûre du
contraire, me dit-elle. Madame se mêle donc un
peu de magie ? repris-je. Pas tout à fait, répli-
qua-t-elle ; mais j'ai un anneau qui me fait
juger de la vérité de tout ce que vous m'avez
dit. Je ne connais, lui dis-je, que l'anneau de
Salomon qui puisse avoir cette vertu. Connais-
sez-vous celui d'Aline ? dit-elle en souriant et
en montrant sa main ; Aline que vous avez fait
monter sur le Trône de Golconde, et que vous
en avez fait descendre ; qui, fugitive et proscrite,
est venue chercher dans ces lieux éloignés un
asile contre la colère de son mari, à laquelle
vous échappâtes en sautant par la fenêtre ?

Quoi ! c'est encore vous ? m'écriai-je ; je suis
donc bien vieux, car j'ai, si je m'en souviens,
un an plus que vous ; mais il est impossible
d'avoir un an plus que votre visage. Qu'impor-
tent, dit-elle d'un ton grave, notre âge et notre
figure ? Nous étions autrefois jeunes et jolis :
soyons sages à présent, nous serons plus heu-

reux. Dans l'âge de l'amour nous avons dissipé
au lieu de jouir; nous voici dans celui de l'a-
mitié, jouissons au lieu de regretter. Il n'est
que des momens pour le plaisir, et toute la vie
peut être pour le plaisir fixé; l'un ressemble à
la goutte d'eau, et l'autre au diamant. Tous
deux brillent du même éclat; mais le moindre
souffle fait évanouir l'un, et l'autre résiste aux
efforts de l'acier. L'un emprunte son éclat de la
lumière, l'autre porte la lumière dans son sein
et la répand dans les ténèbres; ainsi tout dis-
sipe le plaisir, rien n'altère le bonheur.

Ensuite elle me conduisit vers une haute
montagne couverte d'arbres fruitiers de différentes espèces; un ruisseau d'eau vive et claire
descendait de la cime en faisant mille détours,
et venait former un réservoir à l'entrée d'une
grotte creusée au pied de la montagne. Voyez,
me dit-elle, si cela suffit à votre contentement:
voilà ma demeure; elle sera la vôtre si vous le
voulez. Cette terre n'attend qu'une faible culture
pour vous payer abondamment des soins que
vous aurez pris. Cette eau transparente vous
invite à la puiser; du haut de cette montagne
votre œil pourra découvrir à la fois plusieurs
Royaumes: montez-y, vous y respirerez un air
plus vif et plus sain; vous y serez plus loin de
la terre et plus près des cieux; considérez de là
ce que vous avez perdu, et vous me direz après
si vous voulez le retrouver.

Je tombai aux pieds de la divine Aline, pé-

nétré d'admiration pour elle et de mépris pour
moi : nous nous aimâmes plus que jamais, et
nous devînmes l'un pour l'autre notre Univers.
J'ai déjà passé ici plusieurs années délicieuses
avec cette sage compagne ; j'ai laissé toutes mes
folles passions et tous mes préjugés dans le
monde que j'ai quitté ; mes bras sont devenus
plus laborieux, mon esprit plus profond, mon
cœur plus sensible. Aline m'a appris à trouver
des charmes dans un léger travail, de douces
réflexions et de tendres sentiments ; et ce n'est
qu'à la fin de mes jours que j'ai commencé à
vivre.

# TAMARA

ou

## LE LAC DES PÉNITENTS

*CONTE INDIEN*

# TAMARA

ou

## LE LAC DES PÉNITENTS

*CONTE INDIEN*

---

A fille de Therma Rajah (le bon Roi) étoit en méditation sur le sommet de Richi-Sombo, le mont des Contemplateurs. Indra, qui regarde à la fois toutes les choses et chaque chose, observoit la pieuse Monghir, au pied de l'arbre saint, planté par Ardjown sur

le sommet du mont, pour servir d'appui aux
saints personnages exténués par le jeûne, et pour
ombrager le lac de Tamara, qui n'est formé
que des pleurs des pénitents. Ses eaux, bien que
plus transparentes que l'air serein, ne repré-
sentent point les traits de ceux qui viennent s'y
regarder ; mais, par un prodige de celui qui
peut tout, ce sont les âmes qui s'y peignent
elles-mêmes sous des formes expressives et
avec les symboles de leurs vertus ou de leurs
vices. Honneur et gloire à Brahma, le père et
l'ami des âmes !

Monghir étoit depuis trois jours assise au bord
du lac, le dos appuyé contre l'arbre, jeûnant,
priant, grossissant le lac de ses larmes ; elle tenoit ses mains pures élevées vers le ciel, qui voit
tout ; et tous les yeux du ciel qui s'arrêtoient
sur Monghir paroissoient briller d'une douce
compassion.

Monghir étoit belle aux regards qui lisent
dans les âmes ; le grand Indra lui-même la
distinguoit entre les créatures humaines ; et
Chacta, la Déesse de la Vertu, habitoit l'âme de
la pénitente ; la noble Sarisotani, la conserva-
trice de toutes les belles pensées, lui avoit infusé
la science ; Satya, la vénérable Déesse de la
Vérité, avoit fait luire en elle cette lumière inef-
fable dont les moindres reflets conservent encore trop d'éclat pour des yeux mortels ; et
l'esprit de Monghir, porté sur les ailes des bons
Génies entre la région des nuages et celle des

astres, pouvoit tour à tour admirer la sagesse du Créateur et les merveilles de la création. Les habitants des plaines de la lumière, les Péris, les Névis, les Vritraspati conversoient avec le sage Monghir, et lui révéloient des choses que les mortels ignorent. Les hommes, les femmes, les sages même, et jusqu'aux Prêtres et aux Prêtresses de Brahma auroient pu envier les dons célestes de Monghir, et cependant Monghir n'était pas heureuse.

Monghir méprisoit les richesses et les grandeurs qui plaisent aux âmes ordinaires; deux filles dignes d'elle, Pravir et Méva, étoient les seuls biens terrestres qu'elle daignât priser; elle les aimoit également; mais elle n'étoit pas sûre d'en être également aimée, et son âme, sainte comme les eaux du Gange, étoit en proie à une douleur qu'elle ne pouvoit déposer que dans le sein de ses amis invisibles. Brahma, touché de sa peine, a inspiré à la belle Pravir, la fille trop froide d'une mère trop tendre, la pensée d'aller trouver Monghir. Oh! ma mère, dit-elle d'un son de voix enchanteur (mais qui paraissoit plutôt venir d'un instrument mélodieux que d'un cœur ému), ma mère, il y a bien longtemps que tu n'as réjoui les yeux de ta fille. — Hélas! dit Monghir, plus longtemps peut-être pour moi que pour toi. — Mais, ma mère, quel plaisir ton âme trouve-t-elle dans la solitude? — Ma fille, en quittant les humains, on trouve les Dieux. Heureuses les *Féroners* (les

âmes dévotes) qu'ils daignent accueillir ! —
Mais à quoi te sert ce long jeûne qui te con-
sume ? — Le jeûne peut affaiblir le corps ;
mais il nourrit l'âme. — Voilà toujours les
*Mayas* (les illusions) de notre mère... et ces
bras que tu tiens étendus doivent succomber à
la fatigue. — Je les tends vers les Génies du
ciel, et les Génies de l'air les soutiennent. —
Encore les *Mayas* de notre mère. — Non, ma
fille, je m'adresse à Celui qui entend les plaintes
muettes, et qui lit d'en haut les vœux que
l'homme n'a pas encore achevé d'écrire dans
les replis de son cœur. — Et qu'est-ce que tu
lui demandes, ma mère? dit la belle Pravir
d'un air dédaigneux. — Je lui demande une
fille, dit tristement la belle Monghir. — Eh ! ne
nous as-tu pas toutes deux, Méva, qui suffiroit
seule à ton amour, et moi que voici ? — Hélas !
il m'en manque une, et c'est toi. — Y penses-
tu, ma mère ? — Oui, toi : tu me fuis, ma fille.
— Eh quoi ! ma mère, tu dis que je te fuis
quand je viens à toi. Non, ma mère, ta fille
sait son devoir. — Venir par devoir n'est pas
venir à moi, fille trop aimée ; le devoir n'est
pas le désir : il ·t'amène comme autrefois ta
nourrice apportoit mon enfant dans mes bras.
— Tu m'accuses, ma mère, et tu veux me voir
coupable. — Te voir coupable ! moi qui lave-
rais, si le grand Indra le permettoit, la moindre
de tes fautes avec mon sang pour te montrer
aussi belle aux Dieux que tu le parois aux mor-

tels. Mais pourquoi cet air pensif, sombre, inquiet? qu'as-tu, ma fille? — Rien, ma mère; tous les jours ne sont pas sereins. — La douce confiance les éclairciroit. — Encore une fois, je n'ai rien. — Lorsqu'on sent quelque ennui secret, on dit toujours qu'on n'a rien. — Il me semble encore plus naturel de le dire quand on n'a rien. — Je crois cependant voir... — Les Dieux mêmes, avec qui tu te vantes d'avoir un commerce si étroit, ne sauroient voir ce qui n'est pas. — Non, mais ils voient ce qu'on leur cache; et moi, malheureuse, tout mon pouvoir se borne à connoître que tu te caches de moi. Clarté funeste! l'aveuglement vaudroit mieux. — Que je te plains de tes soupçons, ma mère! par où les ai-je mérités? j'en appelle à ta justice. — La justice, ma fille! elle est pour les indifférents; mais entre une mère et une fille... — Il me semble pourtant, dit Pravir, qu'elle vaudroit encore mieux que l'injustice. — Ma fille, ma fille, tu accuses ta mère; tu prends plaisir à confondre son esprit déjà troublé par le chagrin. — Non, ma mère, tant de pouvoir ne m'appartient pas. — Je retrouverai toujours dans ma fille cette humeur aussi difficile à plier que l'arc du géant de la guerre. — Eh bien! ma mère, si l'entreprise est au-dessus de vos forces, pourquoi la tenter? — Je l'aurois pu quand ma Pravir, l'enfant de mon amour, ne s'élevoit pas encore au-dessus des fleurs destinées à parer nos Temples. Mais une folle tendresse m'arrêtoit.

Faible mère ! je craignois de troubler le fleuve
de ton bonheur à sa source, je pensois que tu
avancerois dans le champ de la vie, comme le
palmier se redresse en croissant ; j'espérois que
le Maître des douces affections, le tendre Kama,
t'apprendroit à payer d'amour l'amour de ta
mère... mais, au lieu de cela, ton esprit s'est
ouvert aux *Thias,* aux *Azours,* aux ennemis de
nos bons Génies, aux Maîtres de l'orgueil. Ils
t'ont fait rougir de ta bonne Monghir ; ils t'ont
persuadé que sa tendresse n'étoit qu'un artifice
pour te subjuguer, pour faire de toi une esclave.
Mon esclave ! hélas ! c'est moi qui suis la tienne,
et je n'en rougis pas ; mais tu me repousses.
— Moi, repousser ma mère ! — Tu lui caches
ton secret. — Mon secret, c'est que je n'en ai
point. — Et pourquoi donc ce mystère qui,
dans ce moment même, veille comme un espion
invisible sur tes paroles, sur tes gestes, jusque
sur les moindres mouvements de ton beau visage, et qui cherche à me fermer l'accès de ton
âme ? — Tu vois ce que tu veux voir, ma mère.
— Ah ! s'il étoit vrai, ma fille, que je serais
heureuse ! Mais comment pourrois-je me dissimuler ce soin trop visible d'échapper à mes regards ; ce voile ténébreux dont l'esprit de ma
fille s'enveloppe devant le mien ; ce besoin de te
dérober aux caresses, aux empressements de celle
qui t'a donné la vie et qui te donneroit encore
la sienne ? Crois-tu que j'aie été la seule à remarquer ton indifférence, ton éloignement pour

ceux dont la bienfaisante Shiva t'avoit environ-
née dans les projets de son amour pour les
rendre heureux par eux ? Tu ferois notre gloire
et nos délices, et tu fixerois tous nos regards
comme ce diamant doué de pensée qui ferme la
ceinture de la Reine des Péris, et qui entretient
un commerce éternel de lumière avec toutes les
étoiles du ciel. Mais non ! tu te refuses à notre
amour ; le bocage que tu embellis de tes char-
·mes est devenu comme une île où nous n'abor-
dons qu'avec peine : tous ceux que tu aimes à
rassembler autour de toi nous deviennent étrangers, et, pour te plaire, il faut nous fuir... Des-
cends en toi, ma fille, et juge-toi. Que dirois-tu
de la fleur qui essayeroit de se séparer de la tige
qui la porte et des feuilles qui l'accompagnent ?
et, séparée une fois, que deviendroit-elle ? —
Ma mère, je ne te comprends pas. — Essaye de
te comprendre toi-même. — Mais, ma mère,
cette fleur à qui tu daignes comparer ta fille
doit perdre sa beauté en s'éloignant de sa tige,
et, si j'en crois tes louanges, je conserve la
mienne : une mère doit-elle se contredire ainsi
dans ses discours ? — Ma fille, il existe d'autres
yeux que ceux des mortels : ceux-là voient la
vérité, tandis que les autres s'en tiennent à l'apparence. Ces traits ravissants, cette grâce, cette
lumière de beauté qui te distinguent entre toutes
tes compagnes, tout cela n'étoit que des symboles. Tes beaux traits étoient destinés à représenter, et bien imparfaitement encore, ta belle

âme dans sa paix, dans sa douceur, dans sa
bienveillance native, et telle qu'elle est sortie du
souffle de Brahma. Tant que ton âme a été tranquille et tendre, elle s'est montrée, elle s'est
mirée dans ta beauté ; mais lorsque cette paix
a été troublée, le trouble a paru malgré toi jusque sur ton visage, comme on voit la rose des
bosquets resserrer ses feuilles délicates au souffle
du Dewatas. — Tu me vois donc bien affreuse,
ma mère? — Ma fille, ta mère ne te perd jamais
de vue; tantôt ses regards s'arrêtent au dehors,
et je me réjouis ; tantôt je regarde au dedans, et
je pleure : toi-même tu crains, quand je te regarde, que je ne voie au delà de l'apparence;
tu ne veux pas que mon œil pénètre jusqu'à ta
pensée; et, pendant que je te parle, tu comman-
des à toute ta personne de me dissimuler ce qui
se passe dans ton âme. — Et qu'aurois-je à te
dissimuler, ma mère? — Ton ennui, ton dépit,
ton projet de ne plus t'exposer à de pareils entretiens, ton espoir d'inventer tous les jours des
prétextes plausibles pour excuser tes négligen-
ces et tes froideurs. — Et, quand cela seroit, ma
mère, que t'importe ? Tu crois lire dans mon
âme; crois-tu que je ne lise pas dans la tienne?
Non, non, je sais trop bien qu'au moment de ma
naissance une main invisible, celle de Brahma
lui-même, a écrit sur mon front que je ne serois
point aimée de celle qui me donnoit le jour; que
toutes ses préférences attendoient cette Méva,
cette sœur qui m'étoit destinée; que celle-là réu-

niroit tous les dons, toutes les faveurs que le Ciel peut prodiguer à une fille de la terre ; qu'elle seroit élevée à tous les honneurs des Péris et des Néris ; tandis que moi, toujours désagréable aux yeux maternels, je vivrois humiliée, méconnue, accusée de l'indifférence, de la jalousie, de l'aversion qu'on sentiroit pour moi. Tu voulois de la sincérité, ma mère, en voilà... Mais que vois-je ? Ma mère ! ma mère ! éveille-toi !

En effet, en écoutant le discours de Pravir, le sang de la triste Monghir s'était arrêté soudain comme le torrent de la montagne au souffle du démon des frimas. « Ma mère, éveille-toi ! » répétoit à grands cris Pravir, effrayée, et Monghir ne s'éveilloit point. Idma, le Dieu du Sommeil consolateur, avoit étendu sur tous les sens de Monghir ses ailes protectrices ; et, pendant que son corps pâle et froid paroissoit privé de vie, le secourable Arjown avoit porté l'âme de cette mère infortunée au pied de l'escarboucle flamboyante qui sert de trône au Dispensateur de la lumière. Le Dieu qui éclaire les choses hors de nous et les images des choses au dedans de nous, le clairvoyant Indra, jette un regard propice sur Monghir : « Qui t'amène ici ? » dit une voix (c'étoit celle d'Indra). Qui t'amène ici, âme pieuse et triste ? — Le chagrin, répond Monghir. — Et que viens-tu chercher ? — La consolation. — Je ne la refuse point aux âmes pieuses, dit encore la voix : ainsi parle avec confiance. — Seigneur, ta bonté encourage ton esclave tremblante; accorde-lui son humble prière, répands sur Pravir ce jour qui n'est pas fait pour des yeux mortels, et dont les rayons dardent jusqu'au fond de la pensée : fais en sorte que les couleurs pures dont ta lumière se compose tracent pour elle un tableau qui lui montre ce qui se passe dans son âme, qui lui dévoile ses funestes illusions, qui démasque à sa vue les Daytas et les Azours, qui la séduisent, comme les feux trompeurs qui entraînent les voyageurs égarés vers les marais, où ils s'enfoncent pour ne plus reparaître. Tu en as le pouvoir, flambeau vivant; tu en sçais les moyens : ton esclave soumise attend de toi son retour à la vie et à la félicité. » Elle dit, et déjà son âme, ramenée par Arjown lui-même au corps demeuré sans chaleur et sans mouvement, commence à lui rendre le sentiment de l'air et la clarté des cieux. Son œil et son oreille ont retrouvé les objets et les sons : elle voit, elle entend sa chère Pravir ; *Manasidja,* l'invisible Vainqueur des volontés, étoit auprès d'elle.

Ma mère, ma mère, disait la tremblante Pravir d'un accent qui auroit attendri le diamant, ma mère, sauve ta fille du noir fantôme qui la poursuit et qui l'effraye ! — Je ne vois rien, dit la tendre Monghir. — Et, toi, qui es-tu disoit Pravir en s'adressant au fantôme qu'elle voyait toujours dans le lac Tamara. — Je suis toi, répond le fantôme. — Non, tu n'es pas moi; car, si ma mère, si ma sœur, si les miroirs des eaux ne m'ont point trompée, je suis belle, et l'amour est toujours entre moi et l'œil qui me fixe : au lieu que ton air farouche appelle la haine. — C'est toi-même, imprudente, répond le fantôme, c'est toi qui m'as défigurée ; vois-tu ces Azours, ces Daytas qui se sont emparés de ma première beauté, pour la dérober aux regards de Wistznou, qui s'y complaisoit, pour l'éloigner de tous ceux que Wisnou t'avait donnés pour faire avec toi le trajet de la mer du temps ?

« Vois-tu la fourberie à l'œil couvert, au regard louche, qui, sous un feint amour pour Wistznou, t'entraîne loin de lui et de ses voies ? Le vois-tu, ce serpent caché sous les fleurs du jardin des Félicités, qui les a toutes flétries pour toi en les infectant du poison de la jalousie ? Vois-tu les alarmes, les combats des bons Génies qui te défendent malgré toi, et qui essayent encore de te disputer aux mauvais Esprits à qui toi-même tu te livres ? — Ah ! je ne les vois que trop, dit Pravir en frissonnant ; et, toi, ma mère, les vois-tu ? les entends-tu ? — Hélas ! oui, je les vois, je les entends, ma fille. — O ma mère ! délivre ta Pravir ! — Je ne puis rien sans toi.— Ma mère, suis-je donc condamnée à montrer aux yeux de mes compagnes cette figure si différente de la mienne et dont l'image m'obsède ? — Ma fille, il ne tiendra qu'à toi de revenir à ta première forme en revenant à ton vrai caractère : ce qui t'arrive est une punition ou un bienfait de Celui qui voit et qui fait voir : il a dit que tes traits représentoient tes affections, et que tu paraîtrois toujours ce que tu serois. Le voile est enlevé, ma fille : ton visage, si cher à tous les yeux, a disparu ; on ne voit plus que ton âme. — Malheureuse que je suis ! et tu ne me plains pas, mère cruelle ! — Non, ma fille ; cette âme visible est livrée à son propre pouvoir. Que pouvoit-elle désirer de mieux ? Indra lui permet de se rendre aussi belle qu'elle voudra ; il ne tient qu'à elle de se former et de se changer comme l'argile que l'ouvrier pétrit, et dont il fait à son gré un Démon ou un Dieu. — Ma mère, le nouveau décret du puissant Indra s'étend-il sur d'autres mortels que sur Pravir ? — Oui, chère enfant, détourne les yeux de ton âme pour lire dans la mienne ; tu y verras l'amour d'une mère qui adore sa fille, la douleur d'une mère que sa fille n'aime point. — Non, ma bonne mère, dit Pravir en s'élançant dans les bras que sa mère lui tendoit, je ne verrai plus que ton amour, tu ne verras plus que le mien. »

Puis, en se retirant, pleine de tendresse et de repentir, ses regards ont rencontré par hasard cette même image qu'elle craignoit de revoir ; elle la trouve comme un tableau dont tous les traits, auparavant difformes, auroient ensuite été corrigés par un habile maître. O prodige ! s'écria-t-elle, je me retrouve, ma mère ; je me dois encore une fois à ton amour. — Non, ma

fille, c'est au miracle qui atteste le pouvoir d'un
Dieu ; rends grâces à Indra, qui a voulu te montrer presque ce que tu peux sur toi. Te voilà
donc revenue presque entièrement à cette beauté
qu'il t'avoit donnée d'abord comme un modèle
à imiter. Il s'en applaudissoit, et t'invitoit à
rassembler en toi toutes les perfections dont elle
offre l'image. Mais es-tu contente, ma fille ? et
ne vois-tu pas sur ce front une ombre qui n'est
pas encore éclaircie ? — Hélas, ma mère, c'est
peut-être un reste de punition. — Non, ta beauté
dépend de toi ; mais cette ombre annonce qu'il
te reste encore quelque ennemi que tu ne connais pas, et qui plane au-dessus de toi. — Ma
mère, défends-moi de notre ennemi, car c'est
aussi le tien ; dis-moi comment je puis le conjurer. — En aimant. Vois à côté de toi cette
image que rien n'obscurcit, où Kama, l'Ami des
cœurs, se peint en traits de lumière ; tu es plus
belle peut-être à des yeux mortels ; mais veux-
tu l'être moins à des yeux qui voient tout ? —
O ma mère ! c'est ma sœur ; aide-moi à l'aimer.
— Eh ! comment ? — En me disant que tu ne
l'aimes pas mieux, toute pure qu'elle est, que
la triste Pravir. — Ma fille, tu te reproduiras
peut-être un jour dans des images vivantes de
ta beauté, et tu sçauras alors que l'amour d'une
mère, semblable à celui des Dieux mêmes, ne
s'affaiblit point en se partageant... Mais lis ce
que tu vois écrit sur cette feuille de lotus que
la figure porte à sa main : *Ma mère, ma mère,*

*rends-moi l'amour de Pravir, quand tu devrais*
*la préférer à la tendre Méva.*

Pravir, à cette vue, saisie d'une tendre émotion, tourne ses yeux humides vers le lac, et
voit une seconde fois son image, qui brille enfin
de tout son éclat. De douces larmes avoient
expié un long endurcissement, comme une
pluie bienfaisante reverdit des plantes desse-
chées. Les âmes des deux sœurs, rendues à la
vie de l'amour, ressemblent à des branches de
lierre qui s'enlacent pour ne plus se séparer. Le
puissant Indra laisse tomber sur elles deux un
rayon brûlant qui les fond l'une et l'autre en
une seule et même âme. O bonté, ô félicité !
s'écrie la plus tendre des mères ; ô mes enfants,
ô mes enfants ! vous faites plus pour moi que je
n'ai fait pour vous. O mes enfants ! combien
je vous dois ! — Eh ! ma mère, disent-elles
ensemble, qu'est-ce que tu nous dois ? — Votre
bonheur !

# LE DERVICHE

## CONTE ORIENTAL

# AVANT-PROPOS

---

Dans ce petit ouvrage, que des amis, trop indulgents sans doute, ont désiré voir publier, je ne puis me vanter d'avoir tout à fait ni le mérite de la vérité ni celui de l'invention ; mais, si la bonne intention peut être regardée comme un mérite, c'est celui-là que j'ambitionne. Le fait que j'entreprends de conter est arrivé ; je le tiens de la bouche d'une personne aimable, qu'il vaudroit mieux entendre que de me lire : elle n'avoit pas besoin de changer comme moi le lieu de la scène ni les noms des personnages pour prêter de l'intérêt et du charme à son récit. La vérité lui suffisoit : si j'avois pu retenir ses paroles, si j'avois pu noter ses accents, je serois sans inquiétude ; mais la délicatesse, qui a tant de pouvoir sur le sentiment, laisse peu de traces dans la mémoire : la grâce tient à si peu de chose ! Et ce peu de chose, si important, est en même temps si fugitif, si volatil, que, lorsqu'on cherche à se le rappeler, on ne se ressouvient que de l'émotion qu'on en a reçue, sans pouvoir espé-

rer de la transmettre. Il y a, d'ailleurs, des choses de
ce genre qui sont le partage exclusif des femmes,
et, si j'avois essayé de conter le fait comme je l'ai
entendu, j'aurois bientôt reconnu combien le langage
d'un sexe est intraduisible pour l'autre. Obligé de
recourir à d'autres moyens, j'ai changé le lieu de la
scène, j'ai déguisé les personnages, j'ai imaginé des
circonstances qui m'ont semblé devoir répandre plus
d'intérêt sur la suite de l'histoire.

L'occasion s'est présentée pour moi de tracer en
passant une esquisse légère des mœurs, des opinions,
des entretiens d'une société de guerriers réunis depuis
longtemps sous les mêmes drapeaux, et entre qui
l'honneur, l'enthousiasme, l'intérêt commun, les périls
même ont établi plus de cordialité qu'on n'en voit
parmi des gens d'aucune autre profession : j'ai tâché
de peindre ce que j'ai vu et ce qu'on voit mieux sous
les tentes que partout ailleurs, cette confiance noble,
cette politesse franche, cette humanité consolante qui
s'allient d'ordinaire à la vraie bravoure, qui l'épurent,
qui l'embellissent encore des traits de la générosité,
qui d'une qualité en font une vertu : et j'ai en même
temps pris plaisir à montrer les hommes vraiment supérieurs (tels que l'histoire indienne nous présente le
Sultan Akbar) comme les plus vrais amis de tout
mérite, les plus éloignés de la persécution, les plus

sensibles à la reconnaissance et les plus passionnés pour le bonheur universel.

*Mais tout, cela n'est qu'épisodique; mon véritable but, en écrivant, étoit de faire vibrer, si je le pouvois, dans tous les cœurs, deux sentiments, dont l'un est en quelque sorte la contre-épreuve de l'autre : la piété filiale et l'amour paternel, qu'on peut regarder comme les deux pivots de la société, comme les deux anneaux de la grande chaîne qui lie tous les êtres. En effet, que deviendroit le monde, si la perpétuité du genre humain tenoit seulement à la reproduction des individus, et si l'Esprit d'harmonie, le tendre Camadebo (comme disent les Indous), ne planoit point sur notre sphère? Que deviendrons-nous tous, s'il n'y avoit point des êtres raisonnables, chargés par la nature même d'aimer des êtres faibles qui ne peuvent point encore aimer, et si ces mêmes êtres, si faibles dans leurs commencements, n'étoient pas obligés, dans l'âge de la raison et de la force, à un culte d'amour et de reconnaissance envers ceux qui les ont aimés si tôt et si gratuitement? Je me reprends d'avoir dit que la nature nous y oblige; elle ne fait malheureusement que nous y engager, et la preuve en est qu'on y résiste quelquefois; c'est pour cela que tous les écrivains, chacun dans son genre et selon ses moyens, doivent s'efforcer d'ajouter, s'il se peut, quelque*

charme à cette exhortation de la nature, ou, pour
mieux dire, de la montrer dans tout son charme.
Quel plus bel emploi de son art que d'aider la nature,
que de concourir à ses vues, que d'aimanter encore, en
quelque sorte, sa chaîne magnétique, et de faire ainsi
des sentiments innés une première législation irrésis-
tible! Entreprise à jamais louable, qui, si elle réus-
sissoit, rendroit toutes les lois plus sacrées, plus
faciles et en même temps moins nécessaires; car, si
le monde étoit rempli de bons pères et de bons fils,
que resteroit-il à désirer? La sagesse commanderoit,
l'amour obéiroit; la raison de l'âge mûr deviendroit
la règle des actions de la jeunesse, et les vieillards
croiroient renaître dans les jeunes observateurs de
leurs sages maximes; la jeunesse, à son tour, ne se
lasseroit pas d'honorer ces vénérables divinités domestiques à qui elle devroit tout le bonheur de son enfance,
et l'on craindroit de les voir disparaître de l'intérieur
de chaque foyer, comme on craint de voir s'éteindre la
lampe qui vous éclaire.

On a cru longtemps, surtout en France, que les
poèmes, les drames, les romans ne pouvoient pas se
passer d'amour; on a fait de l'amour un agent universel, un mobile tout-puissant de toutes les actions
des hommes; mais, à force de l'employer, ce ressort
a perdu son effet; et même, si l'on veut se rappeler

toutes les émotions que les différentes compositions de
ce genre ont excitées, on conviendra qu'à peu d'excep-
tions près, les plus fortes ont été produites par d'autres
sentiments que celui de l'amour. Oreste et Pylade se
disputant lequel des deux mourra pour l'autre ; Nisus
conjurant les ennemis de lancer sur lui tous les traits
qui menacent Euryale ; Philoctète réclamant les droits
de l'humanité, et redemandant les armes qui le nour-
rissent ; Priam prosterné aux pieds d'Achille pour
racheter les restes inanimés de son fils... ont tiré plus
de larmes de tous les yeux que la plupart des amants
dont les poètes nous ont peint les transports et les
chagrins. Quand les Grecs et les Latins, nos maîtres
à tous dans l'art d'émouvoir, ont entrepris de peindre
l'amour, ils l'ont montré dans toutes ses fureurs, dans
toute son énergie ; c'est Phèdre en butte à la vengeance
des Dieux, qui cède à un pouvoir que l'amour n'exerce
point en France ; c'est Didon, que Vénus et Junon,
réunies une fois par leurs intérêts contraires, livrent
sans défense à l'amour dont elle meurt. Mais quand
ces Grecs et ces Romains nous peignent l'amour avec
une aussi effrayante vérité, remarquez que c'est pour
en détourner ; au lieu que, dans notre littérature mo-
derne, il est aisé de voir que c'est presque toujours
pour y inviter. Et qu'arrive-t-il ? C'est qu'on se blase
sur ce qui devroit émouvoir ; c'est que les cœurs s'amol-

lissent au lieu de s'attendrir; c'est qu'il n'en résulte ni plus de douceur dans les mœurs, ni plus d'élévation dans les esprits, ni plus de sagesse dans la conduite; c'est enfin que, dans l'âge où l'on peut encore apprendre quelque chose, les jeunes gens n'apprennent que la galanterie, qui, assurément, de toutes les sciences, est la moins nécessaire. A Dieu ne plaise néanmoins que je la condamne! ce seroit écraser de propos délibéré les plus belles fleurs du champ de la vie, et tant de sévérité me conviendroit moins peut-être qu'à personne. Il n'en est pas moins vrai que tout écrivain qui voudra, comme ils y sont tous appelés, contribuer pour sa part, quelle qu'elle puisse être, au perfectionnement de la société, doit essayer d'y répandre quelques semences de vertu qui germeront quand elles pourront : or, cet écrivain n'a aucun besoin pour cela de faire entrer l'amour dans ses leçons; l'amour n'est rien moins que désintéressé, rien moins que social; il ne cesse d'aspirer à une récompense et de solliciter un privilège exclusif. Mais il y a toujours au fond de la pensée de l'homme, je ne sais quoi de grand, de généreux, qui attache plus d'estime, et par conséquent plus de prix, à la peinture d'un sentiment absolument épuré de tout intérêt, comme l'amitié, la fidélité, la piété, le patriotisme, comme tous ces beaux mouvements enfin qui élèvent l'homme au-dessus de l'homme,

*et qui sembleroient le dégager de tous les liens qui
l'enchaînent à la nature animale.*

*Enfin la littérature a ses devoirs; plaire n'en est
pas un : car il n'y a de vrais devoirs que ceux qu'on
est toujours maître de remplir. Eh! qu'on seroit heureux, si plaire étoit du nombre! plaire n'est que notre
premier intérêt, qu'un moyen nécessaire pour devenir
utile, car on ne persuade point si l'on ne plaît; mais
lorsque la persuasion découle de la plume d'un écrivain comme des lèvres de Nestor, elle doit ressembler
à ces eaux transparentes qui portent néanmoins avec
elles des principes salutaires pour ceux qui veulent
s'y désaltérer. J'en reviendrai donc toujours à penser
et à dire que celui de tous les écrivains qui aura le
mieux rendu et le plus encouragé tous les sentiments
qui tiennent à la paix, à la justice, à la compassion
réciproque, à la bienveillance universelle, que celui-là,
dis-je, aura le mieux senti, le mieux rempli les obligations que le talent même impose à tous les hommes
de lettres. Je me vanterai moins que personne d'y
avoir réussi : l'esprit n'a point la connaissance de sa
mesure, mais il a la conscience de son motif.*

*Il seroit plus qu'inutile de prévenir mes lecteurs et
de solliciter leur indulgence au sujet de la marche
que j'ai suivie ou plutôt négligée dans le cours de
mon récit : j'ai toujours supposé qu'il n'y avoit pas*

plus de règles pour de pareilles bagatelles que pour
des rêves, mais qu'il suffisoit de se laisser aller au
cours de ses pensées et de les saisir à mesure qu'elles
naissent les unes des autres; car ce n'est pas nous
qui devons les chercher, ce sont elles qui doivent venir
à nous, et c'est bien assez du soin d'imaginer et de
choisir les traits et les couleurs qui peuvent les représenter à peu près comme elles nous sont apparues.

On verra trop facilement que je n'ai point parcouru
l'Asie, où cependant j'établis le théâtre de mon action,
et je n'ai pas même fait beaucoup de recherches sur
la position des lieux dont il est question dans mon
ouvrage, non plus que sur leurs noms, leur histoire,
leur aspect et autres choses qu'il vaudroit sans doute
mieux savoir qu'ignorer : j'ai parlé au hasard, comme
tant d'autres, pensant que je ne faisois ni une histoire,
ni un traité de géographie, ni une statistique, mais
tout bonnement un Conte ; espérant que mes erreurs en
ce genre ne tireroient à aucune conséquence, que la
plupart de mes lecteurs, si j'en ai, voudroient bien
prendre l'Asie comme je la leur présente, et qu'on
daigneroit étendre jusqu'à moi le beau privilège
qu'Horace lui-même accorde à tous ceux qui se mêlent de peindre ou d'écrire :

. . . . . . . . . . Pictoribus atque poetis
Quidlibet audendi semper fuit æqua potestas.

# LE DERVICHE

*CONTE ORIENTAL*

’ÉTOIT pendant le règne du Sultan Akbar, dont le nom doit être à jamais cher à la mémoire des hommes ; Akbar, le plus vaillant des guerriers, le plus clément des vain- queurs ; jamais il n’avoit craint un ennemi, jamais il n’avoit repoussé un suppliant ; juste, humain, libéral, tolérant, affable, toutes les vertus se disputoient son grand cœur, qui pouvoit à peine les contenir, et leurs excès étoient ses seules imperfections. Aussi l'a-t-on vu téméraire à force de courage, prodigue à force de générosité, confiant jusqu'à l'imprudence, compatissant jusqu'à la faiblesse ; heureux défauts, puisque l'homme ne sauroit être exempt de reproche, et qui rendoient Akbar plus aimable encore que s'il eût été parfait. Combien de troubles, de révoltes, de factions ont exercé le grand cœur d'Akbar ! mais, semblable à l'or pur que le frottement éclaircit, ses vertus en recevoient sans cesse un nouvel éclat. Enfin, après trente ans passés à triompher et à pardonner, Akbar jouissoit du calme du monde, et son génie, égal à son courage, avoit une seconde fois enchaîné ses conquêtes par la sagesse et la douceur de ses lois. Déjà la sécurité, fille de la paix, ramenoit partout l'abondance et la joie, et la belle Asie reflorissoit comme un fertile jardin après de terribles orages !... Le monde reposoit : Akbar lui-même reposoit, rassasié de gloire, et savourant, suivant l'expression du poète, les fruits de ses travaux. Il avoit choisi la ville d'Agra, surnommée le Diadème de la Terre, pour y établir le siège de son vaste empire ; depuis trente ans, quatre cent mille captifs ne cessoient d'y travailler sur les magnifiques plans du grand Roi ; il l'avoit enrichie des trésors du monde, des prodiges des arts, des trophées de la victoire, et il se proposoit d'y passer le reste des jours qu'*Ada-*

*risto* (le Destin) lui gardoit, à protéger, à cultiver les sciences et les lettres, qu'il avoit nom-
mées dans un de ses poèmes (car Akbar étoit
poète aussi) les Houris de la pensée, et sans
lesquelles il disoit que les héros ne sauroient
que faire de leur gloire, ni les hommes de leur
existence.

Déjà les ordres d'Akbar n'avoient plus besoin
du secours de ses armes ; le monde étoit heureux de lui obéir, et la volonté d'Akbar étoit le
vœu des nations. L'armée victorieuse, devenue
inutile à force de triomphes, fut réduite à la
moitié : soldats, fantassins, cavaliers, Officiers,
Omrahs, Émirs, Licenciés, retournoient gaiement chacun dans leur pays pour y jouir des
richesses que le Roi des Rois leur avoit généreu-
sement réparties ; et tous goûtoient d'avance en
idée les charmes du repos, dont le guerrier se
fait une image si douce dans les camps, et dont
il se lasse si vite dans ses foyers.

Dans le nombre de ces braves voyageurs qui
couvroient tout l'Indostan de leurs caravanes,
suivant chacun la direction qui lui convenoit,
étoit une troupe composée de quelques-uns des
Émirs les plus distingués de l'armée, qui avoient
pris leur route vers la ville royale ; ils voya-
geoient à petites journées avec une suite nom-
breuse et de gros bagages, emportant presque
tous avec eux un riche butin, et jouissant dans
la route de toutes les commodités de la vie en
même temps que des agréments de la société.

Tous ces Émirs étoient venus, pour la plupart,
de pays très-éloignés entre eux pour se ranger
sous les étendards du plus grand des Rois; la
différence des cultes ne les avoit point arrêtés;
Akbar les protégeoit tous. Ennemi des persécu-
tions que ses prédécesseurs exerçoient depuis
tant de siècles, il ne suivoit de l'Alcoran que
les maximes propres à rendre les hommes meilleurs; les religions diverses lui paraissoient des
trésors de morale; il les regardoit comme autant de vases de différentes formes, tous remplis
d'une liqueur céleste. Gardons-nous donc bien,
disoit-il souvent, de les briser, et garantissons-
les même de se heurter entre eux. Nos Émirs,
en apprenant la guerre sous un pareil maître,
avoient en même temps appris la tolérance;
d'ailleurs, un même métier, une longue réunion
sous les mêmes drapeaux, des périls communs,
des services rendus et reçus, et surtout une
grande habitude les uns des autres, les avoient
en quelque sorte assimilés, et l'armée entière
avoit fini par avoir à peu près la même opinion
ainsi que le même langage. On ne s'informoit
plus si un tel étoit Musulman, Guèbre, Indou,
sectateur de Zoroastre ou de Confucius; l'Indou mangeoit du bœuf, le Musulman du porc,
ainsi du reste; on oublioit les jeûnes, on ne
célébroit que les fêtes, et l'eau, bannie des
repas, étoit réservée pour les ablutions: liberté
de conscience, pourvu qu'on en eût une. Du
reste, tous reconnaissoient un même Dieu au-

dessus de tous les Dieux; tous servoient un même Roi au-dessus de tous les Rois; tous avoient la gloire pour idole et l'honneur pour loi; tous étoient de la religion des braves gens.

Il ne faut donc pas s'étonner si, à chaque station, quantité de cuisiniers marchant toujours à l'avant-garde étoient continuellement occupés à préparer de leur mieux les mets les plus délicats, soit qu'ils fussent permis ou défendus; si les meilleurs vins de Shiras, d'Yerd et même d'Europe y couloient comme les ondes salutaires du Gange, et si l'on passoit une partie de sa vie à table, car, après toutes les privations et toutes les fatigues d'une longue guerre, c'est là qu'on se délasse le mieux. Là, point de cérémonie, point de réserve; point de secrets; la franchise règne entre les braves : ils ne craignent pas plus leurs amis que leurs ennemis; et, soit qu'on fît durer le repas pour continuer la conversation, ou la conversation pour allonger le repas, c'étoit le moment que chacun choisissoit de préférence pour entretenir la compagnie des projets qui l'occupoient. Tantôt c'étoit un bon Mingrélien qui décrivoit avec enthousiasme la chaîne des rochers escarpés qui entourent l'étroite, mais fertile possession de ses pères; là, il a laissé dans une habitation riante une jeune femme et de tendres enfants, auxquels il n'a point songé tant qu'il a gardé sa cuirasse, parce qu'alors, comme dit un poète d'Europe,

il avoit le cœur environné d'un triple acier. Il
y pense maintenant au bout de huit ou dix
années de distraction ; quelle joie ! quelle fête
quand il va les revoir ! Les enfants sont déjà
grands, la femme est sûrement encóre belle ;
aucune inquiétude sur les enfants, aucune même
sur la femme : les cœurs généreux n'y sont pas
sujets. Son parti est pris : il a donné sa jeunesse
au service du Sultan, il va se mettre au sien, et
ce n'est pas trop de toute sa vie pour se reposer
de sa jeunesse. Mon cher Abufar, lui dit Koramed, au premier bruit de guerre, vous demande-
rez à marcher pour vous reposer de votre repos.
Moi, disoit un autre, grâce au grand Roi, j'ai à
ma suite un joli petit chameau chargé d'or :
c'est plus qu'il ne m'en faut, il ne me reste
plus qu'à jouir ! J'ai de belles campagnes autour
de mon habitation ; mais elles sont pour ceux
qui s'y promènent, je n'en ai pas encore vu un
épi. Ah ! mon ami, crois-moi, reprend un
brave Tartare, on ne fait jamais de plus belles
récoltes que dans le champ de l'ennemi. Un
autre parle de changer une vingtaine de superbes captifs qu'il traîne avec lui, contre cinq ou
six belles Circassiennes qui le désennuieront
pendant la paix, pourvu qu'elle ne dure pas ;
mais il se promet bien, au premier bruit de
guerre, de les changer à leur tour contre autant
de chevaux arabes de la première noblesse, et
qui lui seront d'un meilleur usage. C'est ainsi
qu'ils s'entre-disoient tout ce qui s'offroit à leur

pensée, hormis un seul qui depuis le départ, ne s'étoit encore mêlé d'aucune conversation, et que rien ne pouvoit tirer de sa mélancolie; son nom de guerre étoit Mohély : on ignoroit son vrai nom, il n'étoit connu dans l'armée que par son costume extraordinaire, son courage et ses vertus; du reste, on ne savoit qui il étoit : toutes les questions qu'on avoit pu lui faire sur sa famille et son pays n'avoient rien appris; son visage même étoit en quelque sorte un secret ; on ne l'avoit jamais vu qu'à moitié, toujours sous les plis d'une ample mousseline dont il s'enveloppoit avec soin à la façon des femmes de Candahar. Étoit-ce quelque difformité naturelle ? étoient-ce les suites fâcheuses de quelque blessure qui l'obligeoient à cette espèce de déguisement? C'est un mystère qu'on avoit inutilement essayé de percer et qu'on respectoit. Mais cette mousseline, emblème de sa modestie, cachoit à la fois un brave et un sage ; on l'avoit toujours vu l'exemple de tous, l'ami de chacun, le rival de personne, disant quelquefois que l'humanité doit suivre le guerrier jusque dans la mêlée, qu'il ne doit faire que le mal nécessaire et s'en consoler en faisant tout le bien possible. Simple volontaire dans l'armée avec le rang d'Émir, il n'avoit jamais commandé, mais toujours combattu; accourant d'ordinaire à ses compagnons dans les occasions les plus périlleuses, les aidant de ses conseils dans les dispositions, de son bras dans l'action, et ne

prenant jamais sa part de leur gloire. Mais
dans le commerce ordinaire de la vie il voiloit
autant son esprit que son visage, et laissoit
d'ordinaire parler les autres Émirs, qui se permettoient rarement de le tirer de ses rêveries.
Cependant, au milieu de cette conversation où
il étoit question de ce que chacun méditoit pour
l'avenir, un des convives, nommé Goulam,
qu'un peu moins de sobriété rendoit moins
circonspect, lui adresse la parole. Et toi, brave
Mohély, dit-il, qu'est-ce que tu comptes faire
après ceci? Ce que chacun fait ici-bas, répond
Mohély, attendre et chercher. Écrivez, dit Goulam, qu'il a parlé. Mais, en effet, dit à son tour
Koramed, tu plains beaucoup plus tes paroles
que ton sang ; car il n'y a pas un de nous, à
commencer par moi, que tu n'aies guidé comme
un Génie : beaucoup te doivent d'être encore
au monde. Il est vrai aussi, dit un autre, que
beaucoup de l'autre côté lui doivent de n'y être
plus. Mais, reprend Goulam, tout cela se fait
à la muette : il combat, il sabre, il tue sans mot
dire, et, quand son homme est par terre, notre
ami n'en est pas plus gai.—Il n'y a pas de quoi,
dit Mohély. — Sitôt que tu apercevois quelqu'un de nous en péril, on te voyoit voler à lui,
fussent-ils vingt sur son corps, tu le délivrois,
et puis tu rentrois tranquillement dans le rang,
comme si de rien n'étoit : hors cela, tu n'as jamais défié personne au combat. — Le Sultan,
répond l'Émir, a plutôt besoin d'un guerrier de

plus que d'un ennemi de moins, puisque tous
ses ennemis ont fini par devenir ses sujets. —
Tu dis vrai, reprend Goulam, il n'y manquoit
que la façon. Mais, continue le bon convive,
il faut surtout voir comme dans l'occasion ce
brave homme-là régale ses amis : je n'oublierai pas une certaine partie de plaisir dans le
désert, non plus qu'un certain verre d'eau que
j'ai trouvé si bon. — La rareté donne du prix
à tout, dit quelqu'un. — C'est, dit un autre,
une petite infidélité passagère qu'il a faite à
son régime, mais qu'il a bien réparée. — Par
Mahomet! dit Goulam, il faut que je le raconte.
— Conte-nous autre chose, dit Mohély. — Non,
je veux qu'on sçache un trait qui nous fait honneur à tous les deux, puisque, toi, tu as sauvé
la vie d'un homme, et que, moi, j'ai bu deux
verres d'eau. — Laissons cela, dit Mohély ; on
diroit que tu les as toujours sur le cœur. —
Vous sçaurez donc, reprend Goulam, que l'Émir
et moi, pendant que l'armée prenoit quelques
jours de repos sous les murs de Damas, nous
étions allés ensemble à la chasse dans le désert,
et là, cherchant toujours et ne trouvant rien,
nous finissons par nous égarer : voilà que l'inquiétude nous gagne ; nos provisions sont con-
sommées, la chaleur nous étouffe, la soif nous
dévore ; en vain nous promenons au loin nos
regards sur cette mer de sable ardent, nous ne
voyons que du sable et toujours du sable. Déjà
nous sentions la fin de nos forces, et nous atten-

dions celle de notre vie, lorsqu'enfin nous
croyons apercevoir confusément à l'horizon
quelque chose qui s'élevoit un peu sur cette
étendue uniforme ; nous nous y traînons à tout
hasard : c'étoit un dromadaire tombé mort à
cette place, et qui sembloit nous annoncer notre
sort ; sa charge étoit encore sur lui, et deux
petits barils qui en faisoient partie avoient roulé
l'un d'un côté, l'autre de l'autre dans le sable ;
nous espérons qu'ils peuvent contenir quelque
boisson, et nous convenons d'avance de nous
en tenir chacun à celui que le hasard nous aura
présenté. Hélas ! dans le mien je ne trouve que
de l'or, et qu'est-ce que de l'or dans le désert ?
Il y avoit eu de l'eau dans celui de Mohély ;
mais à peine en restoit-il de quoi remplir deux
fois une tasse de coco telle que nous les por-
tons à la chasse. Mohély, plus pressé de ma
soif que de la sienne (voilà, dit Koramed,
comme il est avec tout le monde), m'appelle de
son côté et m'invite à remplir d'abord ma tasse ;
mais, en la portant à mes lèvres, je tombe de
faiblesse ; la tasse m'échappe, et l'eau se perd.
Mohély, au lieu de boire la sienne, m'en jette
une partie au front pour me rappeler à la vie,
et me force ensuite à boire le reste. Le Prophète
le vit sans doute, car presque aussitôt un nuage
bienfaisant vient fondre sur nous et nous rend
avec usure toute l'eau que nous avions perdue.

Chacun applaudissoit, et l'Émir, embarrassé
de leurs éloges, en faisoit des reproches à Gou-

lam. — Tu as beau te fâcher de son histoire, dit Malvear, tu ne m'empêcheras pas de conter la mienne. Te souviens-tu de la belle fille de Luknouti? — Par Mahomet! je doute qu'il y en ait une là-haut à lui comparer. Un régiment entier l'entouroit : tous la respectoient, contre l'usage, parce qu'on étoit convenu d'en faire hommage au Sultan, qui l'auroit magnifiquement payée. Il y avoit là un vieux barbon qui ne la vouloit point lâcher, qui se disoit son grand-père, qui pleuroit, qui hurloit, et qui ne sçavoit à qui faire ses supplications ; on alloit, comme de raison, le tuer, et voilà Mohély qui se jette entre eux et les soldats ; il prend le vieillard et sa fille sous sa protection, les fait entrer dans la maison la plus voisine, y place une sauve-garde et chasse tous les curieux. — Ils étoient bien bons de s'en aller, dit Goulam ; si j'avois été là, non ! j'en jure par mon sabre, par ma lance ! — Dis aussi par ton verre, dit Koramed. Eh bien! qu'est-ce que tu jures? Est-ce que tu n'aurois pas marché comme les autres au commandement? — Je ne dis pas cela ; mais, par la mort ! la fille auroit marché avec moi. Ici Mohély hausse les épaules, et, à travers les moustaches qui enveloppent son visage, laisse entrevoir un signe de pitié. — Eh quoi! continue Goulam en se versant une rasade, quand le Prophète a bien voulu jeter un coup d'œil favorable sur un brave homme, sur un vrai Croyant, et qu'il lui envoie une belle fille comme un à-compte sur son Paradis, et qu'il ne s'agit, pour s'en saisir, que de tuer un vieux païen, n'est-ce pas une impiété que de la laisser aller? — Chacun a sa doctrine, répond froidement le guerrier; j'ai toujours regardé le sang des vieillards, des femmes et des enfants. comme une tache au glaive. — Il a raison, dirent tous les Émirs à la fois... Par Mahomet! par Indra! par Foé! par tous les Prophètes! par tous les Génies! il a raison; l'homme qui parle peu parle bien! Et au même instant toutes les coupes sont remplies et vidées en l'honneur de l'homme qui parle peu. Les bons convives n'en parlent que davantage : la gaieté, toujours un peu bruyante, la confiance, toujours un peu verbeuse; les santés portées de droite et de gauche à grands cris; cinq ou six histoires contées et contestées à la fois; de longs éclats de rire d'un côté, des battements de mains de l'autre; le tapage, en un mot (qu'on me passe le terme à propos d'une si noble compagnie), alloit toujours croissant; et déjà l'on ne s'entendoit plus, lorsque, à portée de la tente, une voix qui couvroit toutes les autres leur imposa tout à coup silence : c'étoit un âne qui s'étoit mis à braire; et comme aucun des chefs n'avoit un tel coursier parmi ses chevaux de bataille, on se tait, on s'étonne, on se regarde, et, se livrant de plus belle à la gaieté du festin, chacun demande : Est-ce toi? est-ce toi? est-ce toi? Mais voilà tout à coup le rideau de la tente qui

s'entr'ouvre, et qui laisse paraître un saint personnage, un Derviche, dont l'air vénérable fixe
l'attention de toute l'assemblée. A cette apparition si peu attendue, le facétieux Goulam fait
mine de se lever, et d'emporter avec lui coupes
et flacons, craignant, disoit-il tout haut, que ce
ne fût quelque espion de la police du grand
Prophète, qui ne manqueroit pas de les dénon-
cer. — Arrêtez, Messeigneurs, dit le Religieux
en souriant, et ne vous troublez pas plus pour
l'homme qui vous salue que vous n'avez coutume de le faire pour ceux qui vous combat-
tent. — Tu promets donc, continue Goulam,
de ne rien dire à Mahomet? — Je serois trop
mal venu, répond doucement le Religieux, à
vous accuser devant lui; car si j'ai bien lu son
histoire, je lui crois un peu de partialité en
faveur des braves. Au reste, je n'ai point été
élevé dans sa loi; je serois fâché que ce fût un
démérite auprès de vos seigneuries; mais croyez,
Messeigneurs, que, si Mahomet fait des héros,
Brahma fait aussi des hommes vertueux. —
Brahma, dit le guerrier silencieux, et il s'incline
respectueusement; puis relevant la tête et regardant le Derviche : Saint homme, dit-il,
votre loi ne vous défend point de prendre place
parmi nous. — Notre loi, répondit-il, nous
ordonne la fraternité avec tous les hommes. —
En ce cas-là, sois le bien arrivé, dit Goulam,
du moment que tu ne viens point ici pour nous
prêcher la sobriété. — La guerre, dit le Der-

viche, a dû vous tenir lieu à tous de Ramazan ;
elle a ses moments d'abstinence et vous dégage
du jeûne pour le reste de vos jours. — Vous
nous permettrez donc de continuer, dit Mohély,
en lui faisant une place. — Malheur à moi, dit
l'autre, s'il m'arrivoit de troubler vos fêtes ; et
que ne puis-je plutôt en partager la gaieté !
mais les plaies de l'âme lui laissent peu de
bons moments... Cependant, vous le dirai-je,
Messeigneurs, depuis de longues années je ne me
suis pas senti intérieurement autant de disposition à la joie et même au bonheur. Du plus
loin que j'ai entrevu cette tente, je ne sçais
quoi m'a donné le désir de m'y présenter ; j'ai
aussitôt demandé à Brahma la faveur d'y être
bien reçu ; il me l'accorde, et je vous en rends
grâce, ainsi qu'à lui, nobles Émirs. Au moment
même où j'écartois ce rideau, il me sembloit
écarter en quelque sorte les nuages de mon
esprit, et je ne concevois rien à l'agréable émotion qui changeoit tout à coup l'état de mon
âme. — Puisse un si bon pressentiment n'être
pas vain ! dit Mohély. Allons, saint homme,
oubliez peines et fatigues : il me semble que
j'en fais autant ; et délassez-vous avec nous.
Esclaves, ajouta-t-il, ayez soin de la monture
du saint homme. — Oui, reprend Goulam en
riant, il faut que nos chevaux apprennent la
politesse, et qu'ils invitent l'étranger à leur
râtelier. — Ah ! Messeigneurs, c'est trop de
gloire pour le pauvre Derviche et son âne, ils ne

sont accoutumés ni l'un ni l'autre à tant de civilités. — Cela doit vous étonner moins que personne, dit Koramed, vous qui croyez à la métempsycose, et qui pensez que le bien qu'on fait aux bêtes revient tôt ou tard aux hommes. — En effet, dit le Derviche, le Dieu Wishnou a résolu, dans sa sagesse et dans sa bonté, de prendre successivement toutes les formes des créatures, pour juger par lui-même comment les âmes se trouveroient dans les différents corps que Brahma leur a destinés ; nous croyons donc qu'il s'intéresse même aux bêtes, même aux plantes, car ce sont autant de logements préparés pour des âmes ; et tout ce que nous faisons, même en secret, pour elles, s'écrit de soi-même là-haut sur la grande table de diamant ; Wishnou le lit et nous en tient compte. — Eh quoi ! dit un zélé Mahométan qui l'entendoit, vos Dieux s'amuseroient à ces misères-là, au lieu de penser de préférence à ces braves qui lavent leurs fautes dans le sang de leurs ennemis, et qui prodiguent le leur pour la gloire de leur Pays et de leur Roi ? — Rien n'échappe aux regards des Dieux, répond le Derviche, mais ils s'en reposent sur les hommes pour admirer, pour célébrer ces grandes actions qui portent leur gloire avec elles, comme le rubis porte sa pourpre, et ils se réservent la connaissance des actions secrètes qu'eux seuls peuvent récompenser ou punir ; ils voient les pensées que la prudence cache ; ils entendent

les soupirs que la crainte étouffe ; la charge
leur en est donnée par le Maître commun, par
Celui qui est le Dieu des Dieux, comme Akbar
est le Roi des Rois. — Brave Derviche, tu parles
comme un Prophète, dit Goulam, tenant un
flacon à la main ; tends-moi ta coupe, si tes
amis invisibles te le permettent. — Les nobles
Esprits, dit le Brahmane, à qui les Dieux ont
confié la conduite des choses d'ici-bas, aiment
mieux les hommes que les hommes ne s'aiment
eux-mêmes ; ils sourient à nos plaisirs comme
des pères et des mères aux jeux de leurs tendres enfants, et ne nous défendent que de nous
nuire ; puis, tendant sa coupe d'un air gai, il la
laisse emplir, et, prêt à la vider : O Wishnou !
dit-il, ô Mahomet ! ô Mithras ! ô Foé ! et
s'il est encore d'autres grands serviteurs du
Maître suprème, invoqués par des nations que
j'ignore, daignez arrêter vos regards sur une
chétive créature qui adore Celui que vous
adorez ; plus vous êtes au-dessus de moi, plus je
croirois vous offenser en vous supposant jaloux
du peu de bons moments que notre condition
nous permet de goûter dans ce lieu de passage ;
ah ! plutôt, laissez-moi tirer un bon augure de
ce plaisir, trop fugitif sans doute, mais depuis
si longtemps inconnu à mon cœur. Il boit
ensuite avec l'applaudissement des convives, et
quand la coupe est vidée, pour se conformer à
l'usage des festins militaires, il en recueille sur
son ongle la dernière goutte. — Tu le trouves

donc bon? dit Goulam. — Seigneur, s'il ne
l'étoit pas, répond le Derviche, vous ne le ver-
seriez point, et même, ajouta-t-il en s'égayant,
vous ne le boiriez sûrement point avec autant
de plaisir. — Sçais-tu d'où il vient? — Sûrement
d'un bon canton. — Je parie que tu ne pourrois pas le nommer. — Seigneur, il ne siéroit
même pas à un pauvre Derviche d'être si grand
connaisseur. — Il est tiré de la cave du gouverneur de Luknouti. — Ville malheureuse!
s'écrie le vieillard en soupirant. — N'importe,
répond Goulam, cela n'empêche pas que le vin
ne soit bon; je l'ai acheté de nos soldats, à qui
le bon homme en avoit fait cadeau. —Seigneur,
oserois-je vous demander, dit le Derviche, dans
quelle occasion? — Eh! par Mahomet! quand
ils l'ont jeté par les fenêtres de son palais. —
Seigneur Émir, dit le Derviche attristé, votre
Prophète ordonne de vaincre, et en cela vous
lui obéissez, mais il n'interdit sûrement pas la
pitié pour les vaincus ni le respect pour les
morts; et quel brave oseroit continuer la guerre
contre de tels ennemis? A ces mots, prononcés
d'un ton à la fois ferme et touchant, il règne
dans toute l'assemblée un silence expressif, où
l'un des deux pouvoit trouver une leçon, et
l'autre un hommage.

Bientôt après, la conversation recommence
sur d'autres sujets, et la plupart des discours
s'adressent au nouvel hôte; il répond à tout
avec sagesse, et se prête même quelquefois à la

gaieté générale, autant que son âge et son habit
le lui permettent ; mais tout en rendant ce qu'il
devoit à chacun, on le voyoit se retourner toujours du côté de Mohély avec un air de prédi-
lection et de confiance qu'il étoit aisé de remarquer ; le Derviche les jugeoit tous par leurs
paroles, et sembloit trouver dans celui qui parloit le moins ce qu'il désiroit de tous les autres.
On suppose facilement que les entretiens de
cette société toute guerrière rouloient en grande
partie sur des histoires dont on avoit recueilli
provision suffisante ; car une longue guerre en
fournit à chaque brave pour le reste de sa vie.
Fais de belles actions, dit un Pandit indou, tu
t'en souviendras toujours, et tu ne t'ennuieras
plus. Pendant ces récits divers, le Derviche
observoit curieusement jusqu'aux moindres
impressions qui se laissoient entrevoir sur ce
visage à demi voilé ; il voyoit l'Émir indifférent
pour les frivolités, mais attentif aux choses
sérieuses, tantôt froncer le sourcil et marquer
franchement son improbation, s'il entendoit
raconter quelque action licencieuse ou sangui-
naire, tantôt se dérider à chaque trait de courage, de désintéressement ou de compassion ;
le saint homme avoit surtout été frappé de l'intérêt et de la satisfaction que l'Émir avoit laissé
apercevoir en l'écoutant parler de ces êtres invisibles qui tiennent un registre exact des actions secrètes dont ils doivent rendre un
compte fidèle à la suprême justice ; et il jugeoit

avec raison qu'il n'y avoit que la vraie vertu
qui pût se complaire ainsi dans cette pieuse
pensée.

De son côté, l'Émir silencieux ne se lassoit
point de considérer son voisin, et lui trouvoit
quelque chose de mystérieux qui l'inquiétoit et
le charmoit tout à la fois : ces cheveux blancs,
cette barbe flottante, ce visage auguste dont les
rides n'ont point altéré la beauté, cette physionomie tranquille, quoique abattue, cette raison
forte et modeste, cette sainteté indulgente, cette
sagesse amicale, rendue plus touchante encore
par une certaine empreinte de tristesse que
l'envie de plaire effaçoit quelquefois... tout
pénétroit l'Émir d'un sentiment dont son cœur
s'étonnoit ; c'étoit une curiosité respectueuse,
une vénération mêlée de pitié. Doux tribut qu'en
pareille circonstance l'homme vertueux aime à
payer dans l'âge de la force, et à recevoir au
déclin de ses ans. Hélas ! c'est du moins une
ombre de piété filiale qui semble reconnaître
dans la vieillesse une image de la paternité ; et,
s'il en faut croire le poète, c'en est assez pour la
dédommager de tout ce qu'elle perd sur la
descente de la vie.

Néanmoins les Émirs, qui avoient rarement
entendu Mohély parler autrement que par mo-
nosyllabes, s'étonnent de le voir s'entretenir
longtemps de suite à voix basse avec le Derviche,
et leur en font amicalement des reproches
à tous les deux. L'Émir convient du tort qu'il

fait à ses compagnons, et cède à son ami Koramed le droit d'entretenir le sage étranger, en
lui recommandant de le faire parler, disoit-il,
pour l'instruction et le plaisir de toute l'assemblée.

Digne ami du Ciel, dit Koramed à haute voix,
ces belles et modestes actions dont vous nous
parliez tout à l'heure d'une manière à nous y
exciter, doivent malheureusement être plus
rares dans les armées qu'ailleurs ; car les exploits sont la parure du guerrier, et l'on ne se
pare point pour se cacher. — Je conviens, répond le Derviche, que le guerrier ne regarde pas
toujours le Ciel à travers la visière de son casque ; ce seroit trop lui demander, ajouta-t-il
avec douceur ; mais qu'il se souvienne quelquefois du moins que le Ciel le regarde et le juge...
Cependant, braves Émirs, ce beau désintéressement de la gloire, que par modestie sans doute
vous regardez comme si rare, n'est point à
beaucoup près sans exemple dans votre noble
profession : je pourrois en offrir pour preuve
l'action sublime de ce guerrier demeuré jusqu'à
présent inconnu qui a sauvé le Sultan dans
les vallées de Platila : il y a de cela quatorze
ans ; mais la chose est toujours présente à la
mémoire du grand Akbar, qui n'a jamais oublié
que des torts. Il a, dans le temps, inutilement
cherché son défenseur ; il commande aujour-
d'hui de nouvelles recherches, et son intention
est qu'elles soient faites, s'il est possible, avec

encore plus de soin que les premières, parce qu'un service resté sans récompense est un poids sur sa grande âme, et qu'il se croiroit vaincu par le mortel avec qui il seroit en reste. — Je le reconnais là, dit Koramed, les plus généreux sont les plus reconnaissants; mais, ajouta-t-il, je crains fort que le Sultan ne soit pas plus heureux dans ses recherches qu'il né l'a été d'abord. Le sage Mohély peut vous dire que nous avons tous autant d'intérêt que le Sultan lui-même à connaître et à honorer le guerrier; car, si Akbar lui doit la vie, nous lui devons Akbar. Au reste, croyez-moi, bon Derviche, il n'y a rien dans cette affaire-là qui ne passe la portée humaine, et le Ciel y est pour tout. Si le guerrier est un envoyé d'en haut, c'est un prodige qu'Akbar méritoit entre tous les hommes; si c'est un habitant de la terre, et qu'il ne se soit pas fait connaître, le prodige est encore plus grand. Qu'en pense Mohély? — Je pense, dit Mohély, que, si l'action est comme on l'a racontée, celui qui l'a faite en est plus que payé par le salut d'Akbar. — Quoi qu'il en soit, dit le Derviche, on sait dans la ville royale que le Sultan a fait faire une frelation exacte de ce grand événement, et qu'elle va être publiée dans tout l'univers; on ne désespère pas même, je ne sais trop sur quoi fondé, de trouver le guerrier. — Qu'on le trouve, ou qu'on le manque, dit Goulam, c'est toujours un brave homme. Buvons à sa santé! — Buvons tous à sa santé! répète le Derviche, le Prophète même y boiroit. A ce cri unanime, le vin coule à grands flots dans toutes les coupes, hormis celle de l'Émir taciturne, qui n'est remplie qu'à moitié. — Allons donc, Général, disent les Émirs en gaieté; on diroit que vous n'aimez pas le Sultan. — Sur ce point-là, dit l'Émir avec un geste expressif, je défie son armée; mais j'aime mieux garder ma raison pour le servir que la perdre pour le célébrer. — Brave Émir, dit le Derviche, celui que cherche le Sultan n'auroit pas mieux répondu. — Eh! dit quelqu'un, quelle récompense lui promet le Sultan s'il se présente? — Il ne lui en doit point, reprend vivement Mohély. Qui ne fait que son devoir ne mérite pas plus de récompense que de punition. — Émir, Émir, disent tous les autres, vous appelez cela ne faire que son devoir? — Moins que son devoir, dit l'Émir, puisqu'en pareille occasion faire à son maître un rempart de son corps et une arme de son bras est un premier mouvement aussi naturel que de garantir son œil avec sa main. — Heureusement, noble Émir, reprend modestement le Derviche, que le grand Akbar n'en juge pas de même, car Vos Seigneuries seront à peine dans la ville qu'elles entendront proclamer un firman de Sa Hautesse qui promet un Royaume au guerrier et une charge d'or à celui qui le fera connaître. — As-tu vu le firman? dit un des Officiers. — Je l'ai vu, dit le Derviche; il est parvenu jusque dans nos

saintes demeures ; et comme, à la faveur de
notre habit, on parcourt le monde en sûreté,
nos supérieurs ont ordonné à plusieurs d'entre
nous de tâcher de découvrir quelques traces de
cet homme si différent de tant d'autres. — Es-
pères-tu en trouver? dit Goulam. — Pas plus,
dit le Derviche, que des poissons, qui à cette
heure-là même se jouoient dans les eaux du
Gange ou de l'Oby. — Eh bien! dit Goulam en
le regardant avec une certaine assurance que
donnent le vin et la gaieté, la charge d'or est à
toi. — Comment cela? dit le Derviche en souriant agréablement. — Oui, bon Derviche, la
charge d'or est à toi, et le Royaume est à moi ;
il y a plus : c'est que je te fais mon grand
Vizir ; et que tu peux, dès ce moment, entrer en
charge. — Daignez m'expliquer ce mystère, dit
le Derviche en continuant à sourire. — Tu
cherches l'homme, dit Goulam, et tu en es tout
près. Regarde bien, tu vois celui qui a fait
l'action. — Seigneur Émir, je vous crois capable
de la faire, dit le Derviche, mais vous ne l'avez
pas faite. — Eh! qui te l'a dit, Vizir, pour oser
me donner un démenti? — Seigneur, répond le
vieillard, pendant que le guerrier combattoit
autour de Sa Hautesse, son casque s'est défait,
et le Sultan a distingué sur une des joues de son
défenseur une tache exactement figurée en fer
de lance. — Es-tu bien sûr de ce que tu me
dis? — Oui, Seigneur, à telle enseigne que la
tache est couleur de pourpre ; et la pourpre que

je vois sur vos joues, ajouta-t-il, vous la devez
à la boisson qui vous égaye. Toute l'assemblée
applaudit au Derviche ; et, pour la première
fois, depuis le départ de la caravane, on vit le
sourir éclaircir le visage de l'Émir silencieux.
Puis, reprenant la conversation : Crois-moi,
Derviche, dirent-ils presque tous, les uns après
les autres, l'homme que tu cherches et à qui le
Sultan destine un Royaume depuis quatorze ans
n'est plus de ce monde ; en pareil cas, il n'y a
qu'un mort qui ne réponde pas à l'appel. —
Quoi qu'il en soit, Messeigneurs, continue
l'homme de bien, un pareil dévouement peut
rester sans gloire, puisque les hommes en
ignorent l'auteur, mais non sans récompense,
puisqu'elle a eu les Dieux pour témoins. Si le
guerrier n'est point encore parmi eux, ils le
voient ici-bas avec complaisance, et le plus cher
de ses vœux sera comblé. — Vous le croyez,
saint homme ? dit Mohély avec émotion. —
Ah ! digne Émir, répond le Derviche, comment
douter de la justice divine ? — C'est une superbe
action sans doute, répond un des convives,
très-zélé pour la loi de Mahomet, malgré le
vin qu'il venoit de boire ; mais à quoi sert au
guerrier tout son mérite, s'il n'est point serviteur du Prophète ? — Cela n'empêchera pas,
répond le Derviche, que le Prophète lui-même
ne soit son patron, parce qu'il ne voit rien de
plus beau sur la terre que le courage et la vertu.
— Mais, dit un Indou qui les écoutoit (car il y

avoit là, comme on le sait, des hommes de
différentes religions), si le grand Indra, du haut
de son trône, a laissé tomber un regard sur
l'exploit de ton héros, crois-tu qu'il lui en tienne
compte, car il ne protège que les saints pénitents qui viennent pleurer dans la solitude sur
les péchés du monde. — Le commun des hommes, répond le Derviche, peut avoir besoin de
l'intercession de quelques âmes pieuses qui leur
servent comme de bouclier contre la colère
du Ciel, et dont les larmes éteignent la foudre
souvent prête à les frapper ; mais le brave dont
nous parlons n'a pas besoin de protecteur : le
corps céleste du grand Indra est parsemé d'yeux
innombrables dont les regards lancent la vie
avec la lumière ; et ces regards attendent quelquefois, pendant mille siècles, qu'un mortel les
réjouisse par une action épurée de tout intérêt
humain. — Hélas! dit-un Persan qui se mêloit
aussi de théologie, que je plains tant de vertu,
si elle n'est point éclairée des purs rayons de
la doctrine de Zoroastre, si bien nommé le
Soleil des pensées ! car ton guerrier, tout brave,
tout généreux que tu nous le montres, ne con-
versera jamais ni avec les Péris ni avec les Génies,
et il languira dans les cachots d'Arimane jusqu'à
ce que l'Ami du bien, Oromase, ait achevé son
temps d'épreuves. — Quelque part que soit le
juste, réplique le Derviche avec dignité, il est heureux ; sa récompense est partout, parce qu'elle est
en lui. L'homme qui fait une grande action sans

aucun motif d'orgueil ni d'intérêt croit à un Dieu qui l'approuve, ou porte en lui un Dieu qui l'inspire. Celui-là peut ne connaître ni Mahomet, ni Zoroastre, ni Brahma, ni les autres; mais il est connu de Celui qu'ils ont adoré chacun à sa manière, et qui sait tout ce qu'il faut aux grandes âmes. — Sage et pieux Derviche, dit Mohély, ne craignez-vous pas de donner trop de prix à des actions humaines pour lesquelles il suffit d'écouter le cœur qui bat au-dedans de l'homme, et qu'on rougiroit de n'avoir pas faites si l'on avoit pu les faire? — Ce mouvement-là même, illustre Émir, n'appartient point à beaucoup près à tous les mortels; mais il prouve du moins qu'il y en a parmi eux qui répondent, sans le savoir, à la Divinité qui leur parle secrètement, et qui lui obéissent en croyant suivre leur propre nature. Heureux celui qui ne s'étonne point de sa vertu! Cependant, Seigneurs Émirs, le trait que je viens citer n'est pas unique, et si je ne craignois d'abuser de la complaisance dont on m'honore... — Ne crains rien, saint homme, lui crie-t-on de toutes parts. — J'oserai donc vous raconter un fait ignoré de presque toute la terre, mais qui sans doute n'en est pas moins écrit là-haut. Ce n'étoit point un glorieux Sultan qu'il s'agissoit de sauver, c'étoit un homme, et rien de plus. — C'en est bien assez, dit Mohély. — Vous vous souvenez sûrement, reprend le Derviche, de ce funeste jour où la superbe Luknouti, emportée d'as-

saut, périt dans les flammes de ses édifices et
dans le sang de ses habitants, et disparut de la
terre comme un météore léger de la surface
d'un marais ! — Ah ! Derviche, s'écrièrent plusieurs Émirs à la fois, quel souvenir tu nous
rappelles ! — Oui, Messeigneurs, dans ces moments de désolation, un de vos compagnons
d'armes (puisse-t-il vivre encore !) voit, au
déclin du jour, venir à lui un infortuné qui
l'implore au milieu du tumulte et du carnage,
et qui lui présente un sac rempli de diamants ;
le guerrier, attendri (je crois le voir), s'arrête,
jette son large manteau sur les épaules de ce
malheureux, lui tend la main, l'aide lui-même
à s'asseoir derrière lui sur la croupe de son cheval ; puis, se laissant guider par l'infortuné
qu'il protège, ils traversent tous les deux cette
déplorable enceinte livrée au pillage, au mas-
sacre, à l'incendie, foulant aux pieds du coursier qui les porte des amas confus de meubles
fracassés, de tables, de coupes, de vases précieux,
de tapis magnifiques, entre des chapiteaux et
des tronçons de colonnes qui rouloient pêle-
mêle avec des débris d'autels, avec des membres
de Dieux mutilés et semés de toutes parts dans
une fange sanglante, comme autant de pièges
sous leurs pas. Le plomb couloit ; des toitures
en feu, des pans entiers de murailles s'écrou-
loient avec fracas, entraînant quelquefois de
longues poutres enflammées qu'il falloit franchir sur d'énormes tas de décombres. Mais le

péril n'étoit rien en comparaison de l'horreur.
De tous côtés, des monceaux de corps palpitants
de tout âge et de tout sexe; ici, l'adolescent
expiroit aux pieds de son père qu'il tentoit en
vain de défendre; près de là, une mère tomboit percée sur la faible créature qu'elle cachoit
au glaive; ailleurs, des vieillards et des matrones
demandoient la vie, ou bien des vierges éplo-
rées invoquoient la mort; plus loin, c'étoient
les voix mourantes d'une troupe de captifs que
des soldats altérés de sang et rassasiés de pillage immoloient stupidement pour s'épargner
la peine de les conduire... Cependant le bienfaisant guerrier poursuit sa marche entre les lamentations des victimes et la joie plus attris-
tante encore des vainqueurs, obligé souvent de
se faire jour, les armes à la main, à travers
une soldatesque effrénée et devenue sourde au
commandement. Sortis enfin de ce théâtre d'horreur, ils arrivent, par des chemins connus du
suppliant, à l'entrée d'une ancienne galerie de
mines qui traverse une montagne peu distante
de la ville, et qui a son issue au côté opposé de
la montagne. Ici, le Derviche s'arrête, et la plupart des Émirs ne savent quels éloges donner à
la noble compassion du guerrier. Goulam seul
n'en paroît point ému. Par la mort! s'écrie-t-il
avec le mépris d'un buveur pour toute autre
chose que le vin, quel désintéressement! mais
le bon homme n'avoit-il pas un petit sac de
diamants à la main? — C'est la vérité, répond

le Derviche. — Eh! vive Mahomet! reprend
Goulam, à ce prix-là le plus dévot sauveroit la
vie du Diable. — Le sac a été offert, dit le bon
Derviche, mais refusé. Garde tes diamants, a répondu le pieux Émir, et qu'ils te servent à de
bonnes œuvres. Hélas, quelque part que tu
ailles, tu trouveras des malheureux, car les
hommes ne s'aiment point. — Au nom du Ciel,
à qui vous êtes cher, dit l'étranger, apprenez-
moi à qui je dois le reste de mes jours. — A un
homme, dit le guerrier, un homme qui a senti
un vrai plaisir à te servir, et qui sent une vraie
peine à te quitter. Mais adieu, mon devoir me
rappelle. Puis, laissant tomber son manteau
pour que l'autre eût de quoi se garantir de l'air
humide du souterrain, il disparaît. — Voilà
bien des détails, ˊsaint homme, dit Koramed;
tu connais donc l'homme au sac de diamants!
— Hélas! Messeigneurs, il est devant vous,
voyant peut-être son libérateur, mais ne pouvant le reconnaître. — A la santé du Derviche!
s'écrie vivement Mohély lui-même, et, au lieu
de ne toucher à sa coupe que du bout des
lèvres, comme il avoit fait jusqu'alors, il la
vide tout entière; puis serrant affectueusement
la main du Derviche : Saint homme, dit-il,
puisse le Ciel continuer à vous protéger! —
Eh quoi! dit Koramed, vous ne pourriez point
vous rappeler les traits de votre sauveur. —
Hélas! dit le Derviche, le soleil n'étoit déjà
plus sur l'horizon, et dans ces moments de con-

fusion et de larmes... Ah! si le Ciel me le repré-
sentoit, je croirois voir un fils. Quoi! il a
persisté à ne pas vous dire son nom. — J'ai
encore osé le lui demander à l'entrée du souterrain. A quoi te serviroit de l'apprendre?
m'a-t-il dit. Eh quoi! repris-je en continuant à
lui présenter mon tribu, ne pourrai-je savoir
quel mortel recommander au Ciel dans mes
prières? Recommandez-lui tous les hommes,
dit-il en continuant à repousser mon offre; ils
ont plus besoin de vos prières que de vos
diamants. Pendant qu'il parloit ainsi, j'éle-
vois mes regards vers les habitants des hautes
demeures pour les remercier d'une aussi
heureuse rencontre ; je veux ensuite me tourner vers lui, il avoit disparu. Ah! sans
doute, quelque part qu'il soit, il est heureux,
continue le Derviche en essuyant ses yeux pleins
de larmes, ou il le sera; il trouvera ce qu'il
cherche. — A la bonne heure, dit Goulam;
mais toi, bon Derviche, si tu cherches un bon
verre de vin grec, adresse-toi à moi; allons, à
la santé du Père! — Ah! Messeigneurs, permettez, répond le Derviche avec modération,
que je m'en tienne là; le régime des camps n'est
pas tout à fait celui des couvents. — Eh bien!
saint homme, reprend Koramed, vous pouvez
vous racheter par une histoire. — Hélas! Messeigneurs, répondit-il humblement, peut-être qu'à
la longue la conversation d'un Derviche ne vous
conviendroit guère plus que son régime; et en

effet, que raconter à ceux de qui on aura tant à
raconter ? — Trêve d'humilité, dit Koramed.
Vous avez dû voir avec quel intérêt nous vous
écoutions, et le sévère Mohély même nous en
donnoit l'exemple. — Personne ici n'en avoit
besoin, reprend Mohély ; mais vous, bon Derviche, laissons là, si vous m'en croyez, les faits
de guerre, qui n'apprennent rien à nos compagnons, et, en votre qualité d'homme de paix,
cherchez vos exemples ailleurs qu'au milieu du
fracas des armes : le monde les a déposées aux
pieds du grand Akbar ; une nouvelle vie commence pour nous, il nous faut de nouvelles mœurs.

« Eh bien ! nobles Guerriers, dit le Derviche,
je me soumets à vous comme le reste de l'Univers, et, puisque vous l'ordonnez, j'oserai vous
raconter un trait particulier d'un homme de
paix, d'un sage qui n'existe plus, si l'on appelle
ne plus exister vivre d'une vie meilleure. La
chose n'a par elle-même aucune importance, et
paroîtroit ne convenir que pour amuser des enfants ; mais, comme dit le Pandit de Morani, les
petites choses peuvent en renfermer de grandes ;
la prunelle de l'œil du contemplateur est petite,
et tout le ciel y est peint.

« Il y avoit, loin, bien loin d'ici, un vieillard
savant dans toutes les doctrines, dans toutes les
lois et, ce qui vaut encore mieux, dans toutes
les vertus ; doux, facile, hospitalier, aimé de
tous ceux qui le connaissoient, aimant ceux
mêmes qu'il ne connaissoit point, et persuadé

qu'ici-bas les hommes de tout rang, de tout
pays, de tout âge, sont au service les uns des
autres; il avoit coutume, quoique infirme et
cassé, d'aller, à certains jours marqués, de sa
demeure à un temple pour se rapprocher de la
Divinité par la méditation; car, si nous en
croyons le pieux Arjown, la méditation tire,
pour un moment du moins, l'âme humaine de
sa prison, et lui fait respirer l'air céleste. Il
alloit à pied; la distance étoit à peine d'une
heure de marche pour un homme encore dans
sa force, il en falloit trois au vieillard; mais on
eût dit que pendant ce temps les Deutas, les
Péris, les Mounissourers conversoient avec lui
pour abréger le chemin. Or, un jour qu'il revenoit tranquillement du temple à sa demeure,
tenant ses deux gants dans une main et n'ayant
pas songé à les mettre, absorbé qu'il étoit dans
la prière et la contemplation, il sent le premier
froid du soir, et songe à s'en garantir; mais il
s'aperçoit qu'un de ses gants lui manque : le
gant ne pouvoit pas être loin; le vieillard revient sur ses pas pour le chercher; il l'aperçoit
bientôt à la clarté de la lune, et, quand il en est
près, il se met en devoir de le ramasser; mais
son corps enroidi et ses reins douloureux ne lui
permettoient pas de se baisser autant qu'il le
falloit pour y parvenir. Après deux ou trois
tentatives inutiles, il lui fallut renoncer à l'entreprise et reprendre sa route; mais à peine a-
t-il fait quelques pas, qu'il revient encore à

l'endroit où étoit tombé le gant, non pour essayer de nouveau de le relever, mais pour y déposer l'autre. — Bon Derviche, tu radotes, dit Goulam en continuant à boire. — Tais-toi, Goulam, dit Mohély avec un ton d'empire et d'indignation qu'on entendoit pour la première fois, et respecte l'étranger ; puis, portant la main à son cangiar et regardant fixement l'Émir, respecte-le comme mon père. Il se retourne ensuite vers le Derviche, et dit avec douceur : — Continuez, saint homme, continuez, et malheur à ceux que vos récits n'intéresseroient point ! — Où en étois-je ? dit le Derviche. — Le digne Brahmane, dit Mohély, vient de laisser tomber son autre gant à côté du premier.—Oui, reprend le Derviche ; il avoit dit en lui-même : Si je ne rapporte qu'un de mes gants chez moi, à quoi me servira-t-il? et à quoi servira l'autre au passant, quel qu'il soit, qui le ramassera ? Au lieu qu'en plaçant celui-ci, qui me devient à peu près inutile, à côté de celui-là, que je ne puis relever, l'homme qui les trouvera tous deux ensemble pourra s'en promettre quelque usage, et il en rendra grâces à son Génie. L'objet sans doute est de peu de valeur ; mais c'est toujours quelque chose qu'un homme puisse éprouver quelque joie. »

Goulam, toujours buvant, et qui, à travers les fumées du vin, ne voyoit pas bien clairement le mérite de l'action, recommence à rire, et voudroit y engager ses voisins. Mohély fronce de nouveau le sourcil, et en impose encore; mais, craignant de faire moins d'effet à mesure que le vin en fait davantage : « Sortons, dit-il à l'oreille du Derviche, laissons nos convives achever gaiement le sacrifice du reste de leur raison, et, si vous le voulez, nous irons, au delà de ce plant de bananiers, chercher un endroit commode, où l'on ne vienne point troubler nos entretiens. » Ils sortent ensemble du pavillon, traversent les bananiers, entrent dans un petit bois, suivent une route sinueuse qui les dérobe à la curiosité des convives; et, parvenus à la lisière du bois, ils ne tardent pas à trouver la place qu'ils cherchoient.

C'étoit au pied d'une de ces vertes et riantes collines qui règnent au loin à l'entour de la ville royale; un triple rang de palmiers, de dattiers, de cocotiers, en couronnoit la cime iné-gale; plus bas étoient çà et là des plants d'arbres fruitiers, des touffes d'arbustes odorants, des champs de roses qui laissoient entre eux une belle pelouse, où d'heureux troupeaux se jouoient en liberté. La colline a pour base un entablement de rochers, semblable à un mur que la nature s'est plu à tailler en demi-voûte; il suit toutes les irrégularités du terrain qu'il supporte, et ses divers enfoncements présentent plus d'un asile aux bergères et aux pasteurs. Sur la crête du mur croissent à volonté des buissons fleuris, dont les branches élancées au dehors ajoutent par intervalle la fraîcheur de leur

ombre mouvante à la fraîcheur du lieu ; elle y
est sans cesse entretenue par mille petits jets
d'une eau vive qui se font jour par les fentes du
roc, et vont se réunir à un bassin tranquille,
au bord duquel des pierres aplaties et couvertes
d'une mousse épaisse invitent nos deux amis à
se reposer. Là, tous les objets qui viennent de
les charmer, ce beau paysage, cette verte colline, ces palmiers qui la décorent, ces arbres
dont elle est parsemée, ce gazon, ces troupeaux,
cette grotte, ces siéges de mousse, et eux-
mêmes reparaissent à leurs yeux fidèlement
dépeints dans cette onde calme comme dans un
tableau entouré d'une bordure de fleurs. A ce
riant aspect se joint une harmonie qui le rappelle encore ; le mugissement des génisses, le
bêlement des agneaux, les chansons des pasteurs, le bruit léger des feuilles agitées, le murmure des sources, le ramage des oiseaux, le bour-
donnement des abeilles, tout parloit à l'âme
d'innocence et de paix ; tout disoit au contemplateur en extase : « Arrêtez-vous ici, nulle autre
part vous ne serez aussi bien.

« *Camdebo* (Esprit d'amour) ! *Camdebo !*
s'écrie le Derviche hors de lui-même, ta bonté
surpasse encore ta puissance, tu as préparé dans
tes desseins paternels tout ce qu'il falloit aux
hommes. Et ils ne sont pas contents ; est-ce ta
faute ou la leur ? Pourquoi leur offres-tu un
bonheur qui n'excite point leurs désirs ? ou
pourquoi leur as-tu laissé concevoir des désirs

qui ne les mènent point au bonheur, et qui, semblables à la flèche pointée trop haut, dépassent le but sans l'atteindre? Les hommes t'ignorent sans doute, puisqu'ils ne te cherchent point; mais encore une fois d'où vient qu'ils t'ignorent? Tu leur as donné des yeux, ne peux-tu donc les dessiller? Tu as allumé en eux la lampe secrète de leur entendement, ne peux-tu la rendre plus vive? Tes bienfaits sont pour tous, pourquoi ne sont-ils connus que du sage?... Mais non, je ne te blasphémerai point; que ne puis-je plutôt sonder la profondeur de tes motifs? Tu as voulu que la plus noble des créatures terrestres, l'homme fît son bonheur lui-même, afin qu'il fût plus heureux; tu as voulu le traiter selon sa dignité; tu as voulu qu'il trouvât le bonheur dans le mérite, et le mérite dans le bonheur... Puis, s'agenouillant sur la pierre où d'abord il étoit assis : O Mounis, ô Péris! dit-il, ô Deutas, ô Messinguez! et toutes, tant que vous êtes, Divinités du lieu, du haut des airs où vous habitez, dans les demeures transparentes que l'œil de l'enfant de la terre ne sauroit distinguer, protégez-moi; je me mets sous votre garde, et je vous remercie du premier rayon de sérénité que vous faites luire au dedans de moi. Mais, s'il n'est point téméraire de demander encore plus, si un humble pénitent, jusqu'ici accablé de regrets et de douleurs, est quelque chose devant vous, voyez-moi, et lisez dans mon cœur. » Après ces derniers mots, plu-

sieurs fois répétés, le Derviche, devenu comme
étranger à tout ce qui l'environne, élève les yeux
et les mains vers la voûte céleste, et cesse de parler. L'Émir, inquiet de ce silence et de cette im-
mobilité, ose interrompre sa méditation. « Rele-
vez-vous, mon père, lui dit-il ; pendant que
votre âme est dans le ravissement, votre corps
est dans la contrainte. Asseyez-vous ici, la mousse
y est plus molle et plus épaisse, et daignez me
permettre, avec vous, une confiance dont j'ai
vraiment besoin. — Parlez, mon fils, dit le
Derviche en revenant à lui, parlez, tout se tait
en moi pour vous écouter, et mes pensées
appellent vos questions. »

Ils s'asseyent donc l'un à côté de l'autre sur
le même banc ; Mohély se tourne avec respect
vers le Derviche ; il lui prend affectueusement
la main, la serre dans les siennes, et le regardant
fixement : Saint homme, dit-il, croyez-vous
à la sympathie ? — Ah ! mon fils, répond le
Derviche, il n'y a que sympathie dans le
monde, et dans ce moment, oui, dans ce moment surtout, comment n'y croirois-je pas ? —
Sachez donc, saint homme, que votre abord a
soudain fait naître en moi je ne sais quel trouble intérieur, je ne sais quelle confusion d'é-
motions, qui ne laisse pas d'avoir, pour mon
âme, un charme inexprimable, et dont vous
avez pu vous apercevoir. — Généreux Émir, répond le Derviche, je m'en serois mieux aperçu,
si je l'avois moins senti : mais mon trouble

m'empêchoit de voir le vôtre. — Eh bien ! mon
père (c'est un nom que j'aime à vous donner),
vous me pardonnerez donc la hardiesse que
vous m'inspirez... êtes-vous vraiment un pénitent ? — Mon fils, tout homme doit l'être ; où
est la vie sans tache ? — Il me semble, ô mon
père ! que vos pleurs ne peuvent couler que sur
les fautes d'autrui. — Hélas ! dit le Derviche, je
n'en verserai peut-être jamais assez pour effa-
cer les miennes, et en même temps celles d'un
fils que je cherche par toute la terre. — Un fils !
vous, bon Derviche ! — Hélas ! oui, cher Émir ;
et quel fils, grand Dieu ! Non, je ne le méritois
point. Imaginez, réunies dans une même créature, toutes les perfections que d'ordinaire le
Ciel partage d'une main avare entre quelques
mortels favorisés : la bonté, la raison, la grâce,
la force, la beauté... — Faut-il en croire un
père ? dit l'Émir. — Oui, sur ses pleurs, répond
le Derviche. Malheureux ! et c'est moi... c'est
moi qui ai changé, qui ai arrêté, qui ai tran-
ché peut-être le cours de ses belles destinées !

Pardonnez, continua-t-il, vous connaîtrez
peut-être un jour les illusions d'un père ; puissiez-vous n'en jamais connaître les chagrins !
Encore une fois, Émir, pardonnez mes larmes.
— Ah ! donnez, donnez-leur un libre cours,
bon Derviche, et puissent les miennes, qui s'y
mêlent, en adoucir l'amertume ! Mais que vous
avez dû souffrir l'un et l'autre ! vous, privé d'un
fils tel que votre amour se plaît à le dépeindre ;

et lui, privé d'un père tel que je vous vois, tendre, humain, indulgent, offrant, dans tous vos discours et dans toutes vos manières, des leçons d'amour et de paix, et portant, comme un autre Brahma, tout le genre humain dans votre cœur. — Oh! mon ami, je n'ai pas toujours été celui que votre belle âme se figure. Ma vie s'est passée à lutter contre mes défauts, et trop souvent avec désavantage. Ce n'est pas que mon esprit n'ait toujours cherché la vraie justice; mais plus d'une fois je me suis égaré, même en la cherchant. Ma raison, trop faible et trop lente, n'a pas toujours su prévenir en moi les brusques élans de la passion; et si aujourd'hui ces élans paraissent comprimés, hélas! c'est l'ouvrage du temps et du repentir... Oui, mon digne ami, du repentir; et depuis dix-sept ans j'expie trop de rigueur envers le moins imparfait des enfants des hommes. — Dix-sept ans! s'écria Mohély en levant les mains au ciel; puis, revenant à lui avec l'embarras d'un homme qui se reprocheroit trop de vivacité ou qui craindroit d'avoir commis une imprudence : Continuez, dit-il, bon Derviche, votre ami promet de ne plus vous interrompre. Et cependant il répétoit à voix basse, et comme malgré lui: dix-sept ans! — Oui, mon ami, il y a dix-sept ans que mon fils, le plus tendre et le plus aimé des fils, a fui du toit paternel, emportant avec lui notre joie, et laissant le deuil dans nos murs. Rien ne m'eût

retenu ; mais j'avois encore un père : un père !
et je sçavois trop ce que c'étoit que d'être abandonné d'un fils. Je ne voulus donc pas abandonner mon père ; je restai près de lui, déplo-
rant en secret ma faute, mais prenant sur moi
pour lui donner des consolations dont je n'é-
tois pas susceptible. Au bout de deux ans, il
fallut le pleurer aussi, et à peine lui eus-je
rendu les derniers honneurs, que je ne songeai
plus qu'à chercher mon fils par tout l'Univers ;
je renonçai à tout, et je donnai la liberté à mes
esclaves, pensant que tous les genres d'infor-
tune sont autant d'ennemis invisibles qui pla-
nent sur toutes les classes des mortels, et que
mon noble fils, désormais en butte à tant de
hasards, pouvoit aussi être tombé dans l'esclavage. Frappé de cette idée accablante pour un
père, je rassemblai tout ce que je pus de diamants, de rubis et d'autres pierreries, pour avoir
avec moi le moyen de racheter ce précieux enfant, si le Ciel, que je ne cessois d'invoquer, me
le faisoit rencontrer dans cet état indigne de
l'homme. — Noble et tendre père ! s'écrie Mohély en lui pressant la main. — Ou pour ajouter, continua le Derviche, ce médiocre trésor à
sa fortune, si quelque *Amadya*, quelque Génie
conducteur d'une brilante étoile, a daigné faire
luire sur mon fils un rayon de sa faveur. —
Ah ! bon Derviche, dit l'Émir en levant les yeux
au ciel, les véritables Génies protecteurs des
hommes sont des pères tels que celui que je

vois. — Ces premières dispositions une fois faites, reprend le vieillard, je partis au milieu de
la nuit, seul et caché sous l'habit que vous me
voyez, à la faveur duquel je pouvois librement
traverser les camps amis ou ennemis qui couvroient alors l'Iram ou le Touram ; et, après
avoir passé, sans être reconnu, le fleuve qu'on
ne repasse point, je parcourus différentes régions, n'ayant que l'inspiration pour guide. —
Noble résolution, interrompt Mohély, et
comme elle prouve bien que le courage ne s'é-
teint pas dans l'âme d'un vieux guerrier ! —
Mais vous avois-je dit, Mohély, que j'eusse autrefois été guerrier ? — Eh ! bon Derviche, comment le saurois-je autrement ? et qui, d'ailleurs,
ne le jugeroit pas à votre intrépidité ? combien
il en faut pour parcourir ainsi de vastes régions
seul et sans défense ! Je ne puis y penser sans
frayeur. — Mon ami, les Dieux sont une bonne
escorte pour ceux qui s'y confient. — Mais les
brigands dont l'Asie est infestée ? — Les brigands ne s'adressent guère aux Derviches. —
Vous aviez cependant de quoi les tenter, ce
sac... de peau de tigre, s'il m'en souvient. —
Je me ressouviens très-bien, dit le Derviche
étonné, de vous avoir parlé à table d'un sac
rempli de diamants, mais je ne me souviens pas
de vous avoir dit qu'il fût de peau de tigre. —
Eh ! bon Derviche, dit encore l'Émir, comment
le saurois-je autrement ? — N'importe, cher
Emir ; ce sac dont nous parlons me rappelle

tous les jours la première origine de nos malheurs, car nous les devons en grande partie,
cet infortuné jeune homme et moi, à sa passion immodérée pour la chasse, qui nous a fait
oublier un moment à lui qu'il étoit mon fils,
à moi que j'étois son père. — Ah ! cet oubli-là,
répond Mohély, a sans doute été bien réparé?
— Vertueux Guerrier, si je ne me reprochois à
tout moment d'abuser de cette attention touchante qui mêle une volupté secrète aux douleurs que je vous confie..... — Eh bien ! mon
père? — Je reprendrois les choses de plus haut ;
mais je craindrois de payer trop de bonté par
trop d'ennui. — Mon père, dit Mohély d'un
ton de voix altéré, lisez sur mon visage si l'ennui peut trouver place entre vous et moi. —
Sçachez donc, reprend le Derviche, que jamais
créature vivante n'a donné aux siens autant de
joie, autant d'espérance, autant d'orgueil que
celui que je voudrois vous peindre : tout sembloit surnaturel dans cet enfant; sa beauté, sa
douceur, sa grâce, sa force, son intelligence,
tout présageoit en lui les plus hautes destinées;
Ixora, sa tendre mère, en eut la première annonce dans un moment de délire, ou plutôt de
ravissement céleste, qui précéda sa délivrance ; et
voici comment le jour même elle me l'a raconté:
« Je ne dormois pas, mais, tout occupée à
me figurer l'avenir de celui que je portois encore dans mon sein, tous les objets qui m'en-
touroient avoient disparu de devant moi, et je

me suis sentie transportée tout à coup, je ne
sais par quel enchantement, au milieu d'un
vaste jardin rempli de mille sortes de fleurs
que je voyois éclore à mesure que je les regar-
dois. Pendant que j'admirois ce prodige, une
harmonie délicieuse que j'entendis soudain ré-
sonner au-dessus de ma tête me fit tourner mes
regards vers le ciel, et je crus voir toutes les
Divinités protectrices des hommes qui descen-
doient vers moi. L'éclat de leur beauté avoit
fait disparaître toute autre lumière, et des nuages, diversement colorés, qui leur servoient de
palanquins, les déposoient doucement entre les
touffes de fleurs qui germoient de toutes parts ;
toutes ces Déesses portoient un arc d'or à la
main, mais l'expression de leurs traits et la
grâce de leur maintien annonçoient tant de
bienveillance, que leurs arcs ne m'inspi-
roient aucune crainte. Bientôt elles se disper-
sent çà et là, et chacune d'elles choisit une de
ces fleurs mystérieuses et l'ajuste comme un
trait à la corde de son arc ; puis, tout à coup, se
disposant en cercle, elles tirent en même temps
sur une faible plante qui paraissoit poindre au
milieu de ce beau jardin. Tous les traits par-
tent et frappent à la fois, et, en un clin d'œil,
je vois la jeune plante transformée en un arbre
prodigieux qui se couvre à l'instant de toutes
les fleurs qui viennent d'être décochées. Les
Divinités remontent aussitôt sur leur nuage,
regardant l'arbre avec amour, et lui disant:

Bel arbre, tu t'élèveras jusqu'aux cieux, car nous veillerons sur toi. »

Ma pieuse épouse, continue le Derviche, trouve, en revenant de sa vision, un enfant dont la naissance ne lui a coûté aucune douleur, et sur qui tout ce qu'elle avait vu en figure parut s'être réalisé. Sa beauté charma d'abord tous les regards ; mais de plus précieuses faveurs du Ciel nous étonnèrent bientôt après : nous vîmes luire l'aurore de sa raison, comme on voit les sommets des monts les plus élevés éclairés longtemps avant le reste des campagnes. Avide d'apprendre et de comprendre, il fut bientôt initié, comme par magie, à plusieurs connaissances qui, chez presque tous les hommes, exigent de longues études ; et chaque mois, dans le champ de *Saris-Ouaty* (la science), étoit marqué chez lui par des progrès qu'un autre enfant eût été heureux de faire dans une année entière. Indifférent pour les plaisirs de son âge, il ne vivoit en quelque sorte que dans son esprit ; tout autre soin que ceux de l'étendre et de l'orner lui paroissoit au-dessous de lui, et son corps lui étoit devenu comme étranger. — Encore une fois, Derviche, dit l'Émir en souriant, faut-il s'en rapporter entièrement à des yeux paternels ? — Hélas ! je n'en ai point d'autres, dit le Derviche ; mais des yeux plus clairvoyants que les miens, ceux de mon respectable père, me furent d'un grand secours. « Vous êtes fier de votre Idalmen, me dit-il un

jour ; mais son intérêt devroit vous être plus
cher que votre gloire : croyez-moi, si vous voulez le conduire au point où il peut arriver,
changez de route, et n'allez pas plus vite que
le temps. Le premier âge a plus besoin de jeux
que d'instruction ; craignez que cette vie stu-
dieuse, qui a tant d'attraits pour cet aimable
enfant, n'altère sa santé, car le corps doit avoir
une grande part à nos premiers soins, pour être
ensuite plus en état d'obéir à l'âme : craignez
qu'une manière de vivre trop délicate (c'est le
malheur de nos pareils) ne le conduise bientôt à la mollesse, qui a trop besoin des secours
des autres, car l'habitude d'être aidés nous ôte
les moyens de nous aider nous-mêmes. Voyons
toujours l'avenir de notre Idalmen : craignons
les caresses et les applaudissements qu'on a
tant de plaisir à lui prodiguer ; ils pourroient
lui donner à la longue le pire des défauts, l'orgueil. Oui, mon fils, l'orgueil, qui dans les
hommes ne nous montre point nos semblables ;
l'orgueil, qui fait qu'on n'est pas aimé et qu'on
n'aime pas : deux choses dont l'homme a tant
de besoin ! Laissez donc là pour quelques années, continuoit mon père, les livres et les docteurs : votre fils touche à peine à sa dixième
année, il aura le temps d'y revenir. Formez-le,
si vous m'en croyez, aux exercices d'adresse et
même de force, qui font vraiment d'un enfant
un homme. Dans quelque rang que le sort
nous ait placés, l'habitude des travaux nous

ramène, sous quelques rapports du moins, au
niveau du reste des mortels ; elle prépare nos
corps à mille assauts qui nous menacent, tous
tant que nous sommes et quels que nous
soyons, dans le tumulte des choses ; et du moins
elle fait que, sans dépendre des services d'autrui,
comme tant d'êtres efféminés, nous trouvons
dans nos propres membres d'utiles serviteurs.
Songez, de plus, ajouta le vertueux vieillard,
que, d'après les saintes lois de notre patrie, notre Idalmen est destiné, non à l'état de Santon
ou de Brahmane, mais à celui de Guerrier, car,
hélas ! il en faut, puisqu'il y en a ; et procurez-
lui de bonne heure ce qui peut assurer ses jours
et sa gloire. »

Ainsi parla mon père, et sa dernière pensée
entra dans mon esprit. Je ne vis plus dès lors
dans mon Idalmen qu'un être voué par *Ada-
risto* (le Destin) à l'immortalité des héros, et
toutes mes leçons et tous mes soins n'eurent
plus d'autre motif ni d'autre objet. Je lui mis
entre les mains toute espèce d'armes ; je prenois
soin de les proportionner à sa taille, et je me
plaisois à lui en apprendre l'usage. —J'admire,
dit Mohély en regardant le Derviche avec des
yeux attendris, comme tout le fil de la vie
d'un fils se déroule d'avance dans la pensée
d'un père. — Cette seconde éducation, reprend
le Derviche, ne fut pas moins heureuse que la
première ; on eût dit qu'en ce genre aussi mon
Idalmen avoit reçu en naissant plus que les

autres n'acquièrent. Il atteignoit les daims et les gazelles dans les forêts ; il s'élançoit sur les chevaux les plus sauvages au milieu de leur course ; il terrassoit les taureaux en saisissant leurs cornes de ses mains encore enfantines ; sa flèche obéissoit à son œil, et l'aigle, presque invisible à d'autres regards, tomboit percé du haut des nues à ses pieds. Son cœur cependant ne s'endurcissoit point à de pareils jeux ; il s'y exerçoit surtout dans la vue du bien qui pouvoit en résulter un jour, non pour la société (une telle conception étoit encore trop au-dessus de son âge), mais pour sa famille, mais pour moi, dont il espéroit, disoit-il, être le soutien au déclin de mes ans. Ce n'étoit pas qu'il fût indifférent au plaisir que l'homme attache naturellement à tout ce qu'il fait bien ; au contraire, l'arc et la fronde, où il excelloit, devinrent pour lui des passions. Il en avoit fait ses amusements favoris jusqu'à l'âge de douze ans, et je le voyois chaque matin revenir chargé des victimes de son adresse. Un jour cependant il rentra les mains vides, je lui en demandai la cause : il venoit de lire dans un Pandit indou un vers qui avoit fixé son attention ; le voici :

Sur tout être qui vit l'humanité s'étend.

Et — le croiriez-vous, bon Émir ? — de ce moment il résolut de renoncer à toute autre chasse qu'à celle des animaux féroces ; il regar-

doit ceux-là comme les ministres de *Shirven*
(le Génie destructeur), et, dans ses jeunes idées,
il lui paraissoit juste de leur faire la guerre
pour la défense du reste de la création.

Bientôt un sentiment d'orgueil vint encore
troubler ses plaisirs : Idalmen avoit achevé
dans la nuit la lecture d'un autre Pourana, et
il y avoit remarqué cette maxime, faite à la fois
pour élever l'âme et pour l'adoucir :

A vaincre sans péril on triomphe sans gloire.

Dès lors, tourmenté du premier aiguillon d'une
noble ardeur qui commençoit à bouillonner
dans ses veines, il se persuada que l'homme ne
s'élève réellement au-dessus de sa condition que
par une audace utile au monde, qui, d'un être
vulgaire, fait un être protecteur ; tourmenté de
cette pensée, il rougissoit de n'avoir employé
la force, l'adresse et la ruse qu'avec une parfaite sécurité : bientôt rien de ce qui étoit sans
danger n'eut plus d'attrait pour lui. Il ne m'en
parla point d'abord ; mais il faisoit à mon insu
divers essais qui lui firent connaître sa force et
son courage ; et, toujours brûlant de se surpas-
ser lui-même, il méditoit à toute heure de nouvelles entreprises.

Un jour, continua le Derviche, il entendit
parler d'un tigre qui faisoit de grands dégâts
dans un canton voisin du nôtre ; aussitôt le
jeune homme ordonne en secret une chasse

pour le lendemain ; il dispose d'avance les meu-
tes, assigne aux archers et aux lanciers les postes qu'ils doivent garder ; et quand tous ses
ordres ont été donnés pour le lendemain à la
pointe du jour, il part au milieu de la nuit
comme à son ordinaire, et devance la troupe.
Je ne sçais s'il étoit ambitieux d'avoir à lui seul
tout l'honneur de l'action qu'il méditoit, ou
bien (et j'aime à le penser) s'il craignoit d'exposer des hommes à ses périlleux plaisirs. Déjà il
avoit dérobé ses traces par plusieurs tours et
détours dans cette vaste et sombre forêt qu'il
avoit cent fois parcourue, et qu'il connaissoit
comme les jardins de son père : il poursuit, et,
pendant que toute sa suite, inquiète et trompée, le cherche dans toutes les places où il
n'est point, il examine jusqu'aux moindres indices et ne tarde pas à reconnaître de larges
traces toutes récentes qui lui annoncent l'ennemi qu'il cherche : aussitôt, pour ne pas exposer même son cheval à ses périls, il descend,
l'attache à un palmier, et, se faisant jour au travers des broussailles épineuses, il aperçoit le
terrible animal qu'il cherche arrêté à la lisière
du bois. Déjà mon fils étoit près de lui sans
en être aperçu ; déjà il apprêtoit sa hache
d'arme pour le frapper, lorsque le tigre, attiré
par un troupeau de brebis qu'il avoit découvert au loin dans la plaine, s'y élance comme
une flèche. A peine commençoit-il à déchirer sa
première victime, qu'Idalmen, aussi agile qu'au-

dacieux, lui décharge sur la tête un coup de sa hache d'arme, qui l'oblige à lâcher prise, et fait jaillir une partie de sa cervelle. Le monstre, prêt à succomber, n'en devient que plus féroce; il se dresse avec rage, et cherche, dans ses dernières convulsions, à saisir mon fils entre ses affreuses griffes; lui, sans s'effrayer, en fait tomber une d'un coup de sa hache; mais déjà l'autre griffe, profondément enfoncée dans la joue du jeune homme, en emportoit un lambeau, lorsque le tigre, épuisé de sang et de force, tombe roide mort aux pieds de son vainqueur.

Cependant la troupe des chasseurs, que leur jeune commandant avoit · devancée, n'a vu le combat que de loin, et ne peut arriver qu'au moment de la victoire; mais dès qu'ils virent cette horrible blessure, les cris de joie se changèrent en lamentations. Mon fils leur rend le courage; il se félicite de n'avoir exposé personne, fait envelopper sa plaie, remonte à cheval, et retourne gaiement à la maison paternelle.

Moi, de mon côté, j'étois resté chez moi, où je feignois d'ignorer ce projet, ces préparatifs et ce départ, voulant, par une sorte de délicatesse paternelle, laisser à mon ambitieux Idalmen ce plaisir si doux, si cher à l'adolescence (toujours un peu présomptueuse) de tout ordonner par soi-même. Cependant, au bout de quelques heures, je ne sçais quelle inquiétude me

force à tout quitter pour aller le chercher au
fond des forêts ; bientôt les chants de triomphe,
les fanfares, les hennissements des chevaux, les
aboiements des chiens m'apprennent où je le
trouverai ; et voilà ce malheureux enfant qui
vient au-devant de moi avec la tête enveloppée
à peu près comme je vois la vôtre en ce moment. Car, mon ami, je dois vous le dire,
lorsque j'ai entr'ouvert le rideau de votre tente,
il m'a semblé revoir mon fils comme je le vis
alors ; et vous me l'avez rappelé, autant qu'un
homme de votre taille et de votre âge peut retracer un enfant de douze ou treize ans. Mais,
pour achever ce que j'avois commencé à vous
raconter, du plus loin que je découvris mon
jeune chasseur ainsi déguisé, je ne sçus d'abord
qu'en penser, et je m'avançai vers lui, plus
étonné qu'alarmé ; c'étoit son air toujours
serein, sa contenance toujours assurée : je l'entendois même parler à ses compagnons avec
une vivacité, une gaieté peut-être affectées (car
de quoi son amour n'étoit-il point capable ?).
Cependant sa démarche, plus lente que de coutume, commençoit à m'inquiéter ; mais bientôt
je vis la tristesse et la frayeur peintes sur tous
les visages ; et puis cette pâleur, si nouvelle sur
celui de mon Idalmen, et ce sang qui perçoit
tous les plis et replis du voile... Ah ! cher Émir,
quelle vue pour un père que le sang d'un fils !
N'importe, je prends sur moi comme il avoit
pris sur lui ; j'examine la plaie avec un sang-

froid affecté ; j'y mets de ma main un premier
appareil, et je ramène l'enfant au petit pas vers
sa bonne mère, la tendre et sainte Ixora : j'avois
eu soin de la faire prévenir un moment d'a-
vance ; mais elle n'en est pas moins tombée,
à l'approche de son Idalmen, saisie d'un trem-
blement universel. Nous examinons de nouveau la blessure ; elle étoit plus effrayante que
dangereuse : instruit comme je l'étois dans les
arts conservateurs de l'humanité, je jugeai que
les chairs encore fraîches, avec un sang aussi
pur que celui de ce bel âge, ne seroient pas
difficiles à rapprocher : elles reprirent en effet
en peu de jours, au moyen des sucs dont j'a-
vois la connaissance, et laissèrent seulement
une cicatrice qu'il portera toute sa vie. (Hélas !
pourvu qu'il la porte encore !) Ah ! si jamais
son père la revoyoit !... — Vous la reverrez,
bon Derviche ; oui, vous la reverrez. — Émir,
vous prenez plaisir à me flatter ; vous ressem-
blez au Génie consolateur qui me la montroit
encore cette nuit en songe ; je l'ai revue effectivement ; mais ce n'est qu'un songe, et comment y croire ? — Saint homme, dit l'Émir, les
méchants qui sont livrés aux mauvais Génies
n'en reçoivent en dormant que des avis trompeurs ; mais il n'en est point ainsi des bons
Génies qui veillent sur le sommeil du juste. —
Eh bien ! cher Mohély, vous allez voir ici mon
cœur dans toute sa faiblesse. — Dites sa bonté,
sage Derviche. — Lorsque, après la guérison

de notre Idalmen, nous regardions cette tache
qui le distinguoit entre tous les mortels, mon
épouse pleuroit la perte de la beauté de son
fils, jusqu'alors le plus charmant des enfants
des hommes. Moi, au contraire, j'en étois
glorieux; je la considérois toujours avec une
nouvelle admiration, et je voyois d'avance mon
Idalmen marqué du signe des héros. Cette idée,
si flatteuse pour un père, m'a toujours soutenu
depuis que j'ai cessé de le voir, et, au milieu
de mes chagrins, elle luit dans mon esprit
comme une faible étoile entre de sombres nuages. — Les Dieux sont ingénieux à consoler
ceux qui les servent. Ils ne vous abandonneront
point, excellent père. — Il y a une chose que je
ne puis vous confier qu'en rougissant; mais
l'intérêt avec lequel vous semblez m'écouter
m'est doux comme le plaisir rêvé dans la douleur. — Parlez, parlez, bon Derviche, lui dit
l'Émir d'une voix altérée, jamais mon âme (et
vous la voyez dans mes yeux) ne s'est sentie
aussi délicieusement agitée par le respect, par
la tendresse, par je ne sais quelle émotion in-
compréhensible que je suis fier de vous voir
partager. — Eh bien! Émir, vous allez lire
dans le fond du cœur d'un père, vous allez voir
jusqu'où sa raison peut s'égarer. Lorsque le
grand Akbar, revenu de ses conquêtes, s'est de
nouveau rappelé ce guerrier dont le secours
miraculeux avoit sauvé ses jours, et que le
Sultan l'a désigné par une marque absolument

pareille à la cicatrice de mon Idalmen, mes entrailles ont tressailli : je me suis rappelé sa froide audace, et j'ai osé penser que, seul entre les guerriers (noble Émir, ne vous en offensez point), il avoit pu être choisi par le Ciel pour un aussi grand exploit. Déplorable illusion ! reprend le vieillard avec un soupir douloureux, et que me confirmeroit encore la perte de mon fils ; car, si le guerrier existoit, le monde le connaîtroit ; tous les guerriers, tous les hommes fixeroient leurs regards sur cette marque si reconnaissable, qui, au milieu de tant de périls, a frappé les yeux du grand Akbar, ô Idalmen ! et ton père la verroit. Mais c'est en vain que ses yeux la cherchent : Idalmen n'est plus, continua-t-il en sanglotant... — Bon Derviche, reprit l'Émir, rien n'est impossible au Ciel, et quelquefois c'est du milieu des plus durs chagrins qu'il fait naître la joie, comme la source vive qui jaillit du rocher. Espérez donc, espérez toujours : le désespoir des mortels offense leurs amis invisibles. Vous-même, sage vieillard, n'auriez-vous pas cru votre fils perdu pour votre amour, si vous aviez été instruit plus tôt de ce combat que vous me contiez tout à l'heure en frémissant ; et cependant vous l'avez revu, ce fils, et il est venu à vous, tout blessé qu'il étoit, déposer à vos pieds la dépouille de ce tigre...
— En effet, dit le Derviche, il est venu me l'apporter ; mais je ne croyois pas vous l'avoir dit.
— Eh ! bon Derviche, répond l'Émir comme il

l'avoit déjà fait, comment le saurais-je autrement ?

Vous imaginez bien, dit le Derviche en reprenant son récit, que je me défendis toute espèce
de reproche ou même de leçon à faire à mon
jeune fils jusqu'à sa parfaite guérison : je le
connaissois si prompt, si impétueux, et en même
temps si sensible, si soumis, que, dans de tels
moments, la moindre marque de mécontentement
de ma part auroit pu mettre sa raison et même
sa vie en danger. (Hélas ! pourquoi n'ai-je pas
toujours eu la même prudence ?) Enfin, quand,
sa mère et moi, nous fûmes hors de toute inquiétude, je lui fis une sévère réprimande ; je
le condamnai à être trois choubers (trois lunes)
sans aller à quelque chasse que ce fût, et je lui
défendis celle du léopard et du tigre pendant
deux ans entiers, sous peine d'encourir ma
malédiction. — Ah ! Derviche, quel mot dans la
bouche d'un père ! — Je ne le sçais que trop,
mon fils ! c'est un tonnerre, mais qui frappe
plus sûrement encore celui qui le lance. — Eh
bien ! Derviche. — Eh bien ! cher Émir. Mais où
trouverai-je la force de vous raconter le reste ?
Six mois, dix mois, un an s'écoulent : mon fils,
au lieu de passer les jours et les nuits dans les
forêts à la poursuite des animaux sauvages, les
passoit tranquillement à cultiver sa raison, ses
pensées, à chercher la vérité sous les illusions
qui la défigurent et les emblèmes qui la renfer-
ment. Avec quelle douce satisfaction je le
voyois gagner tous les jours quelque mérite de

plus, et passer en quelque manière de la nature
sauvage à la nature céleste ! étudiant sans cesse
les Pouranas, le Védam, les Philosophes qui ont
deviné l'énigme du monde, et se plaisant surtout
à cultiver la douce et sainte poésie, qu'il regardoit comme la langue du ciel. Les Dieux la parlent, disoit-il, et les hommes peuvent à peine
la bégayer.

Mais un jour... jour fatal ! je me promenois
entre mon épouse et mon vieux père, dans un
bocage voisin de notre demeure, lorsqu'une
famille éplorée vient se jeter à nos pieds, et
nous conter qu'un lion d'une grandeur déme-
surée, non content de dévorer les troupeaux,
attaquoit aussi les hommes avec encore plus de
fureur ; qu'on ne sortoit plus des habitations
qu'en tremblant ; que, depuis une lune, douze
victimes avoient péri ; que toute communication
particulière étoit interrompue ; qu'on ne marchoit plus qu'en troupe ; qu'on tenoit jour et
nuit des feux allumés devant toutes les portes
pour écarter l'ennemi ; enfin, que tous les environs sont en alarme, et qu'on me supplie, au
nom de tous les pères et de toutes les mères du
canton, d'y envoyer une troupe de hardis chasseurs, commandée par mon brave Idalmen,
dont la renommée avoit publié les derniers
exploits. J'étois chef, et j'étois homme ; je connaissois trop bien les devoirs de l'humanité, et
en même temps ceux de l'autorité, pour ne
point accueillir une prière aussi juste ; et, sans

m'expliquer au sujet de mon fils, je renvoie ces infortunés avec la promesse d'un prompt secours. Ce trop cher enfant étoit, dans ce moment-là, plus près que je ne le croyois, assis au pied d'un dattier ; occupé, comme à son ordinaire, à la lecture d'un Pourana, mais placé de manière à pouvoir nous entendre sans être vu de nous. La troupe suppliante, en me quittant, passe par hasard à portée de lui : on s'arrête, on se prosterne, on se jette à ses pieds, comme on avoit fait aux miens, on les arrose de larmes ; on l'appelle un second Wishnou sur terre, et d'avance on le remercie de la sécurité qu'on va lui devoir. L'excellent Idalmen, touché de leur douleur, flatté de leurs hommages, passionné, comme je vous le disois, pour la gloire d'être utile, peut-être aussi fatigué du long repos auquel je l'avois condamné, conçoit pour la première fois le projet de se dérober à ma surveillance ; il commence par différentes questions sur tout ce qu'il lui importe de sçavoir, sur la position des lieux, les refuites du lion, les heures et les endroits où il se fait voir le plus souvent ; puis, quand il a une fois rassemblé tous les renseignements qu'il désire, il se travestit en simple chasseur, et part seul, au milieu de la nuit, sans même donner connaissance de ses projets à ceux qu'il vouloit servir, et qui attendoient prudemment le retour du jour pour se joindre à nos chasseurs et marcher avec plus de sûreté.

Cependant l'heure de la retraite arrive, elle
passe, elle est passée depuis longtemps, et Idalmen n'a point paru. Où est-il ? où est-il ? se
disoit-on les uns aux autres ; on attend, on
écoute, on s'inquiète, on s'agite, on appelle, on
crie ; tous les jardins, tous les portiques reten-
tissent du nom d'Idalmen ; cent flambeaux allumés sont promenés curieusement de tous les
côtés ; pas une place, pas un recoin, pas un
buisson qui n'ait été vu et revu ; enfin, après
beaucoup de mouvements inutiles, j'arrive au
pied de l'arbre où mon fils avoit fait sa lecture :
je trouve encore le livre ouvert, et noté de sa
main à une stance qu'il lisoit sans doute au
moment où l'on étoit venu l'implorer ; la voici :
*Si tu entends le cri de l'infortuné, sois sourd*
*pour tout le reste.*

Hélas ! pendant que nous le cherchions à la
lueur de tant de feux, Idalmen marchoit seul
dans l'obscurité de la nuit et dans l'épaisseur
des forêts, ne songeant pas plus à son repos
qu'à ses dangers. Il arrive au point du jour
dans le canton qu'on lui avoit indiqué la veille,
et voit tout ce que peut la terreur sur la raison.
Deux enfants et leur mère venoient d'être dévo-
rés pour n'avoir pas sçu, dans leur trouble,
trouver l'entrée de leur cabane. C'étoit une
consternation générale ; on n'entendoit que des
gémissements dans toutes les maisons, des prières dans toutes les Pagodes ; une douleur insensée égaroit les plus courageux. Idalmen frappe

à une porte, on croit entendre le lion, et, au lieu d'ouvrir, on se renferme avec plus de soin ; il insiste, on se barricade ; il interroge au travers d'une petite ouverture, et il obtient avec peine qu'on lui réponde : le monstre, à les en croire, est autre chose que ce qu'il paraît ; c'est quelque Magicien, quelque Azour, quelque Génie malfaisant que *Sirvhen* (le Dieu de la destruction) a chargé de dépeupler la contrée. Rien ne l'arrête, rien ne l'effraye ; il a renversé toutes les palissades ; il a déchiré tous les filets ; il attaque de front les hommes armés ; il les dévore avec leurs carquois et leurs javelots : les plus habiles archers, les frondeurs les plus adroits n'ont pu seulement l'atteindre ; les pierres, les flèches, lancées contre lui de toutes parts, sont tombées sans force à ses pieds...

Tel étoit le délire de cette peuplade affligée ; mais jusqu'où ne va pas l'ignorance aidée de la superstition ! Déjà l'on faisoit des prières, des invocations au monstre, et l'on se proposoit de lui abandonner tous les jours une génisse avec une brebis pour se le rendre propice. Idalmen, enflammé du désir de rendre à ces infortunés le calme et la raison, avance fièrement au milieu de la bruyère où le lion avoit coutume de se montrer tous les matins ; il ne tarde pas à l'entendre, et, sans le voir encore, il le mesure à ses rugissements. L'ennemi paraît tout à coup ; il voit mon fils, et s'arrête un moment comme frappé de cette contenance fière à laquelle les

timides habitants de la contrée ne l'avoient
point accoutumé ; puis, rugissant et se battant
les flancs pour allumer sa fureur, il prend son
élan vers le jeune champion, qui, de son côté,
lui épargne la moitié du chemin. Alors le combat commence aux yeux, aux acclamations, aux
applaudissements d'une foule de spectateurs
montés sur tous les toits du hameau. Idalmen
s'étoit débarrassé d'un large cafetan, dont il
s'étoit enveloppé dans sa marche ; il le tenoit à
sa main gauche, rassemblé en plusieurs plis, à
dessein, et l'oppose, comme une molle égide,
aux premiers assauts de son terrible adversaire :
l'animal furieux reste immobile et comme hon-
teux de n'avoir déchiré que de l'étoffe, puis il
revient plus impétueux à la charge. Idalmen,
sans se troubler, déploie adroitement le manteau, le jette tout entier sur les yeux du lion, et
profite du moment pour lui passer sa lance au
travers du corps. Le monstre aux abois se
roule sur la terre ; dans les convulsions de la
mort, il brise, en se débattant, le bois de la
lance qui le traversoit, mais il en emporte le
reste dans ses entrailles, et se traîne lentement
jusqu'à un antre voisin, où il va mourir.

Pendant que tout cela se passoit à notre insçu,
cette même inquiétude qui, l'année d'auparavant, m'avoit conduit sur les pas de mon fils
m'y ramène de nouveau. Mon épouse, la tendre
Ixora, quoique enceinte et déjà dans sa neu-
vième lune, voulut m'accompagner (une mère,

en pareille circonstance, ne s'en fie pas même à
un père); et déjà nous entrions dans la grande
route de la forêt, lorsque, au moment où nous
nous y attendions le moins, nous voyons arriver
à toute course un cheval effaré; c'étoit celui
d'Idalmen, que les fortes épines qu'il avoit tra-
versées avoient mis en sang. Cette fuite, ce
désordre, ce sang élèvent en nous de tristes pensées : la malheureuse mère, presque au terme
de sa grossesse, n'a point la force de les soute-
nir, et, à cette vue effrayante, elle tombe éva-
nouie dans mes bras. Mon fils alors étoit loin
sans doute de penser aux angoisses qu'il nous
causoit. On m'a conté depuis qu'enivré de sa
victoire, comme on pouvoit l'attendre de son
âge, il s'étoit pressé d'aller rassurer les familles
encore tremblantes qui l'avoient imploré. Déjà
des cris de joie, prolongés et répétés de proche
en proche, grossissoient autour de lui une multitude reconnaissante ; bientôt tout le voisinage,
étonné du retour de la sécurité, vient à sa rencontre ; hommes, femmes, enfants, vieillards
s'avancent, marchant deux à deux, dans l'ordre
d'une solennité religieuse, et lui portoient,
comme à un Dieu libérateur, les simples dons
que leur pauvreté leur permettoit de lui offrir.
Le trop sensible jeune homme, attendri jusqu'aux larmes de son propre bienfait, les remer-
cioit à son tour, et, distrait de nos alarmes par
leur joie, il consentit à s'asseoir entre eux au
festin champêtre qu'on lui avoit préparé.

Émir, pardonnez-moi tous ces détails ; souvenez-vous que c'est un père qui vous parle de son fils. — Eh ! bon Derviche, comment pourrois-je l'oublier ? — J'ai quelque plaisir à me peindre à moi-même ces instants de joie pour mon Idalmen : le reste sera si triste ! —Poursuivez, mon digne ami : toutes vos paroles s'écrivent dans le cœur de votre ami. — Je vous ai dit que j'avois envoyé des chasseurs ; j'en avois doublé le nombre : ils étoient arrivés à la place indiquée, et déjà la bande commençoit à se diviser et à s'étendre au loin dans les plaines et dans les bois. Dispositions inutiles ! Le lion, comme je vous l'ai dit, étoit allé mourir au fond d'un antre : on le cherche en vain, mais on trouve le tronçon de la lance de mon fils, avec son manteau déchiré et souillé de sang. A ces indices trop frappants, une douleur égale s'empare de tous les chasseurs : ils pleurent tous leur cher Idalmen, et n'ont plus d'autres soins que de se répandre çà et là pour en retrouver les restes.

Cependant, sa mère et moi, nous étions allés à sa rencontre sans rien sçavoir de ce qui se passoit, et nous nous perdions en mille conjectures, qui se détruisoient entre elles ; mais, depuis le retour du cheval, nos terreurs étoient balancées par bien peu d'espérance. J'essayois cependant, autant que je le pouvois, d'en concevoir ou plutôt d'en donner ; et, soutenant mon épouse affaiblie, nous suivions au hasard les

routes de la forêt, quand, aux derniers rayons
de ce triste jour, nous apercevons de loin des
chasseurs qui revenoient à pas lents avec une
contenance morne et dans le silence d'un cortège funèbre. Cette lenteur, ce silence nous
paraissent d'un sinistre augure; mais lorsqu'en
approchant nous entendons s'élever des gémissements et des sanglots; lorsque nous recon-
naissons les deux plus fidèles serviteurs de ce
fils si tendrement aimé, portant, l'un, ce vête-
ment sanglant, l'autre, ce débris de son arme;
lorsque nous les voyons se prosterner à nos
pieds et les inonder de pleurs... non, cher
Émir, non, je ne puis vous dire ce qui se passa
au dedans de nous : l'unique souvenir qui
m'en reste, c'est que je me trouvai transporté,
comme par prodige, au pied d'un lit, où l'on
avoit déposé la déplorable Ixora ; j'essayai de
lui parler, elle ne répondit que par ces mots :
*J'ai trop vécu;* et aussitôt l'ange de la mort,
qui planoit sur elle, vint s'emparer à la fois de
la mère et de l'enfant.

Mais quoi! vous pleurez, généreux guerrier!
mes peines deviennent les vôtres! Ah! ne vous
en cachez point; la compassion est l'ornement
du courage. Laissez-les, laissez-les couler, mon
ami, ces larmes si précieuses; elles me soulagent
comme si je les versois. — Poursuivez, bon
Derviche, je n'ai que la force de vous écouter.

Je ne vous peindrai point, cher Émir, les
pleurs, les cris, la consternation, le funèbre

8

tumulte qui régnoit dans cette maison, si subitement affligée de tant de plaies à la fois : pendant qu'on alloit et venoit de tous côtés sans sçavoir où ni pourquoi, et que, moi, sans action, sans mouvement et presque sans pensée, je restois au pied du lit de ma trop chère Ixora, l'esprit absorbé dans les plus ténébreuses contemplations, pleurant à la fois sur la mère, qui cessoit de vivre, sur l'enfant condamné par le sort à ne point connaître la vie, et sur celui qui me les coûtoit tous les deux... tout à coup on frappe, on redouble, on appelle à la porte de l'appartement où mon Ixora venoit d'être déposée : c'était mon fils. Mon fils ! Eh ! le croiriez-vous, digne Émir ? ce ne fut pas pour moi une consolation. — Malheureux père ! s'écria Mohély en soupirant. — Jusqu'à présent, dit le Derviche, vous n'avez vu que sa faute ; ici commence mon crime. Hélas ! je l'entends encore, ce trop regrettable jeune homme, sous les portiques de mon habitation, criant à plusieurs reprises : Mon père, ma mère, voici votre fils. Tous les domestiques, dont il étoit adoré, se précipitoient au-devant de lui, muets d'étonnement et de joie ; je les écarte, je marche moi-même à la porte, je l'entr'ouvre ; et, saisi à sa vue d'une fièvre qui troubloit toutes mes pensées, je m'arrête sur le seuil en lui montrant sa mère étendue sur son lit funèbre... Contemple ton ouvrage, fils rebelle, lui dis-je alors d'un ton bien nouveau pour son oreille ; la mort de ta

mère, la perte de son enfant, la tristesse de ton
aïeul, le désespoir de ton père, le deuil de ta
famille : voilà, voilà les fruits de ta désobéissance. A cette vue et à ces discours, l'infortuné,
comme frappé de la foudre, demeure sans mouvement et sans voix ; mais, moi, que la douleur
avoit rendu féroce : Que t'avoit fait ta mère,
ajoutai-je, que tu as fait mourir ? que t'avoit
fait l'innocente créature que tu précipites avec
elle dans la tombe ? que t'a fait ton père et le
vénérable père de ton père, dont la vie ne sera
plus qu'un long gémissement ? Va, fuis loin de
moi, repris-je avec plus de force ; et, comme
puisant à chaque instant une nouvelle fureur
dans mes propres paroles : Fuis, parricide (en
lui montrant encore sa mère), et porte au loin
avec toi la *malédiction paternelle*.

A cet horrible mot, dont je ne sentois pas
encore toute la cruauté, je referme brusquement
la porte, et, rentré dans cette funeste salle, je
tombai, m'a-t-on dit depuis, dans de longues
convulsions, qui, pendant plusieurs heures, ont
éloigné de moi tout sentiment et toute mémoire.
Mais à peine ma raison est-elle revenue, que
le remords l'a suivie : je frémis alors ; je m'é-
tonnai d'avoir pu les articuler, ces paroles
détestables, dont le son retentissoit au dedans
de moi comme une voix ennemie. La fureur
avoit fait place à la douleur ; la douleur même
étoit devenue de l'attendrissement. O mon fils !
ô mon Idalmen ! disois-je, où es-tu ? Qu'on le

cherche partout ; qu'on me le ramène : reviens,
ô Idalmen ! ton père et le mien te rappellent ; il
ne leur reste que toi : reviens pleurer ta mère
avec nous ; tu demeures seul entre la mort et ta
famille. Cette malédiction, Idalmen, tu ne l'as
point reçue ; elle est tombée tout entière sur ton
père coupable : toi seul peux conjurer la vengeance des Dieux.

Émir, continue le Derviche après une courte
pause, j'aurois dû penser que tout cela vous
étoit indifférent. — Indifférent, bon Derviche !
— J'avois comme oublié que c'est à vous que
je parle ; il me semble toujours voir mon fils à
votre place : eh ! grands Dieux ! où est-elle sa
place ? et en a-t-il une ? — Remettez-vous,
excellent père, et pensez que les Dieux ont des
prodiges en réserve pour ceux qui les invoquent.
Votre fils étoit coupable, votre colère étoit fondée, votre douleur extrême, votre rigueur excu-
sable. — Ah ! si les Dieux avoient été aussi
indulgents que vous, bon Émir, je serois maintenant avec mon fils ; mais toutes les recherches
ont été vaines : il avoit disparu dans l'obscurité de la nuit avec la rapidité de l'étoile qu'on
voit fuir d'entre ses compagnes pour s'abîmer
dans les profondeurs célestes, et nulle trace
n'en est restée. A ces tristes nouvelles, j'aurois
voulu m'enfuir moi-même pour le chercher,
comme je le fais aujourd'hui, dans toutes les
régions du monde. L'idée seule de mon père, je
vous l'ai dit, je crois, m'a retenu : abandonné

que j'étois de mon fils, je n'en étois que plus
obligé de ne pas abandonner mon père. — Cet
aimable vieillard, dit l'Émir, qui a rapporté un
de ses gants près de celui qu'il ne pouvoit
ramasser, afin qu'un passant en profitât. —
Celui-là même, dit le Derviche; mais, mon ami,
vous avois-je laissé entendre que c'étoit mon
père? — Eh! bon Derviche, comment le sçaurois-je autrement? — Ce Brahmane vénérable
a pleuré son petit-fils pendant les deux années
qu'il lui restoit à vivre; mais, plus patient que
moi, sa douleur a pris pitié de la mienne, et
jamais un reproche ne s'est mêlé à ses soupirs.
Eh! qu'elle est belle aux yeux du Ciel, la douleur qui s'oublie pour la douleur d'un autre!
mais tant d'efforts à chaque instant répétés ont
usé le peu de moyens qui lui restoient, et,
quoique très-avancé dans la vie, ce n'est point
de vieillesse qu'il est mort. Oui, Mohély, je lui
ai fermé les yeux; et, croyez-moi, la mort du
sage est une grande et consolante leçon. Je me
les suis toujours rappelées avec une jouissance
secrète, ces dernières heures paisibles, où son
âme, prête à remonter au ciel plus pure qu'elle
n'en étoit descendue, osa croire, non sans quelque raison, qu'elle pourroit implorer une dernière grâce auprès des puissances invisibles à
qui le Père des êtres a confié la conduite des
choses inférieures. Parsonn, disoit-il, et vous,
Satoa, et vous, Brahma, qui, sur vos ailes de
feu, portez les prières des justes auprès du

grand trône, s'il est vrai que je n'aie cessé un moment d'aspirer à passer, après ces temps d'épreuve, de meilleurs jours avec vous dans le monde inconnu aux humains, voyez votre serviteur prêt à vous rejoindre; ne souffrez pas qu'il porte au milieu de vos hymnes et de vos fêtes l'empreinte des chagrins de cette vie humaine, et faites que mes yeux, avant de se fermer, voient luire un rayon d'espoir dans l'âme de mon fils... A ces mots, l'auguste vieillard s'endort, mais non encore du dernier sommeil; il s'éveille au bout de quelques instants, et me fait signe de lui apporter un Véda; puis, l'ouvrant comme au hasard, et me regardant d'un air inspiré, il promène un doigt tremblant sur les premières stances qu'il rencontre; mon œil suit son doigt, et je lis ces deux vers : *Je ne rejette point la prière du juste en faveur du pénitent* (observez que, dans le Véda, c'est Brahma qui parle); puis, tournant brusquement la feuille, comme dans ces convulsions qui accompagnent les derniers adieux de l'âme et du corps, le même dogit s'arrête de nouveau sur ce passage mystérieux, qui sembloit s'adresser particulièrement à moi : *Ame contristée, sois attentive à mes discours; tu pleures qui te pleure, tu cherches qui te cherche... Ils se rencontreront sans se connaître, et leurs cœurs battront; ils chercheront encore, et je ferai qu'ils se connaissent, afin que l'un meure dans la paix, et que l'autre vive dans la gloire.*

Enfin le doigt, se dérangeant de nouveau, se place au bas de la feuille sur ces dernières paroles : *Ame souffrante, ne demande rien de plus.* Déjà les yeux du mourant s'étoient fermés pour ne plus se rouvrir, et son esprit avoit franchi l'espace qu'il a plu au Maître de laisser entre la terre tumultueuse et le ciel tranquille : je pleurai pour moi, mais je me réjouis pour lui ; car le prodige annonçoit qu'il étoit attendu au ciel. — Eh bien ! bon Derviche, interrompit l'Émir, depuis ce moment l'espérance doit toujours habiter au fond de votre cœur : plus vous avez attendu, moins vous avez à attendre ; car les paroles de Brahma ne sont point vaines comme celles des hommes ; et aussi qui méritoit mieux sa faveur que ce digne vieillard, qui lui avoit bâti une Pagode ? — Il l'a bâtie en effet, dit le Derviche ; mais je ne me souviens pas de vous en avoir parlé. — Eh ! bon Derviche, comment le sçaurois-je autrement ? — Il est bien vrai, dit le Derviche, que les consolations de Brahma sont ineffables ; nous lui devons l'espérance, qui est à l'esprit inquiet comme le murmure de la source cachée est à l'oreille du voyageur dévoré par la soif dans les déserts du Kurdistan. Sans l'espérance, la vie de l'homme seroit une mort qu'il sentiroit jusqu'au dernier moment.

A ces mots, la conversation est suspendue de part et d'autre par de pieuses réflexions ; puis, après quelques instants de silence : Je pense à présent, reprit l'Émir, à cette stance si remarquable : « Ils se rencontreront sans se connaître, et leurs cœurs battront. » — Oui, répond le Derviche, ce sont les propres paroles du Véda. — Répondez-moi, cher Derviche ; votre cœur a-t-il jamais battu, dans quelque occasion, d'une manière bien sensible ? — Il bat en ce moment même, cher Émir, plus fort que jamais, puisque, pour la première fois depuis quinze longues années, je parle de mon fils, et qu'en vous parlant je m'enivre de son idée ; car c'est comme si l'aimable Déesse des illusions se présentoit toujours à la pensée de son père. — Je sens tout ce que je vous dois, bon Derviche, pour une si flatteuse réponse ; mais rappelez-vous, si vous pouvez, la suite des impressions que vous avez éprouvées depuis ce temps, et parlez-moi comme si je vous étois, comme si vous m'étiez indifférent. — Il m'en coûterait trop, dit le Derviche ; mais, le croiriez-vous, cher Émir ? à cette mémorable catastrophe de Luknouti..... vous y étiez peut-être ? — Oui, bon Derviche, j'y étois. — Lorsque je ne sçavois de quel côté fuir, au milieu du bouleversement, du pillage, des massacres et de tous les excès d'une soldatesque effrénée, moi, pauvre voyageur inconnu à tous, en butte à tous les mépris, à toutes les insultes, et chargé du trésor que mon amour promettoit à mon fils.... — Ah ! Derviche, je frémis encore des périls que vous avez courus. — Alors même, cher Émir, quand je

rencontrai ce héros compatissant dont je vous
entretenois à table, un sentiment, un frémis-
sement inconcevable de joie et de tendresse
s'empara soudain de moi, en quelque sorte
malgré moi, au point que je me reprochois une
ombre de plaisir au milieu de tant de maux ;
mais lorsque cet envoyé du Ciel (car je ne puis
le nommer autrement), au lieu de dédaigner,
comme je m'y attendois, les prières d'un homme
de la foule, me jeta son manteau pour m'en
couvrir, et me chargea sur son superbe cheval,
je me sentis un mouvement d'orgueil qu'à peine
le Sultan lui-même auroit pu connaître au plus
beau moment de tous ses triomphes. Je me ressouviens toujours des douces paroles de ce vertueux protecteur pendant le chemin assez long
qu'il nous fallut parcourir pour arriver au souterrain où je trouvai mon salut : j'essayois,
comme vous devez le penser, de lui exprimer
tout ce que je sentois. C'est plutôt à moi, disoit-il,
homme de bien, à te remercier de m'avoir offert
l'occasion de me sanctifier par une œuvre qui
n'est vue que des Invisibles : on ne sçaura jamais
combien j'ai besoin de leur faveur. — Encore,
disois-je, si, au lieu de moi, c'étoit un Vizir, un
Rajah qui pût reconnaître dignement un pareil
service ! mais un pauvre vieillard, étranger,
fugitif, un inconnu, sans distinction, que vous
rencontrez dans l'obscurité..... — Ah ! mon
ami, reprend le guerrier, le vieillard que je
rencontre dans la nuit est peut-être mon père.

— Oh! oui, noble Émir ; à ces paroles inatten-
dues et qu'il prononçoit d'un son de voix que
j'entends encore, mes entrailles ont tressailli ;
puis, quand nous fûmes une fois arrivés à la
caverne, et qu'il a refusé ce don que je destinois
à celui que je cherchois, mais qu'alors j'offrois
au guerrier d'un aussi grand cœur que je l'eusse
fait à mon fils lui-même, j'en ressentis quelque
chagrin ; mais en même temps j'admirois sa
vertu, et je la demandois à Brahma pour mon
fils. — Je sens tout cela, bon Derviche ; mais
qu'il fut à plaindre ce guerrier, lorsqu'il lui a
fallu vous abandonner devant cette caverne, et
qu'il vous a seulement dit en vous quittant :
Adieu, mon père, puissé-je un jour te revoir !
— Il me l'a dit en effet, répond le Derviche avec
un air surpris et pensif... Oui... il me l'a dit...
mais je ne croyois pas vous l'avoir conté. — Et
à celà l'Émir répond comme à son ordinaire :
Eh! bon Derviche, comment le sçaurois-je
autrement ? — Voilà plus d'une fois, dit le
Derviche, que je me surprends à de pareilles
absences ; peut-être que le vin qu'il m'a fallu
boire avec vos aimables compagnons m'aura
fait dire, sans y penser, des paroles qu'il
m'aura depuis fait oublier ; je le crains d'autant plus, que je me sens en ce moment la
tête appesantie. — Ne vous refusez pas au
sommeil, bon vieillard, c'est un don que
Brahma aime mieux faire aux bons qu'aux
méchants. — Ah ! mon cher Émir, dit le Der-

viche en s'endormant, que vos paroles me font
de bien !

L'Émir, qui le voit appuyé d'une manière
incommode contre le roc humide, lui soulève
la tête avec précaution, et, détachant son turban
ainsi que la pièce de mousseline dont il avoit
toujours soin de s'envelopper, il en fait un
coussin qu'il passe doucement entre le roc et la
tête du saint homme pour qu'il repose plus à
son aise; alors il s'asseoit auprès de lui, se penche vers son oreille, et, le voyant bien endormi,
il lui dit à demi-voix : Abukar, la prophétie de
ton père est accomplie, ton fils est à tes côtés.
Le Derviche ne s'est pas réveillé au discours de
l'Émir; mais une expression visible de joie
s'est manifestée sur ce visage, quoique endormi,
et l'Émir a pu juger que ses paroles, confusément entendues, ont pénétré jusqu'à l'âme du
vieillard sous la forme d'un rêve agréable.
Cependant, comme il craint toujours que cette
âme, trop abattue et trop sensible, ne suffise
point à l'émotion qui l'attend, il continue de
son mieux à la disposer, afin d'y verser, comme
dit le Pandite, l'essence du bonheur goutte à
goutte, de peur que le vase ne déborde; il s'approche donc de l'autre oreille, et prononce
encore à demi-voix : Ton fils est heureux, il a
trouvé son père; Idalmen est à côté d'Abukar.
Le Derviche, étonné, s'agite, prononce quelques mots sans ordre, se frotte les yeux, et prend
son réveil même pour un rêve. En effet, l'Émir

était près de lui, attentif à ses moindres mouvements; et dès qu'il lui a vu les yeux ouverts : O le plus respectable et le plus désiré des pères, lui dit-il en se jetant à ses pieds, souvenez-vous de la ville embrasée, et reconnaissez celui que la nature même vous indiquoit. — Est-ce vraiment toi? est-ce mon Idalmen? dit le Derviche. O Brahma! ô Indra! ô Arjouan! ô tous tant que vous êtes, Dieux bienfaisants qui me le rendez, puissiez-vous jouir d'un bonheur égal à celui que je vous dois! Mais, toi, toi, malheureux enfant, comment pouvois-tu croire à la malédiction d'un père? Ah! si tu l'es jamais, tu sauras combien, dans ces cruels moments, il y a loin de la parole à la pensée. — Pardonnez-moi aujourd'hui, bon père, de m'y être trompé; mais, à la vue des suites de ma désobéissance, le regret, la honte, la haine de moi-même, comme trois Divinités ennemies, s'étoient emparées de votre fils : fuyant au hasard et seulement pour me fuir, j'arrive jusqu'au dernier sommet de la roche Mugara, dont vous sçavez que la dernière pointe se courbe vers la mer. La nuit étoit affreuse ; un tonnerre continuel sembloit me répéter ma sentence, et, dans les rugissements des flots qui battoient le pied de la roche, il me sembloit distinguer les voix des Esprits infernaux, qui m'appeloient hors de la vie! Eh bien! voilà votre proie, m'écriai-je, et je m'élance au milieu des vagues en furieux qui brûle de périr. Mais, recueilli bientôt après par un navire persan, je fus rendu à la raison en même temps qu'à l'existence ; alors je demandai pardon de mon attentat sur moi-même aux Dieux, qui seuls ont le droit de nous ôter la vie qu'ils nous ont confiée pour l'utilité commune, et je reconnus que nos malheurs personnels ne nous dégagent point du service du monde.

Nous ne tardâmes pas à être attaqués par des pirates ; nous combattîmes : on fut content de moi, et le chef du bâtiment, qui m'avoit pris en amitié, me fit connaître, sous le nom de Mohély, que je m'étois donné, à un des premiers officiers du grand Akbar ; c'étoit ce brave Koramed, que vous avez dû remarquer entre tous pendant le repas, et qui joint tant de politesse et de prudence au talent et au courage. Koramed est aimé du Sultan, qui se connaît en mérite ; il obtint pour moi un grade honorable, où je me conduisis de mon mieux, cachant soigneusement ma cicatrice sous mon casque ou sous le voile qui vous a frappé. — Eh ! trop cher fils, pourquoi ce soin, pourquoi ce voile ? — Hélas ! bon père, afin ne n'être point reconnu, si par hasard il se trouvoit dans l'armée du grand Akbar quelques officiers ou quelques soldats du pays de Romanancor. Mon enthousiasme pour les grandes qualités d'Akbar m'a depuis retenu sous ses drapeaux sans être connu ; et cependant (je puis ici tout avouer) il semble que le hasard se soit toujours plu à me

donner quelque part signalée à ses victoires. —
Et ton malheureux père, interrompit le Derviche d'un ton de voix humble et doux, ton père,
cher Idalmen, tu ne lui pardonnois pas? — J'attendois son pardon, et au bout de trois années,
espérant que mes larmes avoient lavé ma faute
aux yeux du Juge des cœurs, et surtout à ceux
d'un père plus affligé sans doute qu'irrité, je
profitai d'un intervalle de paix, et, sous l'habit
d'un simple soldat, j'osai franchir la distance
qui me séparoit du toit paternel. Où est le sage
Abukar? disois-je à tous ceux que je rencon-
trois, et tous me répondoient avec chagrin :
« Les *Mounis* (les Génies) le sçavent, nous l'igno-
rons : aussi pourquoi a-t-il passé le fleuve?
pourquoi s'est-il dénoncé lui-même comme out-
chout au Roi des Rois? Nous aurions encore
un père, et vous-même, jeune étranger, si vous
venez vivre parmi nous, vous auriez un père
aussi, car il aimoit l'étranger presque autant
que son peuple; le tendre Kamadebo (l'Esprit
de paix et d'amour) avoit soufflé sur son âme
à l'heure de sa naissance; mais des chagrins.....
Hélas! bon jeune homme, les Émirs, les
Rajahs même n'en sont point exempts. » A ees
mots, le père et le fils s'embrassent en sanglotant. — Poursuis, cher Idalmen, reprit le Derviche. — Eh bien! mon père, quand je vis que
je ne pouvois recevoir aucune lumière des
hommes, je voulus en obtenir du Ciel. Je passai la nuit entière prosterné à l'entrée de notre

chère Pagode; j'invoquai tous nos Dieux et
toutes nos Déesses : j'osai m'adresser à Wishnou
lui-même, dont tous les Dieux ne sont que les
Ministres, et je lui promis de faire à mes semblables tout le bien que je pourrois, persuadé
que de tous les vœux c'étoit le plus agréable au
Père et à l'Ami du monde. A peine fut-il prononcé ce vœu si cher à mon cœur, que je sentis l'espoir (c'étoit sans doute un premier bienfait de la Divinité), oui, dis-je, je sentis l'espoir
d'en recevoir un jour la seule récompense que
j'en pusse désirer. — Et quelle récompense,
mon ami? — Vous le demandez, mon père? —
Et puis, cher Idalmen. — J'abandonnai de nouveaux les lieux qui m'étoient devenus étrangers ; je m'éloignai de ces murs, dont l'aspect
sembloit me reprocher nos calamités, et où mes
yeux humides croyoient toujours lire en lettres
de sang la sentence douloureuse qui m'en avoit
exilé. Je revins donc auprès du Roi des Rois,
qui marchoit alors contre le Roi de Platila, le
perfide Hussein, auquel il avoit déjà pardonné
deux fois. La cause d'Akbar me sembloit juste,
et sa gloire m'étoit chère. Quelques premiers
succès me firent de nouveau remarquer sous
le nom de Mohély ; Akbar me combla de ses
dons, et, prévenu en ma faveur par Koramed,
il voulut me donner un des plus braves corps
de son armée à commander. Je refusai, disant
que je préférois d'être simple volontaire, pour
ne pas laisser échapper une occasion de prouver

au Sultan mon zèle pour sa gloire et mon
dévouement pour sa personne par un service
absolument désintéressé. Ma fierté plut à son
grand cœur, et la journée de Platila..... — De
Platila, dis-tu, mon fils? — Oui, mon père, dit
l'Émir en baissant la voix; à cette mémorable
journée, votre fils eut le bonheur de pouvoir
joindre l'effet à la promesse. Le Sultan ne l'a
jamais sçu, et j'espère qu'il ne le sçaura jamais.
— Quoi! mon fils, c'est toi que le Roi des Rois
fait chercher par l'Iram et le Touram! c'est le
plus généreux des guerriers, le plus vertueux
des hommes que le plus fortuné des pères
embrasse en ce moment! Mais pourquoi ce long
silence? pourquoi pendant quatorze ans entiers
garder le secret de ta gloire? — Eh! bon père,
on s'en passe si aisément : le témoignage de la
conscience suffit, les applaudissements sont de
trop. — Mais, trop vertueux mortel, Indra lui-
même n'a pas dédaigné la gloire. — Sans doute,
mon père; mais plus elle a de prix à ses yeux
immortels, plus j'espérois que le sacrifice lui en
seroit agréable quand je le lui offrois en expiation. Mon espoir ne m'a point abusé, convenez-
en, mon père, dit-il en souriant, et cette jour-
née-ci en est la preuve. Dans les temps de
douleur qui l'ont précédée, qu'auroit-ce été
que ce frivole éclat pour un proscrit frappé de
la malédiction paternelle? et, dans ce moment
si doux, qu'est-ce que cette fumée en comparaison de la joie de reconquérir un père?

L'heureux vieillard, ému au delà de ses
forces, ne pouvait ni respirer ni parler; il
tenoit les mains de son fils collées contre sa
bouche, et les arrosoit à la fois de larmes de
joie et de repentir. Dès qu'il eut recouvré la
parole : O mon fils, dit-il, oublions, s'il se
peut, l'un et l'autre, cette longue interruption de
notre vie; montre-toi ce que tu es : la gloire
d'un fils est le trésor d'un père; ne me la ravis
point. Tu le dois à ton père, que tu as trop
puni; tu te dois au Roi des Rois, qui, dans sa
cour et dans son camp, chercheroit vainement un
ami aussi digne de lui. Mon fils, que te dirai-je
encore dans mon ravissement? tu te dois au
monde entier, qui a tant besoin des exemples
des justes, des services des braves et des conseils
des sages. — Si vous persistez dans votre
volonté, ô mon père, répond modestement
Mohély, elle deviendra la mienne; mais daignez à votre tour écouter les prières d'un fils,
ce fils que votre amour redemandoit à toute la
terre : les Dieux, pour son bonheur, daignent
aujourd'hui vous le rendre; votre mission est
remplie, votre pèlerinage est achevé; quittez
donc ces humbles vêtements, et ne m'enlevez
pas à moi-même l'éclat dont je suis le plus
jaloux en continuant à cacher à tous les mortels
l'illustre Rajah de Romanancor.

A ces mots, le modeste Mohély, redevenu le
noble Idalmen, s'éloigne quelques moments,
et revient suivi de deux esclaves fidèles qui

apportoient au vieillard des habits convenables
à sa dignité. Comme le père et le fils étoient
tous les deux d'une taille également majestueuse, également proportionnée, la métamor-
phose ne fut point difficile : le bon vieillard
croyoit rajeunir sous les habits de son fils, et
l'Émir s'enorgueillissoit de joindre ses soins à
ceux des serviteurs qui habilloient son père,
lorsque tout à coup ils sont frappés d'un grand
bruit de trompettes, de timbales, de cymbales,
de tamtams, de toutes sortes d'instruments de
musique guerrière, qui ne pouvoient venir que
de la ville royale, dont on n'étoit qu'à très-peu
de distance. Tous les deux sont curieux de savoir de quoi il s'agit; et, pensant que ce pouvoit être un avertissement public ou un firman
du Sultan, ils approchent sans être aperçus :
bientôt, à travers les derniers rangs des bananiers et des papayers qui les cachent, ils voient
toute la caravane rassemblée autour d'une
troupe de musiciens magnifiquement vêtus et
montés sur des chevaux superbes. La musique
cesse, un héraut d'armes, placé au centre de
l'orchestre, tire d'un étui d'or une feuille
revêtue du sceau royal, il la porte à son front ;
puis, après avoir imposé de la main silence à
toute l'assemblée, il lit à haute voix :

# AKBAR

### A TOUS LES HABITANTS DE LA TERRE

#### SALUT ET PROTECTION.

« Le Ciel garde la mémoire des belles actions : le Prophète a soin de les écrire lui-même avec la pointe de son sabre sur des tables de diamant. Ce que fait le Prophète au ciel, Akbar le fait sur la terre : plus il est puissant, plus il veut être juste ; et s'il a plus d'une fois oublié des offenses, il n'en sera pas de même des services.

« Vous vous souvenez tous des vallées tortueuses de la région de Platila ; ce fut là que l'Ange des combats, l'ami du Prophète, accoutumé à planer partout sur la tête d'Akbar, feignit un instant de nous abandonner pour éprouver notre grand courage, et pouvoir dire avec plus de certitude au Prophète s'il avait réellement choisi le plus grand des habitants de la terre pour l'objet de toutes ses complaisances. Hussein n'est plus ; c'était alors l'ennemi d'Akbar : il était venu nous attaquer avec des forces innombrables ; son armée attendait la nôtre en avant des murs de Platila ; mais, effrayé à la vue de nos braves, et, comme s'il eût désiré de nous fléchir, il nous fait demander une entrevue ; nous y consentons, car jamais Akbar n'a repoussé le suppliant. Les armées devoient rester immobiles dans les deux camps : les deux

Rois devoient se mettre en marche lorsque le
soleil commenceroit à se montrer sur le sommet du mont Érima ; ils devoient marcher sans
escorte et s'avancer l'un vers l'autre au pas de
leurs coursiers ; les conventions étoient signées,
les otages étoient donnés, les serments étoient
reçus..... Mais l'Esprit de vérité habitait en
nous, et le Démon de la perfidie conseillait
notre ennemi ; il faisoit jour dans l'âme d'Akbar, il faisoit nuit dans celle de Hussein.
Cependant Akbar, qui tenoit toujours les yeux
fixés sur le sommet d'Érima, part sans crainte,
accompagné seulement de quatre Émirs : notre
ennemi parut faire comme nous ; il feignit
même de se prosterner à notre approche, car
les hommages ne coûtent rien aux perfides.
Nous lui tendons la main de la clémence, et
nous commençons à l'écouter, quand soudain
mille de ses guerriers élancés au même signal
des creux des rochers et de l'obscurité des bois
ont fondu sur Akbar ; mille autres les ont suivis. Notre armée, trop éloignée pour nous
défendre, et ne pouvant pas nous voir, étoit restée dans notre camp, fidèle à nos ordres, et ne
soupçonnant pas même que la trahison fût possible ; nos quatre Émirs (c'était alors toute l'armée du Roi des Rois) ont fait leur devoir : nous
les avons vus combattre comme des lions à nos
côtés ; nous les avons vus tomber à nos pieds
percés de mille coups, et leurs nobles âmes nous
attendent à la cité céleste des héros. Privé de nos

compagnons et réduit à notre bras, nous avons
combattu quelque temps seul contre toute une
armée. Le carnage fut grand, et chacun de nos
coups enrichissoit l'Ange de la mort. Mais déjà
notre armure, entr'ouverte de toutes parts, se
teignoit de notre sang ; notre lance brisée deve-
noit inutile ; notre glaive émoussé n'entamoit
plus le fer ennemi ; notre généreux coursier,
frappé aux jarrets, s'étoit abattu sous nous.
Jusqu'alors le perfide Hussein n'avoit animé
les siens que de la voix ; mais quand il nous
voit désarmé et terrassé, il veut avoir la gloire
du combat. Déjà il avoit renversé notre casque
d'or d'un premier coup de son large cimeterre.
Peuples et Rois, écoutez et frémissez : Deja le
fer étoit levé de nouveau sur notre tête sans
défense, quand la tête de Hussein et sa main
encore armée tombent à nos côtés, tranchées du
même coup. Un mortel (si c'est un mortel en
effet), prompt comme l'éclair, terrible comme
la foudre, avoit franchi les monts et fondu sur
les traîtres, qu'il écartoit comme le chasseur
écarte de faibles branches. Il tournoit son agile
coursier au milieu de leurs rangs confus, se-
mant partout la mort, et sembloit un tourbillon
d'automne qui disperse des monceaux de feuilles desséchées. Puis, quand son glaive a nettoyé
autour de nous une large enceinte, que nul
guerrier n'ose plus franchir, il descend, nous
relève de son bras invincible, nous arme de sa
lance, détache son casque, en couvre notre tête,

commande à son coursier de s'agenouiller, nous aide à nous y placer, et soudain, s'élançant sur celui d'un de nos ennemis, il disparaît. Envoyé du Ciel, lui crie alors Akbar, quel est ton nom? Appelle-moi Fidèle, répondit-il en volant vers notre armée, qui s'avançoit, ignorant encore notre péril, mais inquiète de notre retard; c'est en vain cependant qu'il auroit voulu se dérober aux regards du Roi des Rois, un instant nous a suffi pour observer sur une de ses joues la forme d'un fer de lance imprimé sans doute par l'Ange de la guerre lui-même, qui a voulu le marquer de son signe entre tous les braves.

« Dès le lendemain de ce jour dont la terre se souviendra, tous les Émirs ont eu l'ordre de passer leurs troupes en revue pour découvrir le guerrier marqué du fer de lance : hélas ! le guerrier ne s'est pas trouvé !..... Il est parmi les morts, a dit le Roi des Rois, et le Roi des Rois a versé des larmes : qu'on le cherche parmi les morts, avons-nous repris tristement, et qu'on l'amène devant nous, pour qu'au moins son corps soit arrosé des larmes de son maître. On est revenu dire au Roi des Rois : Le guerrier que tu cherches n'a point été trouvé parmi les morts. Il se peut donc qu'il vive, nous sommes-nous écrié, et le monde a vu un rayon d'espoir luire sur la face du Roi des Rois, Rassemblez, avons-nous dit alors, tous les corps de nos ennemis tombés sous nos coups ; joi-

gnez-y ceux des braves que nous regrettons ;
qu'ils soient tous portés sur la place où le grand
Émir a sauvé les jours d'Akbar ; qu'ils y soient
placés les uns sur les autres, comme les pierres
des pyramides de Memphis ; que les visages de
nos ennemis soient tournés vers la terre, ceux
des nôtres vers le ciel, et que les quatre nobles
Émirs tombés à nos côtés soient placés au-dessus de tous les autres ; les pierres des monta-
gnes de Platila serviront à revêtir les quatre
côtés de la pyramide, et deviendront la demeure
des hommes qui étaient hier et qui aujourd'hui
ne sont plus ; l'histoire de cette journée sera
gravée dans toutes les langues des hommes sur
la base du grand tombeau ; et, sur la face exposée à la plus vive lumière du jour, des rubis
étincelants incrustés dans une large table d'or
pur offriront à tous les yeux cette inscription :

> « A son ami inconnu,
> « Akbar reconnaissant. »

« Le grand tombeau a été élevé, et le Roi
des Rois a dormi tranquille, persuadé qu'il
avoit satisfait à la reconnaissance autant qu'à la
justice, et quatorze ans se sont écoulés depuis en
travaux et en triomphes sans que le guerrier se
soit fait connaître. Mais, ô prodige ! aujourd'hui
que la paix règne dans l'Iram et le Touram
comme avant qu'il y eût des hommes, aujour-
d'hui qu'on n'a pas plus besoin d'armes sur la
terre que dans le ciel... Akbar ne dort plus

tranquille. Toutes les nuits le guerrier nous apparaît en songe, marqué du fer de lance à la joue, et nous dit : Akbar, tu m'as cherché en vain parmi les morts. Nous avons interrogé nos Docteurs sur notre songe ; nous avons consulté les Mages, les Brahmanes, les Pénitents, les Senicquis, les Faquirs, les Prêtres et les Devins de toutes les religions des hommes ; tous ont répondu : Le guerrier vit, car le Roi des Rois l'a rêvé.

« D'après ces témoignages, nous ordonnons qu'il soit fait les recherches les plus exactes sur toute la surface de la terre pour découvrir le défenseur d'Akbar ; voulons, dès qu'il paraîtra, que tout genou fléchisse devant lui comme devant nous-même, voulons qu'admis devant notre trône plus près que les autres Rois de la terre, il reçoive de notre main la couronne de Platila, et que le reste de ses jours et des nôtres se passe dans les douceurs de la plus tendre fraternité. Le Roi des Rois le veut ainsi. »

Le sage Abukar et son fils, cachés à tous les yeux pendant la proclamation, ne sçavoient à quoi se résoudre ; et dès que le héraut a cessé de parler, Idalmen, troublé, propose à son père de profiter de ce moment de surprise et d'agitation pour s'évader tous les deux par des chemins connus de lui seul, et se soustraire à tous les honneurs qui les menaçent. « Non, mon fils, non, mon Idalmen, répond l'auguste vieil-

lard, les Dieux vengeurs du *sastra* (du serment)
me le défendent et te l'interdisent par la bouche
de ton père. Je dois la vérité au Roi des Rois ;
il la sçaura. Eh quoi ! Idalmen, nous n'oserions
pas même soustraire un coupable à sa justice, et
tu me proposerois de dérober un héros à sa reconnaissance ! N'oublie pas ce que je suis pour
toi, et, près d'exercer l'autorité royale, reconnais une dernière fois l'autorité paternelle. C'est,
ajouta-t-il en l'embrassant, un reste d'expiation
de la faute que nous avons tant pleurée. — 
Mais, mon père, après avoir pris vous-même,
ainsi que votre fils, la douce habitude de l'obscurité, ne sentez-vous pas, comme lui, combien
cet éclat subit va nous devenir incommode ? et,
pour avoir des chaînes d'or, en est-on moins
captif ? — Mon fils, répond l'ancien Rajah, la
vraie sagesse conseille le repos, mais elle pres-
crit le devoir : ta gloire n'est plus à toi ; elle
appartient au monde entier ; tes exploits sont
des diamants célestes tombés de la ceinture de
la bienfaisante Drougah (la Déesse de la vertu) ;
les cacher, c'est les dérober ; et si la joie de ton
père est quelque chose pour toi, mon Idalmen,
ne te refuse plus à mes prières. Hélas ! assez et
trop longtemps les hommes ont été les témoins
de mon humiliation, qu'ils applaudissent aujourd'hui à mon triomphe, et qu'ils me voient
rayonnant de l'éclat de mon fils.

A ces mots, il prend l'Émir par la main, l'entraîne avec qulque peine, et, sortant brusque-

ment tous les deux du bocage qui les cachoit,
ils frappent tous les regards de leur double changement. Mohély, qu'on n'avoit jamais vu sans
casque ou sans voile, se montre embelli de sa
noble cicatrice : on n'est pas moins étonné de
l'air majestueux de l'ancien Rajah, qui, appuyé
sur l'épaule du héros, se plaît à fixer tous les
yeux sur le signe éclatant que désormais la terre
doit contempler avec amour et respect. Oui,
nobles Émirs, disoit-il, le demi-dieu qui a
sauvé les jours du Roi des Rois, vous le voyez
devant vous; ce signe que vous n'aviez jamais
aperçu, et cette vertu que vous avez tant admi-
rée, vous l'attestent; suivez tous l'exemple que
son père vous donne, et soyons les premiers à
saluer l'invincible Idalmen. A l'instant, un cri
universel a répété trois fois : Vive à jamais le
Roi de Platila, l'ami du Roi des Rois! Mon
père, dit Idalmen en les embrassant tous les
larmes aux yeux, vous oubliez mes titres les
plus chers, ceux de votre fils et de leur compagnon d'armes.

Dès la pointe du jour, Idalmen, à côté de
son père, escorté de tous les Émirs et des autres
guerriers de la caravane, étoit parvenu à la
cime des vertes collines qui servent de ceinture
à la ville royale. Déjà l'on commençoit à découvrir au-dessus des vapeurs du matin les sommets resplendissants des dômes, des tours, des
obélisques, des minarets; déjà les trophées
dorés qui couronnent la toiture du Palais du

Roi des Rois, frappés des premiers rayons de
l'astre naissant, se montroient comme autant
d'enfants de la grande lumière, empressés de la
saluer avant le reste de la nature, lorsqu'on
découvre au loin deux files d'énormes éléphants,
semblables à deux longues chaînes de monta-
gnes, qui s'avançoient en pompe au-devant de
la caravane. On en compte. cent dans chaque
file : les harnais sont recouverts de larges pla-
ques d'or et d'argent; ils portent tous un riche
pavillon dont les rideaux, relevés avec grâce,
laissent voir les plus admirables beautés de la
Géorgie et de la Circassie. Chaque intervalle
d'un éléphant à celui qui le précède est rempli
par une troupe de cent cavaliers montés sur des
chevaux assortis pour la figure et la couleur. En
avant de chaque troupe, on voit quatre chameaux richement caparaçonnés, portant chacun
deux archers adossés, qui, sur de longs bois de
lance, élèvent dans les airs de larges queues de
paon et des croissants de cristal de roche. A la
droite et à la gauche du cortège, cent mille captifs suivent du même pas sur deux colonnes; un
anneau de chaîne au pied de chacun atteste
leur esclavage; ils marchent désarmés et cour-
bant vers la terre les drapeaux que jadis ils ont
suivis : leur contenance humble et triste contraste avec la marche fière des soldats de l'invincible armée qui les entoure, comme en les
ramenant du champ de bataille; le poli des
armes qui couvrent les guerriers d'Akbar inonde

l'horizon de ses reflets lumineux, tandis que, de
toutes parts, un nombre innombrable de drapeaux, d'enseignes, d'étendards, de bannières, de
banderoles de toutes couleurs flottent au gré des
vents et semblent de loin un immense jardin de
fleurs mouvantes suspendu dans le vide des airs.

Parmi les éléphants, les chevaux, les chameaux, les bataillons qui couvrent la plaine,
mille et mille beaux enfants, sans autre guide,
sans autre commandement que la gaieté de leur
âge, dansoient, sautoient, couroient çà et là,
s'exerçoient à mille jeux divers, et, tantôt réunis,
tantôt éparpillés suivant leur jeune caprice, ils
présentoient naturellement l'image d'un peuple
libre et joyeux sous la protection de ses redou-
tables défenseurs, tandis que des groupes de baya-
dères et de musiciens, comme errant au hasard,
faisoient entendre alternativement leurs chants et
leur symphonie, à tout moment interrompus par
les acclamations d'une multitude innombrable.

An milieu de ce riant tumulte, les éléphants
poursuivent gravement leur marche, conservant
entre eux des distances toujours égales, comme
les troupes les plus soigneusement exercées; on
distingue entre tous le superbe Orangas (l'éléphant royal), qui les surpasse en beauté et marche gravement à leur tête, semblable à un père
suivi de ses fils; mille chevaux plus blancs que
la neige du mont Ararat paraissent fiers de
l'entourer, et l'étendard royal flotte au-dessus
de son pavillon de brocart d'or. C'étoit là que

le Sultan en personne étoit asssis à côté de sa
fille chérie, appelée à juste titre Paridjata (ou
l'Arbre du Paradis), et qui brilloit entre les
plus rares beautés de l'Iram et du Touram,
comme une escarboucle entre des perles. Mais
les regards ne faisoient que glisser sur toutes
ces merveilles, et s'attachoient de préférence au
Roi des Rois, qui, pour la première fois, dai-
gnoit se montrer à cette innombrable multitude ; on aimoit à se répéter les uns aux autres
les exploits d'Akbar, ses bienfaits, ses travaux,
ses dangers ; on lui rendoit grâce de la paix du
monde, et tous contemploient avec un tendre
respect cette contenance majestueuse, où l'on
voyoit plutôt la sagesse que l'orgueil, et jusqu'aux rides prématurées de ce visage imposant,
qui sembloient y tracer l'histoire d'une vie
consumée en triomphes.

Arrêtons-nous un moment, et cherchons
comment le mot de cette énigme devinée si tard
a été si tôt répété au Sultan. On peut se ressou-
venir que Mohély, pendant le sommeil du Derviche, a replié son voile pour lui en faire un
coussin ; que le Derviche, en s'éveillant, a reconnu son fils ; que l'Émir, embarrassé peut-
être de s'annoncer pour le fils d'un religieux,
s'était pressé de lui aller chercher des habits
plus convenables, et qu'il ne s'est point sou-
venu sans doute de reprendre son voile. Koramed, sans être aperçu de son ami, l'a vu passer
à visage découvert : la tache couleur de pourpre

dont il avait éte question pendant le dîner a frappé Koramed; la bravoure et la modestie de Mohély lui ont tout expliqué... On n'était plus qu'à un quart de journée de la ville royale; Koramed y a volé en moins d'une heure. Akbar, transporté de joie, a sur-le-champ envoyé le firman à la caravane; Koramed y étoit déjà revenu pour saluer le roi de Platila, et dès le soir il étoit retourné vers le Sultan : rien n'est fatigant ni difficile pour l'amitié. L'ami de Mohély, à son retour, est nommé grand Vizir; le Sultan lui a confié son projet et l'a chargé de toute l'ordonnance de la fête; Koramed y a passé toute la nuit, et maintenant on le voit à côté de l'Orangas, monté sur le plus beau cheval de la Perse, brillant de pourpre, de parure et surtout de joie au triomphe de son ami.

Cependant la caravane, étonnée, avançait toujours à la rencontre du cortège; Koramed aperçoit de loin son ami et le désigne au Sultan. A l'instant même, toute l'armée s'arrête, et le grand Akbar, déposant tout faste, oubliant son étiquette (la joie n'en connaît point), descend de son éléphant, au grand étonnement de tout ce qui l'environne, et marche au-devant d'Idalmen. L'Émir, à cette vue, se précipite de son cheval et se prosterne aux pieds du Sultan. Akbar le relève, le serre tendrement dans ses bras; puis, détachant la superbe aigrette qui brillait au-dessus de son turban, et que les Rois seuls ont droit de porter : Roi de Platila, lui dit-il, recevez de ma main cette première marque de la Royauté que vous devriez exercer depuis longtemps. Votre Royaume n'est pas un don de mon amitié; c'est une conquête que vous tenez de votre vertu, de votre courage et de vos Dieux... Faisant ensuite approcher le casque et la lance que l'Émir lui avoit autrefois prêtés, et que deux grands Officiers portoient sur un tapis d'or enrichi d'émeraudes et de diamants : Voici, dit-il, noble fleur des guerriers, voici qui vous servira partout de couronne et de sceptre. Reprenez-les, ces armes à jamais victorieuses; elles m'ont donné l'Empire du monde, et à vous le cœur d'un ami... Le Sultan l'invite après à se montrer avec lui, ainsi que le vieux Rajah, sur l'éléphant royal, et, faisant aussitôt imposer silence de toutes parts à la foule immense qui les entouroit, cent porte-voix répétèrent en cent places différentes : Saluez tous l'invincible Roi de Platila, le frère et l'ami du Roi des Rois !

# AH! SI...

## NOUVELLE ALLEMANDE

# AH! SI...

## *NOUVELLE ALLEMANDE*

ALTE, halte, morbleu ! halte, halte donc, misérable, ou je te brûle la cervelle. Telles étoient les paroles qu'un jeune voyageur prononçoit, d'un côté, avec une voix de tonnerre, en les accompagnant de tout ce que la langue allemande fournit de plus énergique ; du côté opposé, c'étoient deux petites voix de femmes criant autant qu'elles le pouvoient : Arrêtez, arrêtez ! eh ! mon Dieu ! arrêtez donc, postillon, vous allez tout briser. — On auroit facilement distingué l'accent de la colère, d'un côté, et celui de la peur, de l'autre. Cependant les voix s'approchent ; les halte ! halte ! redoublent de force ; les arrêtez ! arrêtez donc ! continuent sur un ton aussi clair : tout cela partoit de deux voitures courant la nuit, à toutes jambes, à la rencontre l'une de l'autre sur le mauvais pavé de Flussenstadt. La nuit étoit noire, la ville sans lanternes, la rue étroite, les postillons ivres... et voilà, tout à coup, qu'au plus fort de la course, tout s'arrête avec un fracas épouvantable : les voitures se joignent, les roues s'engagent, les trains se brisent, les essieux cassent, les ressorts volent en pièces, et les caisses, prêtes à tomber, n'ont plus de soutien que l'une sur l'autre. Dans cet état de choses, une tête d'homme et une tête de femme, sorties à la fois par l'ouverture des deux glaces voisines, se sont rencontrées, mais, par bonheur, un peu moins rudement que les voitures, et, de part et d'autre, on en fut à peu près quitte pour un baiser auquel on ne s'attendoit pas. « Ah ! grand Dieu ! Madame, ne vous aurois-je pas fait de mal ? dit le cavalier. — Non, Monsieur ; mais vous-même ? — Ah ! Madame, bien au contraire ; le hasard ne pouvoit pas m'offrir une manière plus agréable de vous être présenté. »

Au bruit du choc, aux cris des voyageurs, au piétinement des chevaux, aux juremens des postillons, la bourgeoisie de Flussenstadt, étonnée d'entendre autre chose dans la nuit que des ronflements, se réveille avec une idée confuse que la fin du monde pourroit bien être arrivée : de tous côtés, on bat le briquet, on allume lampes, chandelles, mèches, pipes, etc.; et voilà une troupe de Messieurs en casaquin, en chemise, en witshoura, en robe de chambre, qui s'assemblent officieusement autour des deux voitures, montant sur les sièges, sur les brancards, sur les marchepieds, au risque de faire tout effondrer, raisonnant entre eux de l'accident, plaignant les pauvres voyageurs, accusant les postillons, les chevaux, le chemin, l'obscurité, mais surtout ne concevant pas qu'à pareille heure on puisse être ailleurs qu'entre deux gros lits de plume, suivant l'antique usage de la bonne et flegmatique nation. Cependant M. de Glüksleben, qui a trouvé moyen de s'élancer par l'ouverture de la glace de devant, écarte poliment la foule des curieux, en leur montrant qu'il y va de leur sûreté, et qu'ils risquent eux-mêmes, tout légers qu'ils sont, de tomber avec les voitures, que la moindre charge peut entraîner ; puis il essaye, en montant comme il peut par-dessus une pile de chevaux culbutés les uns sur les autres, d'arriver jusqu'à la Dame inconnue qu'il vient d'embrasser. Mais ne voilà-t-il pas qu'une odeur de brûlé, bientôt suivie d'une assez grande flamme, le détourne de son projet ? C'étoit la vieille robe de chambre

de damas de M. le Bourgmestre, qui avoit pris
feu dans la bagarre à la lampe d'un jeune enfant.
Quelque empressé que fût M. de Glücksleben
d'offrir ses services à la dame, il pensa qu'il
étoit encore plus urgent d'éteindre M. le Bourgmestre ; et pendant que les bons compatriotes
de cet honnête homme s'y disposoient avec
réflexion, et que déjà même quelques-uns
commençoient à se mettre en mouvement pour
aller à une centaine de pas tirer quelques seaux
d'eau au puits de la ville, la flamme montoit
toujours et gagnoit la chemise. M. de Glücksleben, moins compassé dans ses mouvements
que tous ces braves gens-là, saisit à tout hasard
robe de chambre et chemise, et, aux dépens de
ses mains, il étouffe le feu. Le bon gros Bourgmestre, absorbé dans la contemplation de
M^me de Blumm, ne s'étoit d'abord aperçu de
rien, et sa modestie s'étonnoit que les empressements de M. le Comte s'adressassent à lui
de préférence à une aussi belle personne ; mais
une bouffée inattendue de chaleur plus qu'animale ne tarda pas à l'avertir qu'il se passoit
dans ses environs quelque chose de très-extra-
ordinaire et qui méritoit toute son attention.
Aussitôt, sans perdre son temps en observations
qu'il ne pouvoit continuer sans danger, ni en
remercîements qu'il ne pouvoit faire avec
décence, il se sauve, court-vêtu, dans sa maison,
pour en revenir peu après dans un costume un
peu plus présentable.

Les feux du Bourgmestre une fois apaisés, le comte, qui avoit déjà si heureusement rencontré le visage de M^me de Blumm à une des glaces de la voiture, se présente inopinément à l'autre ; et, ce que personne peut-être ne croira, c'est que ce fut avec le même bonheur; mais la destinée le vouloit ainsi. — Mille pardons, Monsieur, dit la Dame. — C'est à moi, Madame, à vous les demander, et surtout à rendre grâce à ce hasard si aimable qui redouble ses faveurs; mais avant tout, Madame, je viens prendre vos ordres : mon valet de chambre a malheureusement pris le devant et doit m'attendre à quelques postes plus loin, en sorte que vous n'avez ici d'autre serviteur que moi. — Et moi donc, Monsieur, dit la petite Martine, croyez-vous que je n'aiderai pas ma marraine dès que je le pourrai, et avec plus d'amitié encore, puisque je la connais? — Je vous demande pardon pour elle, Monsieur, dit la Dame; vous voyez son âge. Mais à quel propos ne vous êtes-vous pas fait mal avec cette ridicule robe de chambre? J'en riais d'abord, mais j'ai ensuite été bien effrayée, et, quoique j'eusse grand besoin de secours, quoique vous m'ayez laissée là pour ce pauvre homme, je n'ai pas pu m'empêcher d'applaudir à un si bon mouvement. — Moi de même, dit Martine, car c'est joli quand on voit un beau Monsieur qui vous est encore bon par là-dessus. — Et, tout en vous admirant, continue la Comtesse, je tremblois que vous n'en portassiez des marques.

— Vous étiez et vous êtes trop bonne, Madame ; j'en suis quitte pour une légère brûlure. — Je vous plains. — Eh ! quand il en coûteroit un doigt pour sauver un homme. — C'est mettre un beau prix à un inconnu : que feriez-vous donc pour une personne qui vous seroit chère ? — C'est selon, Madame ; alors je dirois peut-être : Quand il m'en coûteroit ma personne pour lui sauver un doigt. — En vérité, je m'admire ; il faut que vous m'ayez fait passer votre courage, car nous faisons ici la belle conversation comme dans un salon de Paris. Cependant il n'est que trop aisé de juger à notre position que la place n'est pas tenable ; mais croyez-vous au moins que nous finissions par nous en tirer ? — Oui, Madame, à votre honneur, à ce que j'espère, et au mien. — Ah ! Monsieur, il ne me falloit pas moins que votre sécurité pour me rassurer ; mais, ajouta-t-elle en parlant françois, de peur d'être entendue de l'assistance, nos voitures seront-elles en sûreté si je parviens à sortir de la mienne, car nous n'avons ici personne pour y veiller ? — Au contraire, dit le Comte, vous avez tout le monde : vous ne sçavez donc pas que vous êtes entourée de bons Souabes, qui sont la loyauté même, et qu'aucun peuple du monde ne surpasse en probité, s'il y en a qui les égalent.

Cette réponse ne fut pas sans effet : quelqu'un de l'assemblée qui entendoit le françois traduisit à un autre les paroles dernières de la Dame et du Cavalier ; elles sont répétées de proche en proche, et voilà aussitôt toutes ces bonnes gens qui entourent affectueusement le Comte, flattés de son estime, et qui lui font mille offres de service. Déjà l'on avait apporté des cordes, des marteaux, des leviers, des tenailles pour entreprendre de travailler aux deux voitures, lorsqu'on voit une grande porte s'ouvrir comme celles du palais du Soleil, et donner soudain passage à des flots de lumière, au milieu desquels on reconnaît le Bourgmestre, habillé cette fois de pied en cap, revêtu de tous les ornements de sa charge, et marchant, comme un Recteur suivi des quatre Facultés, entre quatre valets de ville, armés chacun d'un énorme flambeau qui paraissoît destiné à éblouir autant qu'à éclairer. Au reste, à cette petite vanité près, qu'on peut regarder en Allemagne comme une maladie de Bourgmestre, on ne tarda pas à voir que celui-ci étoit le plus galant homme du monde. A son aspect, tout se range ; son premier soin est de venir rendre grâce au Comte avec la reconnaissance d'une âme nouvellement sauvée du purgatoire : le Comte, qui ne tiroit aucune vanité de cette délivrance, rompoit tant qu'il pouvoit le fil du discours, que l'autre ne manquoit pas de renouer. « Avant tout, Monsieur le Bourgmestre, disoit le Comte, aidons du mieux que nous pourrons cette Dame et cette Demoiselle à sortir de la fâcheuse position où elles sont déjà depuis trois grands quarts d'heure. — Oui, Monsieur,

tirez-nous d'ici, lui crioit-on de la voiture ; »
mais la chose n'étoit pas aisée, et le Comte lui-
même pensoit que, pour le moment, le *statu quo*
étoit ce qui convenoit le mieux aux deux voitures, parce que chacune des caisses n'ayant,
comme on l'a vu, que l'autre pour appui,
elles pouvoient tomber en cannelle au premier ébranlement ; en sorte que, pour dégager
Mᵐᵉ de Blumm et Martine, il falloit autant de
précautions qu'à une partie d'onchets. Ainsi,
avant que de laisser approcher personne, M. le
Comte commence par retirer soigneusement
tous les morceaux de la glace de devant, qui
avait été fracassée, puis il se charge de la Comtesse ; M. le Bourgmestre en fait ensuite autant
pour Martine, et les voilà toutes deux, à leur
grand contentement, hors de prison.

Une fois sortis d'embarras, la Dame et le
Cavalier s'informent de la meilleure auberge.
M. le Bourgmestre répond avec une sorte de
malice que l'endroit n'est rien moins que fré-
quenté, que les voyageurs y passent comme chat
sur braise, que dans les cabarets de Flussenstadt
on ne peut trouver que des tables et point de
lits, et en même temps il rioit à gorgè déployée
de l'embarras des deux étrangers ; puis, quand il
est à la fin de son gros rire, il les entraîne chez
lui, où, tout en se réparant de son incendie, il
avoit fait préparer un souper et deux bonnes
chambres, avec les meilleurs lits qu'il y eût dans
la maison, et le bonhomme, pendant toute la

marche, ne se sentoit pas de joie de ce que le
malheur de Monsieur et de Madame lui procu-
roit le plaisir et l'honneur de régaler une aussi
noble compagnie. De compliment en compliment, on arrive jusqu'à la porte ; une jeune
fille charmante les y attendoit : c'étoit celle du
maître ; elle avoit tout ordonné, tout arrangé
dans l'intervalle, avec un zèle et une grâce qui
ne se trouvent au même point que dans cet
excellent pays, où l'on a fait de l'hospitalité
non-seulement une vertu, non-seulement un
devoir, mais aussi une science.

On se met à table ; nos deux étrangers, tou-
chés des bonnes façons de M. le Bourgmestre,
mangeoient plutôt par politesse que par appétit :
on suppose facilement le sujet de la conversation ; toutes les nouvelles qui arrivent de la
cour (c'est-à-dire de celle de M. le Bourgmestre) sont plus désastreuses les unes que les
autres. « Commençons par faire venir des
ouvriers, dit la Comtesse, et sçachons si le mal
pourra être réparé avant midi. — Des ouvriers,
Madame, dit le Comte, la première question
est de sçavoir s'il y en a près d'ici, et c'est sur
quoi M. le Bourgmestre peut encore nous
éclairer à moins de frais, ajouta-t-il en riant,
qu'il ne le faisoit il y a une demi-heure. » Le
bon et digne homme ne manque pas de répondre, suivant l'usage de MM. les Municipaux,
que l'on trouvera dans sa ville tout ce qu'on
peut demander ; et puis, suivant l'usage de

toutes les bicoques, il se trouve qu'on n'y
trouve rien de ce qu'on demande : ce n'étoit
pas qu'il n'y eût dans la ville un charron qu'on
disoit excellent, qui avoit appris son métier à
Bruxelles et à Paris....

« Allons, ne perdons pas un moment à le
faire éveiller, dit la Comtesse ; nous en serons
quittes pour un écu de plus : il n'y avoit
qu'un petit embarras, c'est que notre homme
avoit quatre-vingts ans, qu'il étoit paralytique,
et qu'il gardoit son lit depuis dix-huit mois. —
Y a-t-il au moins un maréchal ? dit le Comte.
— Oh ! parfait, dit le Bourgmestre. — Et point
paralytique ? dit la Comtesse. — Non, Madame,
car il est allé ce matin à cinq lieues d'ici pour la
noce de sa sœur, qui se marie dans quatre jours
à un maître serrurier. — Allons, prenons notre
parti sur le maréchal, dit le Comte ; mais au-
rons-nous du moins un sellier ? — Oh ! un
sellier très-habile ; on est véritablement heureux
d'avoir un ouvrier comme celui-là dans un endroit comme celui-ci ; aussi est-il fameux dans
tout le canton, et si fameux que M^{me} la baronne
de Kalb, qui a ses terres à sept grandes lieues
d'ici, l'a envoyé chercher hier, et dans son
équipage encore, pour lui arranger une calèche.
— Mais comment ferons-nous, Monsieur le
Bourgmestre ? dit la Comtesse, car je perds courage. — En ce cas-là, Madame, il faut prendre
patience. — O Dieu ! patience ! — Eh ! Madame,
sans cela on n'iroit jamais au bout de la vie ;

mais ne vous affligez pas, je vais écrire aux deux endroits où sont les ouvriers que je vous ai dits, et à un autre où il y a un charron, et tout viendra avec le temps. — Et la lettre, au moins, ira-t-elle un peu vite? — Oui, Madame, par l'extra-poste? — Et quand part-elle d'ici votre extra-poste? — Toutes les semaines. — Et quand est-elle partie? — Avant-hier. — Et marche-t-elle au moins un peu légèrement? — Comme toutes les estafettes à pied. — Grand Dieu! à pied! — Le nôtre était un bon marcheur avant son entorse; mais cela n'empêche pas, il a bon courage; il va toujours boîtant, et ne veut pas qu'un autre marche à sa place. Qu'importe à nos bourgeois d'avoir des nouvelles vingt-quatre heures plus tôt ou plus tard? Il y en a plus de mauvaises que de bonnes, et celles-là on les reçoit toujours trop tôt. »

Les voyageurs consternés se regardoient sans oser proférer une parole... « Allons, Monsieur et Madame, dit le Bourgmestre, je vais parler ici comme à un mari et une femme... Le Comte sourit, la Comtesse hausse les épaules... Est-ce que Monsieur et Madame ne seroient pas mariés? dit le Bourgmestre. — Eh! ne voyez-vous pas, Monsieur, dit la Comtesse, que nous allions à l'opposé l'un de l'autre? — Ce n'est pas une preuve, répond le Bourgmestre avec un gros rire; voilà comme vont, à ce qu'on dit, les ménages de Paris: n'importe,

allons, allons, Monsieur et Madame, encore un
petit verre de ce bon *steinwein*, et permettez-moi
de vous saluer tous les deux. — De bon cœur,
Monsieur le Bourgmestre. — Hélas! ce sera pour
moi le vin de l'étrier, dit l'excellent homme ; car
il faut que je parte tout à l'heure pour une maison de campagne à trois lieues d'ici, où l'on a
besoin de mon ministère, et c'est avec bien du
regret que je quitte ma maison, quand elle est
si bien habitée. — Quoi! vous partez, mon
cher Monsieur? disent à la fois le voyageur et
la voyageuse; et qu'allons-nous devenir? — Je
souhaite, dit-il, que cette maison-ci, toute
bourgeoise qu'elle est, puisse convenir à Vos
Seigneuries; elles n'y resteront jamais assez
longtemps, et si je pouvois les y retrouver.....
— Nous y retrouver, bon Dieu! s'écrie la
Comtesse; mais, Monsieur, dit-elle en se reprenant, vous sçavez sûrement qu'il n'y a rien de
malheureux sur la terre comme une femme
arrêtée dans le cours d'un grand voyage : mes
gens sont en avant avec ma berline et mes chevaux, et celui qui m'accompagnoit est resté en
arrière, en sorte que me voilà seule réduite à
cette enfant que vous voyez pour toute res-
source : c'est bien la meilleure enfant du
monde; mais cela n'a que quatorze ans; cela
sort de son village; cela n'a l'idée de rien. —
Merci, marraine, dit Martine. — Cela ne sçait
pas plus ce que ça fait que ce que ça dit. —
Merci, marraine; c'est toujours quelque chose.

—Ah! Madame, dit le Comte, qui est-ce qui ne brigueroit pas l'emploi de tous les serviteurs qui vous manquent? Je vais, si vous le permettez, avoir un petit travail avec M. le Bourgmestre ; j'espère en tirer des lumières un peu plus satisfaisantes que celles qu'il nous a données jusqu'ici, et il ne tiendra pas à moi que vous ne soyez bientôt hors de toute inquiétude. — Enfin, ce qui me rassure, dans l'embarras que je vous cause, c'est qu'en travaillant pour moi vous travaillez pour vous. — Madame, je l'oubliois. »

Le Comte passe avec le Bourgmestre dans son cabinet; il y reste environ une heure (que la Comtesse trouve bien longue) à prendre des arrangements pour les ouvriers, pour le logement, pour la dépense; après quoi il revient auprès de la Comtesse, qu'il trouve dans la désolation ; elle ne s'en cachoit pas, la pauvre Dame. « Eh! bon Dieu, Madame, dit le Comte, qu'est devenu ce courage que j'étais si fier de vous avoir inspiré? — Ah! Monsieur, ce Bourgmestre qui s'en va! — Quoi! Madame, vous l'aimez donc beaucoup ce Bourgmestre? — En vérité, dit-elle en commençant à rire et en continuant toujours à soupirer, je ne sçais comment je me passerai de lui. — Oh! l'heureux Bourgmestre! dit le Comte, j'ai envie de lui acheter sa charge. — Vous badinez, mais dans ce moment-ci le plus aimable homme du monde ne vau droit pas pour moi un Bourg-

mestre. — Eh bien! remettez-vous, Madame;
je le quitte, il m'a laissé ses pouvoirs, et c'est
comme si vous le voyiez. — Non, parlons sé-
rieusement; il n'y a rien qui contrarie autant
que la plaisanterie quand on a du chagrin;
dites-moi donc s'il y a quelque espérance. —
Oui, Madame, à moins que vous ne vouliez
absolument la perdre. — Ah! je la perdrais
bien sans vous; mais vous avez sûrement un
cœur compatissant; je l'ai vu : vous ne m'aban-
donnerez point, n'est-ce pas? Vous ne me
laisserez pas à la discrétion de ces gens-ci,
n'est-ce pas? — Non, Madame, non, Madame,
encore une fois, non, Madame. — Que d'ennuis, que de peines je vous donne! reprend-
elle; et quelle triste rencontre vous avez faite
ici! — Elle a été plus heureuse pour moi; car
sans vous..... Madame, vous êtes fatiguée,
vous êtes agitée, vous toussez, vous souffrez;
permettez que je vous conduise dans votre
appartement, pour qu'au moins vous puissiez
prendre un peu de repos pendant que j'aurai
le plaisir de veiller pour vous. »

« Ah! l'aimable homme! dit Martine en
déshabillant sa maîtresse; comme il est poli!
comme il est obligeant! — Cela est vrai, dit la
Dame; mais les hommes de bonne compagnie
ont tous à peu près le même ton et les mêmes
manières. — Oh bien! tenez, marraine, je ne
m'étois jamais avisée d'envier la bonne compagnie, j'aime trop mes pareilles pour cela;

mais, ma foi, si l'on y trouve beaucoup de
Messieurs comme le vôtre.....—Comme le mien!
comme ça parle! allons donc, vous êtes folle.
— Mais c'est que ce n'est pas seulement pour
vous qu'il est honnête comme cela. — Comment donc! on dirait que vous avez déjà fait
grande connaissance avec lui. — Imaginez que
M. le Bourgmestre..... eh bien! tenez, c'est un
brave homme aussi. — La tournure est un peu
différente. — Oui, je dis bien, M. le Bourgmestre lui avoit fait préparer cette belle chambre
qui est ici à côté; voilà la porte. Ah! dame! il
faut voir comme ça vous est joli, des tasses,
des portraits, des images, des cristaux, des bi-
joux de buis, d'ivoire, enfin toutes sortes de
belles choses comme ici. — Mais voyez quelle
bavarde! Eh bien! cette chambre, ce Bourgmestre, quoi encore? finirez-vous? — Oui,
Madame; je dis vrai, c'te belle chambre, comme
ça, étoit arrangée pour lui, et moi, pauvre fille,
on m'avoit donné un pauvre petit endroit,
comme il convient; ce n'est pas que je m'en
plaigne, dà, mais il n'a pas eu de cesse que la
grande pièce ne soit pour moi, et le petit endroit pour lui. — Petite imbécile, on voit bien
qu'il n'y a qu'un mois que je vous ai fait sortir
de votre village; en bonne foi, vous prenez
cela pour vous? — Eh! pour qui donc?—Pour
qui? pour qui? Pour moi, petite niaise. —
Pardi! en voilà bien d'une autre! c'est pour
vous qu'il ne veut pas être la nuit auprès de

vous ; ma fine, voilà une belle galanterie. — Et
si je vous disois que c'est une délicatesse dont
je lui sçais très-bon gré, vous m'entendriez
encore moins. — Une délicatesse? — Oui, une
délicatesse ; sçavez-vous seulement ce que c'est?
— Mais, dàme ! c'est, t'nez, c'est comme..... — Eh
bien ! comme quoi? — Comme queuque chose
qui seroit... là, bien délicat. — O l'imbécile!
je vois que nous ne parlons pas la même langue, ainsi bonsoir. »

Madame a mal dormi ; elle a beaucoup
toussé ; elle n'a cessé de se plaindre, et ce n'est
que vers le point du jour qu'elle a pu s'assou-
pir, encore d'un sommeil de fièvre, plus fait
pour l'accabler que pour la reposer. N'importe,
elle est courageuse, elle est pressée, rien ne
peut la retenir ; il faut qu'elle parte, elle partira. On appelle Martine, on se lève, on envoie
sçavoir si ce Monsieur (car on ne sait pas son
nom) est éveillé, et s'il veut venir déjeuner
avec Madame avant que de se remettre tous les
deux en route. « En route? dit Martine ; ah
pardine ! marraine, il y a encore bien du chemin d'ici à la route ; vous avez bien entendu
ce que le Bourgmestre vous a dit hier ainsi.
— Ce sont de ces lourdes plaisanteries de ces
gens-là. — Oh! marraine, c'étoit bien vrai, si
vrai, que ce Monsieur, qui ne dort pas plus la
nuit qu'un rossignol, s'est informé des ouvriers
qu'il pouvoit y avoir comme ça dans le voisinage, et qu'il leux y a envoyé à chacun un

chariot dans leur endroit avec un ordre pour
venir ni plus ni moins que si c'étoit lui le
Bourgmestre, dà. — Quel orgueil! dit la Comtesse. — Ah! dame! il sçait se faire servir,
celui-là; demandez plutôt à ce valet de ville
qui li sert comme de laquais. — Oh! je le crois
comme si je l'entendois. — Mais c'est qu'il
vous dira que ce Monsieur-là vous a des façons,
il faut voir : toujours alerte, j'aime ça; toujours
l'argent à la main, j'aime ça; jamais embarrassé, j'aime ça; il vous parle à chacun autour
de ce carrosse, comme si c'étoit un maître dans
la profession, j'aime ça; et, avec cette figure de
Seigneur, c'est qu'il ne vous en est pas moins
homme, dà, j'aime ça. — En vérité, dit la
Dame, que ces éloges-là n'ennuyoient point du
tout, il me semble que vous avez toutes les
amitiés du monde pour lui..... — Dame, c'est
que c'est comme ça, marraine. La petite Katel
est comme moi; nous avons entendu tout ça
allant et venant dans la maison; et pis, est-ce
que je ne l'ai pas vu lui-même de c'te fenêtre, qui
donne sur la cour? et t'nez, je parie aussi que
vous y avez un peu regardé. — Moi? — Eh
pardi! marraine, c'est bien naturel, est-ce que
vous n'avez pas vu cet homme qui travailloit
avec les autres, et qui leux y montroit leur
travail? — C'est vrai. — Et que vous lui avez
crié, de votre petite voix toute douce : Oh!
Monsieur le maître, faites-les bien travailler,
et vous serez tous contents. Vous ne sçaviez pas

à qui c'étoit que vous parliez. — Eh! comment
veux-tu que je le sçache? — Je le sçavois bien,
moi, car je le voyais de côté; eh bien! t'nez,
c'étoit lui. — Bon! — Oh! ni pus ni moins que
lui, car il nous a regardées en riant, la demoiselle et moi, et puis il a mis son doigt sur la
bouche pour nous faire signe. — C'est réellement un bien galant homme. — Mais c'est que
sans lui les deux voitures seroient tout de leur
long par terre, il falloit plutôt les porter que
les tirer, dà; et puis il y a une roue cassée à la
nôtre aussi bien qu'à la sienne : qu'est-ce qu'il
a fait? Il vous a pris mesure d'un côté, mesure
de l'autre, c'est tout de même, quoi! et quand
il a vu ça, il vous a fait prendre sa bonne roue,
et il l'a fait mettre à la place de notre mauvaise : quoi! aussi j'entendois les ouvriers qui
rioient et qui disoient en arrière de lui : Si ce
Seigneur-là fait toujours des trocs comme ça,
il ne sera pas longtemps riche. — En vérité, cela
me touche, dit la dame; ce ne sont pas les manières de tout le monde. — C'est un homme
comme ça qui vous faudroit, ma marraine :
oh! que j'aurois de plaisir à l'appeler mon parrain! — Dépêchez-vous, allons, point de folie,
et dépêchez-vous, afin d'aller tout de suite prier
ce Monsienr à déjeuner; et puisque vous l'aimez tant, je le prierai de permettre que vous
déjeuniez avec nous; aussi bien je suis si souffrante, qu'il auroit en moi une bien triste compagnie : mais point d'extravagances, entendez-

vous. — Oh! non, marraine; je ferai plutôt un point d'aiguille à ma bouche. — Quand nous sommes seules, vous sçavez que je ne me fâche de rien, et que vous avez votre franc parler depuis que ma perruche est envolée; mais ne voilà-t-il pas que vous vous envolez aussi? — Dame, Madame, c'est que je vais chercher notre Monsieur. — Notre Monsieur! belle expression. — Mais t'nez, je l'aperçois par la vitre : Monsieur, Monsieur..... Ah! il m'a entendue : vous allez voir votre ouvrier. »

La Comtesse s'avance avec l'air abattu. « Monsieur, dit-elle, j'ai de la peine à parler..... — Ah! Madame, je ne l'entends que trop. — Et quand cela ne seroit pas, reprend-elle, je ne sçaurois où trouver des paroles pour vous exprimer toute ma reconnaissance. — Madame, je n'ai fait que mon devoir : encore, si la circonstance étoit un peu moins contrariante..... — Je vous dois de pouvoir la supporter ; et, en vérité, sans vous..... — Ah! oui, Monsieur, sans vous, interrompt Martine, ma maîtresse resteroit veuve, car elle alloit pour se marier. (Le Comte sourit.) — Qui est-ce qui vous a prié de parler, Mademoiselle? — Je vous demande pardon, ma marraine, dit la pauvre petite toute honteuse, mais on m'a toujours dit que toutes les fois qu'on se marioit il n'y avoit point de mal..... — Madame, je conçois combien vous devez être impatiente, et cependant je répondrois qu'il y a quelqu'un plus impatient que

vous. — Il faut vous être obligé de ce que vous
dites, même au hasard; 'mais parlons de nos
voitures. — Madame, j'y ai fait travailler, j'y
ai travaillé moi-même depuis le point du jour.
Le plus embarrassant, c'étoit cette roue brisée;
heureusement on en a trouvé une qui lui ressemble comme une sœur, et qui en a pris la
place.—Oui, Monsieur, je le sçais, et je dois vous
en avoir autant d'obligation qu'à un estropié qui
donneroit sa bonne jambe; mais les choses ne
peuvent pas rester comme cela. — Il le faut
bien, Madame, sans quoi ce seroient les deux
voitures qui resteroient. — Ah! Dieu!' Monsieur, cela fait frémir. — J'aurois voulu, dit le
Comte, pouvoir en faire autant pour les glaces;
mais on ne pourra les remplacer que dans la
première grande ville. — Eh bien! d'ici là,
répond-elle, les stores en serviront; tout sera
bon, pourvu que je parte et que j'arrive. —
Quoi! Madame, c'est comme cela que vous
traitez votre rhume? — Oh! je ne suis pas
délicate. — Vous sçavez peut-être aussi qu'il
vous manque un ressort, et que les ouvriers du
lieu ne sont pas en état de le reforger. — Est-
ce qu'on ne sçauroit s'en passer?—On pourroit
à toute force mettre la voiture en état de gagner
le premier gîte. — Monsieur, vous êtes si bon;
tâchez que cela puisse être arrangé, bien ou
mal, n'importe. Mais, dites-moi au vrai, combien cela durera-t-il?—Madame, j'ai peur de le
dire. — Encore. — Madame, on parle de trois

jours. — Ah! Ciel! trois jours, et trois jours ici. — Trois jours, dit Martine en sautant : oh! les trois bonnes journées que nous allons passer! (La Comtesse la regarde d'un air sévère.) —Je désirerois pour vous, Madame, reprit le Comte, que vous pussiez prendre la chose aussi gaiement que Mademoiselle Martine. — Voyez, dit la petite, il sçait déjà mon nom, et je ne sçais pas le sien. (Encore un regard imposant de la Comtesse.) — Du moins, continua le Comte, si vous pouviez vous armer d'un peu de patience. — De la patience, Monsieur, répondit la Comtesse en souriant, qui vous a dit que j'en manquois? — Madame, c'est à vous que j'en appelle. — Eh bien! je ne sçais pas si vous vous en apercevez, mais il me semble, à moi, que j'ai fait de grands progrès dans cette vertu-là depuis hier, et vous devinerez facilement à qui j'en ai l'obligation. — Je serois trop flatté que mon exemple y fût pour quelque chose; mais je puis vous assurer que j'en aurois donné de moins édifiants à tout autre qu'à Madame la Comtesse de Blumm. — Ah! je ne croyois pas être connue. — C'est une première obligation que j'ai à Mademoiselle Martine. — Ah! Mademoiselle, dit la Comtesse, je vous reconnais là.—Mais, Madame, aussi comment voulez-vous que je ne réponde pas, moi, pauvre fille, à M. le Comte? n'est-ce pas lui qui m'a parlé le premier, là? Monsieur, dites vous-même, et qui m'avez pris les deux mains, et qui m'avez

demandé, avec un air que je vois encore : Ma
jolie petite Demoiselle : ah! oüi, c'est bien
comme ça que vous avez dit; comment est-ce
que vous appelez la charmante Dame à qui je
viens de donner la main? et, moi, j'ai dit :
Monsieur, je l'appelle ma marraine. Vous
n'avez pas encore été content, là ; ai-je tort? et
vous avez encore demandé comment qu'on
l'appelle dans le monde; ça n'est-il pas vrai?
— Oui, Mademoiselle, dit le Comte, à quelques petites fautes de grammaire près: — Oh!
non ! vous n'avez pas parlé de ma grand'mère,
mais bien de ma marraine. Quand vous disiez :
Quelle taille! quelle noblesse! quelle démarche! quelle physionomie! et ces jolis pieds,
et ces belles mains, et ces superbes tresses, et
bien d'autres choses encore ; et puis il a dit
avec chagrin : *Ah! si.....*— Voulez-vous bien
finir vos folies, Martine? Monsieur n'a jamais
eu le temps de prendre garde à tout cela; vous
faites parler Monsieur. — Non, Madame, dit
le Comte, c'est tout cela qui m'a fait parler.
—Mais à propos, dit la Dame pour changer de
conversation, cette jolie petite personne qui a
eu tant de soin de nous hier, où est-elle? est-ce
qu'elle ne déjeunera pas avec nous? — Non, Madame, dit le Comte, elle m'a confié ce matin....
— Ah! déjà des confidences..... — Que, pour
vous laisser plus de place dans cette maison-ci,
elle alloit loger avec sa mère au château voisin,
dont son père a la surintendance. — Les bonnes

et braves gens ! dit Madame de Blumm ; on ne
trouve ces manières-là nulle part ailleurs.
Mais au moins cet honnête M. le Bourgmestre
qui nous a marqué tant d'empressement, ce
digne homme, est-ce que nous ne le verrons
pas? — Hélas ! il est parti dès la pointe du jour.
— Il faut donc parler à sa femme. — Elle est
malade; mais il a sa fille, que nous pouvons
faire venir. — Pour nous amuser apparemment, car une fille de seize ans me paraît devoir être assez novice dans les fonctions de
Bourgmestre! Enfin qu'a-t-il laissé à sa place?
ne m'avez-vous pas dit que c'étoit vous ? — Oui,
Madame, il m'a revêtu de toute sa dignité aux
yeux de ses subordonnés; j'ai ses pouvoirs,
j'espère n'en point abuser, mais au moins je
remplirai ses dernières volontés en donnant
tous mes soins à votre amusement (ce sont ses
termes) et à votre prompt départ; j'avouerai
pourtant que, si j'étois plus sûr du premier,
vous me verriez moins de zèle pour le second.
Monsieur, dit la Comtesse, de la part de tout
autre que vous, ce ne seroient là que des politesses auxquelles les hommes ne nous ont que
trop accoutumées, au lieu que de la vôtre elles
ont un prix que je sçais bien sentir. Il n'en
faut pas moins que, vous et moi, nous partions.
— Je ne le sçais que trop, Madame; cependant
la nécessité.....—Oh ! la nécessité, pour moi, c'est
de partir; et ma peine, c'est de ne vous avoir
eu que pour compagnon de malheur, au lieu

de vous avoir à présent pour compagnon .de voyage; enfin, puisque la fatalité nous lance tous les deux, je pars. — Quoi! Madame, dans l'état où vous êtes! — Ma vraie maladie, c'est ce maudit retard. — N'attendez point que je le maudisse avec vous, quand vous-même vous devriez le bénir de ce qu'il vous donne au moins quelques instants de répit; car, après la révolution terrible que vous avez dû éprouver, vouloir poursuivre obstinément votre route avec un mal de tête, un rhume, une fièvre, il faut être votre propre ennemie. — Encore une fois, Monsieur le Comte, tout cela est flatteur ; mais, morte ou vive, il faut que je parte; à quoi bon rester ici! je ne m'en porterai pas mieux. Ne peut-on pas se plaindre, tousser, trembler dans sa voiture aussi bien qu'ailleurs? La place où l'on souffre n'est jamais bonne; au contraire, en m'arrêtant ici, j'aurai un mal de plus, et, pour moi, le pire de tous, l'impatience. — Madame, je l'éprouve pour vous. — Pour vous aussi sans doute. — Pas tout à fait si vivement. — Mais enfin nous sommes ici contrariés, arrêtés, et comme en captivité tous les deux; ainsi notre position est la même. — Ah! Madame, avec cette différence que vous êtes avec moi, au lieu que, moi, je suis avec vous. »

La journée se passa un peu plus tranquillement, grâce à la conversation du Comte, à ses attentions, à ses prévenances et aux naïvetés de

Martine, si bien que la Dame s'étonnoit elle-même d'avoir sçu prendre autant sur elle. Vous en avez tout l'honneur, disoit-elle au Comte, et c'est à vous que je dois d'avoir pu supporter si patiemment mon impatience. Cependant l'enrouement, l'oppression, le malaise dont elle se croyoit débarrassée n'ont pas laissé de revenir vers le soir ; le Comte s'en est aperçu plus tôt même que la malade, et avec un intérêt qui la flattoit plus que la maladie ne pouvoit l'inquiéter : « Permettez-vous, lui dit-il, que j'entreprenne votre guérison après celle de votre voiture ? — Effectivement, dit-elle, j'ai bien trouvé en vous un charron ; pourquoi n'y trouverois-je pas un médecin ? — Cela étant, permettez-moi de vous offrir d'une espèce de thé dont j'ai toujours un paquet avec moi. Il est dans une cassette que Mademoiselle Martine trouvera facilement dans ma chambre ; je n'en ai vu que de bons effets. » Martine apporte la cassette ; le Comte en tire les simples en question ; puis, après avoir montré à Martine la manière de les infuser, et dit à la Comtesse comment elle doit les prendre, il se retire. « Oh ! ma fine, le drôle de médecin ! dit Martine ; ça vous ressemble plutôt à un jeune marié qu'à un docteur ; ça ne vous a que vingt-cinq ans tout au plus ; ça ne vous porte ni canne ni perruque ; ça vous marche comme un oiseau ; ça vous rit, ça vous amuse, ça vous jase de tout, ça ne vous ignore de rien, et ça voudroit faire ni plus ni moins

que si c'étoit un docteur. — Courage ! Martine ;
donnez-vous-en bien pendant qu'il n'y a personne. — Tenez, ma bonne marraine, n'allez
pas prendre ce qu'il vous a donné, car je parie
que ce n'est que de la drogue, et que ça ne vous
a seulement pas un goût de médecine. — Quel
malheur ! dit la Comtesse en riant ; mais au
fait, mon enfant, qu'est-ce que tu diras si son
thé me fait du bien ? et je sens d'avance qu'il
m'en fera. — Tenez, voyez-vous ça ? dit la petite
en toute simplicité ; rien que l'odeur, rien que
la pensee. Ce que c'est qu'un habile homme !
Ces Messieurs-là, c'est sans comparaison comme
des sorciers. »

Cependant le thé se fait, il est versé, il est bu :
on le trouve excellent, et à peine la seconde
tasse est-elle prise, que la Comtesse est endormie, et ses maux, et tous ses chagrins, et toutes
ses impatiences avec elle. Enfin, au bout de dix
heures du sommeil le plus tranquille, Martine
est appelée pour le lever de sa maîtresse. On
lui demande, comme à l'ordinaire, des nouvelles du travail. « Oh ! marraine, il avance, il
avance, que c'est un plaisir ! — C'est peut-être
tant pis ; je crains tout ce qui va si vite. — Les
ouvriers sont là, dit la petite ; entendez-vous
comme ils tapent ? — J'ai peur aussi qu'ils ne
tapent trop fort, puisque taper y a, et qu'ils ne
brisent le reste. — Mais, dame ! aussi, marraine,
ce n'est qu'en tapant qu'on avance ; et puis
Monsieur le Comte est avec eux, qui les réveille,

dà, comme il vous a endormie cette nuit ; car il
ne leux y plaint pas les *schnaps*. On diroit qu'il
est quasiment aussi pressé que vous l'étiez hier ;
car, qui vous auroit écoutée, vous seriez plutôt
partie à pied, quoi, que de rester. — C'est que
la fièvre donne de ces impatiences-là ; mais je
me sens plus calme aujourd'hui : le thé de ce
bon Comte m'a fait tous les biens du monde.
Si je ne l'avois pas rencontré, grand Dieu !
qu'est-ce que je serois devenue ? — Ma'fine,
c'est comme s'il avoit mis du bonheur à la
place de notre malheur. Mais, marraine, est-ce
qu'ils sont donc tous comme ça les Comtes ? —
Allons, point de niaiseries, petite bête ; descen-
dez, dites-lui que je crains qu'il ne se fatigue
ou qu'il ne s'incommode en restant toujours au
grand air, et que je suis très-pressée de le remercier de ma guérison. Vous ressouviendrez-vous
bien de cela ? — Ah ! pardi, si je m'en souvien-
drai ! Mais, t'nez, c'est ni plus ni moins que s'il
vous avoit entendue ; car le v'là lui-même. —
Ah ! Monsieur, dit la Comtesse, il faut avec
vous passer sa vie en remerciements. — Souffrez plutôt que ce soit moi, Madame, qui vous
remercie. — Et de quoi ? — De vous bien porter. C'est assurément un grand honneur que
vous voulez bien faire à votre médecin, et auquel
il est plus sensible qu'il ne pourroit vous le
dire. — Je sens qu'avec votre thé je puis défier
tous les maux. — Eh bien ! Madame, la boîte
est là ; permettez qu'on la place dans votre voi-

ture. — Non, s'il vous plaît. Et si vous alliez
en avoir besoin en route, et que je vous en
eusse privé! cette idée-là seule lui feroit perdre
auprès de moi toute sa vertu. — Non, dit le
Comte, il vous a fait du bien; je le tiens quitte
du reste : permettez-moi seulement de renvoyer
chez moi un très-aimable compagnon de voyage,
mais dont je doute que vous puissiez tirer grand
parti. — Comment cela ? — Parce que je crains
qu'il ne parle pas votre langue. — De qui par-
lez-vous ? dit la Comtesse. — De Virgile, dit le
Comte en montrant un petit Elzévir qui se
trouvoit dans la cassette : j'en ai été charmé
jusqu'à présent ; mais j'ai peur après ceci,
ajouta-t-il avec un regard qui expliquoit parfaitement sa pensée, qu'il ne me trouve beaucoup
moins d'attention. — Marraine, dit Martine en
les interrompant, voilà les ouvriers qui disent
qu'ils ont fini, et qui viennent vous demander
pour boire. — Mais l'ouvrage est-il vraiment
fini ? répond la Comtesse ; est-il bien fait ? puis-
je partir en sûreté ? qu'en pensez-vous, Monsieur le Comte ? et puis le ressort en question
est-il remplacé ? — Non, j'ai déjà eu l'honneur
de vous dire qu'il ne pourroit l'être que demain
ou après. Cependant, pour obéir à votre impatience, on y a suppléé, du mieux qu'on a pu,
avec une forte pièce de bois que nous avons
adaptée à la soupente, et qui soutiendra la voiture de reste, mais qui la rendra un peu plus
rude. — Plus rude! Monsieur, ah! voilà préci-

sément tout ce que je crains ; ainsi, attendons le ressort. — Je n'osois vous le proposer, dit le Comte, de peur de vous paraître un conseiller intéressé. — D'ailleurs, ajouta-t-elle, j'avois la fièvre hier, et, malgré toute la science de mon Esculape, elle pourroit revenir demain. — Madame, il le craint lui-même, et, s'il avoit quelque autorité sur vous, il ne vous permettroit certainement pas de rien brusquer.—D'un autre côté, ce qui me presse encore de partir, c'est que je vous arrête. — Rassurez-vous, Madame; il y a telle personne qui pourroit m'arrêter toute la vie. — Aussi bien j'ai un jugement un peu hasardé à vous faire expier. — Hasardé? reprend-il, et à propos de quoi? A propos de ce compagnon de voyage, dit-elle en montrant le Virgile, dont vous croyez que je ne pourrois tirer aucun parti.—Ah! Madame, pardonnez si, au premier coup d'œil, je vous avois prise pour une femme. — Qu'entendez-vous par là, s'il vous plaît? — Oui, pour une personne charmante, mais auprès de qui mon ami perdroit son latin. —Voulez-vous, puisque vous me condamnez à garder la chambre, que nous prenions votre ami en tiers, et que nous en lisions quelque chose ensemble? »

• Là-dessus elle ouvre le Virgile au hasard, et tombe précisément sur le quatrième livre de l'Énéide. « Ah! dit-elle, c'est ici que les femmes apprennent à se défier des hommes. — Effectivement, dit le Comte, nous devons tous rougir pour Énée ; mais tout le monde n'a pas de si grandes affaires, ou du moins il faut espérer que les Dieux ne se mêlent point des affaires de tout le monde. — Vous êtes étonné de ma science ; mais sçachez que ce qui m'a fait apprendre le latin, c'est que je ne pouvois pas supporter de lire Virgile en françois. Quelle honte pour la France que le plus parfait des poètes n'ait eu jusqu'à présent que d'aussi pitoyables traducteurs ! — En effet, dit le Comte, il a toujours été en mauvaises mains jusqu'à l'abbé Desfontaines. — Inclusivement, ajoute la Comtesse ; comment voulez-vous qu'un pédant comprenne un poète ? — Eh bien ! soyez contente, il lui naît un vengeur pour sa Didon ; et tel que vous me voyez...... — Comment ! seroit-ce vous qui vous chargeriez de l'entreprise ? — Hélas ! tant de gloire ne m'appartient point ; mais je m'en repose sur un bon camarade de classe que j'avois au collège de la Marche, à Paris, l'année d'avant Mahon, un petit Auvergnat qui, à quinze ans, est devenu amoureux de la poésie de Virgile. — Un amoureux de quinze ans ! c'est un peu jeune pour les Muses. — Jusqu'à présent c'est le plus favorisé. Déjà tout le pays latin le voyoit d'un œil d'envie ; on auroit dit que Virgile lui-même l'avoit déclaré son héritier. — Alors il sera bien riche. — Ce qui le prouveroit, c'est qu'il est impossible de lire de suite quelques vers de l'un comme de l'autre, sur le sujet le plus indifférent en apparence, sans être étonné de l'émotion qu'on éprouve. — Il faut donc que votre petit Virgile en herbe soit né aussi tendre que spirituel, aussi bon que fin ? — Eh bien ! quand il auroit été au couvent avec vous, au lieu d'être au collège avec moi, vous ne le définiriez pas mieux. — Il faut convenir, dit la Comtesse, que l'esprit et la sensibilité sont deux beaux présents du Ciel ; sans cela point de poètes. — S'il falloit opter, dit le Comte, lequel choisiriez-vous ? — Il suffiroit d'avoir de l'esprit, dit la Comtesse, pour ne pas préférer l'esprit : l'autre me paroît d'une nature bien supérieure ; et ne trouvez-vous pas, comme moi, que le sentiment est comme l'âme de la pensée ? »

Après la découverte intéressante qui vient d'être faite des deux côtés, qu'un homme du grand monde et une très-belle dame peuvent quelquefois être dispensés d'ignorance, on commence à se regarder avec d'autres yeux : ce n'est pas que ces yeux-là ne fussent déjà suffisamment prévenus ; mais toute prévention triomphe quand elle se voit justifiée, et redouble quand elle triomphe. La connaissance devient donc, je ne dis pas de jour en jour, mais d'heure en heure, plus intime ; et, quoiqu'on n'en fasse pas tout à fait autant pour l'amour du latin que pour l'amour du grec, chacun remercie en secret Virgile du service qu'il rend à tous les deux. Cependant l'heure de la retraite arrive ; et notre belle enrhumée, après avoir

pris son thé, congédie son répétiteur, et se couche
à peu près résignée à tout ce qui pourra l'empêcher de se remettre en marche le lendemain.

« Marraine, dit Martine en réveillant sa
maîtresse vers neuf heures du matin, venez voir
notre voiture par la fenêtre ; comme ça vous
est bien raccommodé : le ressort est arrivé ; il
n'y paroît plus. Et not' bon Monsieur, qui
vous est toujours là ! Quoi ! depuis la pointe
du jour ! ah dame ! on voit comme il vous
aime, celui-là, et bien vite encore ; car il vous a
fait graisser les quatre roues pour que ça vous
roule mieux. — Taisez-vous, petite imbécile,
dit la Dame avec impatience, et allez l'avertir. »
Il arrive et rend compte de son travail ; on le
remercie, avec moins de vivacité, moins de
franchise que la veille, et d'un ton un peu plus
dolent. « Vous porteriez-vous moins bien ? dit
le Comte. — Je ne sçais, mais le ciel se couvre,
l'air est refroidi ; je suis si sensible aux changements de temps !..... et, après être restée,
comme j'ai fait, trois ou quatre jours sans
sortir, je ne sçais pas si je ferais bien de me
hasarder. Vous riez, vous me trouvez sûrement
bien timide ? — Vous ne le serez jamais autant
qu'on le seroit pour vous, reprend le Comte ;
peut-être même auprès de vous, ajouta-t-il en
baissant la voix. — Et puis (continue la Dame,
comme si elle n'y avoit pas pris garde) ces
glaces cassées, qui vont m'exposer à tous les
vents, enrhumée comme je l'étois encore hier,

toujours, dit-elle avec une petite toux qui venoit, je crois, du cœur. — Oh ! pour ça, dit Martine, les glaces ont été raccommodées avec du papier, si vrai, que c'est Mademoiselle Katel qui les a collées elle-même comme des images. — Ce sera de joli ouvrage, dit Madame de Blumm en haussant les épaules. — Eh pardi ! marraine, puisque c'étoit ni plus ni moins que M. le Comte qui lui montroit à le faire. — Je ne sçais pourquoi elle m'ennuie, cette petite personne. — Ah ! marraine, elle est pourtant bien gentille ! et puis, si vous aviez vu comme elle vous travailloit de bon cœur, comme elle vous regardoit toujours M. le Comte pour bien examiner s'il était content, comme elle lui demandoit souvent, avec sa petite voix toute douce : Fais-je-t'y bien? et puis comme elle se dépêchoit pour que vous puissiez partir tout de suite. — Elle est donc bien pressée? mais elle me donnera au moins encore un jour, car je sens que j'en ai besoin ; et puis des glaces rapetassées avec du papier, cela ne tiendra pas, et, moi, les vents coulis sont ma mort. — Comment donc que nous allons faire, dit Martine, pour arriver à la noce? — Encore de vos niaiseries, Mademoiselle? Monsieur le Comte, je rougis d'être si peureuse et si importune; mais vous encouragez toutes mes faiblesses en vous y prêtant. — Commandez, Madame, vos ordres n'ont pas besoin de préambules. — Serait-il donc impos-

sible de me faire venir trois bonnes glaces qui
me garantissent parfaitement? Cela doit se
trouver dans quelque ville à portée ; et vous
qui avez déjà tant de connaissances dans le
pays..... » Le Comte, au lieu de répondre, va
prendre les mesures des glaces à remplacer ; il
expédie, l'instant d'après, le petit chariot qui
doit les rapporter, et revient presque aussitôt,
ayant à peine laissé à la Comtesse le temps de
bien gronder Martine.

Voilà donc encore un jour, dirons-nous, de
perdu ou de gagné! qu'en fera-t-on? On reprend Virgile, toujours plus ravissant à relire
qu'à lire ; on suit Énée et Didon dans leurs
amours, si brûlants d'un côté, si froids de
l'autre ; on les suit même à la chasse, même
dans la grotte fatale. Mais on voit ensuite
arriver Mercure ; et, quoique pour des amants
il ne soit pas d'ordinaire un trouble-fête, le
livre tombe des mains de la Comtesse. « En
voilà donc assez pour aujourd'hui, dit le Comte,
ainsi laissons là Virgile. — Point, lui dit la
Comtesse, mais son héros. Je ne sçaurois supporter l'idée d'une femme aussi malheureuse et
aussi aimable, et encore moins celle d'un
amant aussi aimé, aussi froid, aussi ingrat ;
je ne sçais, mais cela me donne le frisson. »

Le Comte prenait de tout ce qu'il entendoit
ce qui lui en revenoit ; et, devenu de moment
en moment plus confiant : « Si vous vouliez
d'autres livres, dit-il, il y a ici près une grande

bibliothèque, dont le Bourgmestre m'a laissé
la disposition; mais, par malheur, le jour
commence à baisser, en sorte que nous ne
pourrions en profiter que demain, et demain,
dit-il d'un ton léger..... — Eh bien! demain,
répond la Comtesse, pourquoi pas? — Oui,
mais si les glaces arrivoient dans la nuit? —
Ah! si elles arrivoient, il faudroit partir. —
Vous en brûlez d'envie, disoit-il avec un regard
qui sembloit demander si cela étoit bien vrai. —
Le voyez-vous sur mon visage? répond-elle en
souriant. — Au moins je tâche de ne pas l'y
voir. *Ah! si.....* Je n'en vais pas moins donner
un coup d'œil à nos travaux, pour que tout soit
prêt comme vous le désirez, et qu'il n'y ait plus,
s'il est possible, que votre volonté qui vous
arrête; et alors je vous proposerois..... — Quoi?
de partir peut-être. Y pensez-vous? dans l'état où
je suis. — C'est bien votre médecin qui vous
conseilleroit une pareille imprudence! non,
mais pour essayer vos forces..... — Eh bien? —
Nous tenterions une petite partie de promenade, d'autant plus que tous les gens et tous les
chevaux du château sont à mes ordres. — Voilà
qui seroit bien fait pour me tenter; mais..... —
Mais vous êtes si pressée, n'est-ce pas? — Encore
le même refrain; on diroit que vous le désirez.
— Allons, je vais dire à la petite Bourgmestre.....
— Cette petite Demoiselle-là me donne le cau-
chemar. — Je lui dirai donc que, si vous n'êtes
point partie demain matin, on vienne vous

prendre en calèche; mais bon! vous êtes si
pressée, » répète-t-il encore d'un ton plus gai,
pour ne pas dire plus leste, et avec l'air de
chercher ou plutôt avec l'espoir de trouver
dans les yeux de la Comtesse une réponse favorable. Néanmoins, à cette seconde réponse, elle
parut ou crut devoir paraître un tant soit peu
plus sérieuse.

Le Comte, aussi attentif aux plus impercep-
tibles variations de cette charmante physionomie qu'il auroit pu l'être à chaque ligne du
livre de sa destinée, eut peur d'avoir poussé la
plaisanterie un peu loin; il pensoit que la
Dame devoit avoir trouvé dans son air, dans
son ton, dans ses manières, je ne sçais quoi
d'avantageux, de sûr de son fait, que les Dames
les mieux disposées ne pardonnent que bien
difficilement; il en est comme d'un vaisseau
qu'on risque de submerger par le vent le plus
favorable en déployant trop de voiles. Voilà
donc ce pauvre Comte occupé, sans qu'il y
paraisse, à repasser jusqu'au moindre mot,
au moindre signe, à la moindre mine qui auroit
pu scandaliser la bonne Comtesse. Il se la
représente aussi sévère qu'il l'a vue facile jusque-là; il se fait des monstres de tout, il craint
tout; car il n'y a pas de conscience plus ti-
morée que celle d'une passion naissante, et
l'amour vit de scrupules en attendant mieux;
enfin, que faire? Continuer sur le même ton
serait trop hasarder; changer de ton seroit

s'accuser ; entrer en explication seroit une gaucherie, et il n'y a rien de pis : l'amour gauche
est un sot enfant. Le Comte jugea donc que le
meilleur parti était d'avoir l'air de ne s'être
aperçu de rien, de prendre bien respectueusement congé de la Dame, et d'aller comme à
l'accoutumée veiller au travail de la voiture.

La Comtesse, de son côté, ne laissoit pas que
d'avoir ses petits remords des airs légers de
M. de Glüksleben ; elle sentoit bien au fond du
cœur qu'elle les lui pardonnoit, mais elle ne
sçavoit pas trop si elle devoit se les pardonner
à elle-même. Le Comte avoit pris des manières
un peu plus gaies, un ton un peu plus confiant
sans doute ; mais de temps en temps un doux
sourire, un doux regard, une douce parole ne
l'y avoient-ils point autorisé ? n'a-t-il pas vu
clairement qu'il pouvoit se le permettre ? et ne
doit-on pas même lui sçavoir gré des limites
qu'il n'a point dépassées ? Cependant le Comte
aura pu la croire coquette ; mais elle sent bien
qu'elle ne l'est pas, car la coquetterie n'est pas
tendre. La coquetterie, avec l'air de se laisser
aller, sçait très-bien se maîtriser elle-même ; et
voilà ce que notre chère Comtesse ne sçait pas,
du moins aussi bien qu'elle le voudroit. Mais
que pensera le Comte de ce changement de ton,
de cette froideur affectée à la fin de la conversation ? n'est-ce pas de quoi le refroidir par
la suite ? et quelle triste récompense de tant
d'empressements, de tant de soins ! D'ailleurs,

pourquoi vouloir donner tant d'importance à ce
qui n'en peut avoir aucune? c'est vraiment là
de la pruderie. Ah! si le Comte pouvoit lire
dans son âme, il verroit combien on est loin
d'être une prude.

Voilà comment l'excellente personne se que-
relloit en quelque sorte elle-même et s'accusoit
pour excuser. Pendant qu'elle est ainsi livrée
à toutes les oscillations d'un esprit hors de son
assiette, la bonne et joyeuse Martine rentre en
sautant, en riant comme à son ordinaire, et la
Comtesse, qui ne sçavait sur qui passer son
humeur, s'en prend à la pauvre fille... « En
vérité, Mademoiselle. — Tiens, moi! une Demoiselle, à c'te heure! — Non, je ne ris pas,
vous êtes si folle, si indiscrète, que j'en rougis
toujours. — Mais d'où donc ça vient ça, ma
bonne marraine; car je m'en suis déjà bien
aperçue, surtout quand M. le Comte est là; et
même à présent que je l'ai nommé, v'là encore
Madame qui rougit, comme si ce n'était pas un
beau Monsieur, et bien honnête encore, et bien
aimable encore, et qui aime bien ma maîtresse
encore. — Quand je dis que je rougis, c'est
pour vous, Mademoiselle. — Oh! que non,
Madame, c'est ben pour lui; car v'là qui vient
de plus fort en plus fort. — La petite sotte!
vous répétez devant lui tous les propos en l'air
qu'il a pu tenir en arrière de moi; vous arrangez tout cela à votre manière; vous lui prêtez
votre langage, et Dieu sçait encore s'il y a un

mot de vrai dans tout ce que vous dites. — Ah !
Madame, que je sois une menteuse, si je mens !
moi, mentir ! et à ma marraine encore ! il n'y
a pas un vilain péché que je n'aimerois mieux
faire que celui-là. — Heureusement, dit la
Comtesse en haussant les épaules, que c'est à
moi qu'elle parle. — Ah ! si vous sçaviez ! —
Quoi ? — Mais il ne faut pas le dire. — A la
bonne heure ! — J'ai été ce matin dans la chambre de M. le Comte. — Comment ! dans sa
chambre ! fi donc ! fi, Mademoiselle ! comme
vous avez été élevée ! — O Madame ! il n'y étoit
pas. — C'est presque encore plus mal. — Effectivement, j'aurois mieux aimé qu'il y soit ; mais
j'ai trouvé du moins une belle feuille de papier
qu'il avoit commencé d'écrire avant de monter
à cheval ; car c't homme-là il sçait tout ; il vous
écrit comme un maître d'école ; t'nez, regardez plutôt. — Fi donc ! encore une fois, c'est
très-vilain ce que vous avez fait là ; je ne ris pas,
Mademoiselle, entendez-vous ? c'est une mauvaise action ; regarder dans les papiers de quelqu'un, les détourner, les lire !..... — Oh ! pour ce
qui est de ça, Madame, soyez bien sûre que je
n'ai rien lu, puisque je ne sçais lire que dans le
moulé. — N'importe, l'action est toujours mauvaise ; allez vite reporter cela où vous l'avez
pris, et prenez bien garde seulement qu'on ne
vous voie en y entrant ; voilà qui vous montre
ce que c'est qu'une mauvaise action, puisqu'il
faut se cacher même pour la réparer. Mais non,

continua-t-elle après un moment de réflexion, vous feriez encore quelque étourderie ; laissez plutôt cela ici, et allez bien regarder partout pour voir si vous pouvez remettre le papier sans qu'on le voie ; allez, et regardez bien. Fi ! que je serois honteuse ! »

Des esprits malins pourroient soupçonner que la morale de notre aimable prêcheuse sur le chapitre de la curiosité étoit particulièrement destinée à l'usage de sa femme de chambre ; car, dès que Martine a eu le dos tourné, on a fermé le verrou, de crainte sans doute que le Comte n'entrât inopinément ; et la chère Dame aura eu d'autant plus de mérite à ne pas lire la lettre, qu'elle s'en sera procuré tout le loisir ; quoi qu'il en soit, la voici :

« Ce mercredi.....

« Ma lettre de dimanche dernier vous a instruit, mon bon père, assez en détail de mon accident, de ma rencontre avec cette aimable voyageuse, de nos embarras communs, de sa désolation, du petit épisode comique de ce bon Bourgmestre, etc. Je croyois d'abord que j'en serois quitte, avec ma jolie compagne de malheur, pour quelques politesses à lui faire, quelques galanteries à lui dire, quelques petits services à lui rendre ; mais il faut que j'ouvre ici mon âme à mon bon père, au tendre confident de mes plus secrètes pensées : je commence à craindre que l'accident n'ait des suites, et sur-

tout à m'attrister de ce qu'il n'en auroit que
pour moi. Vous m'avez souvent reproché un
flegme, une indifférence avec les femmes, qui,
dites-vous, ne conviennent pas mieux à mon
âge que l'amour ne conviendroit au vôtre. Ah!
mon père, que vous me trouveriez changé!
mais aussi que vous seriez peu surpris en voyant
l'auteur du prodige! Imaginez donc, non pas ce
que vous avez jamais vu de plus frappant, mais,
ce qui vaut bien mieux, de plus séduisant :
une âme visible plutôt qu'une beauté ; voilà ce
qui m'a saisi au premier coup d'œil, et la physionomie m'empêchoit en quelque sorte de distinguer la figure ; mais cette figure a eu son
tour, et quel regard s'arrêteroit impunément
sur ces beaux cheveux dont le blond argenté
contraste si agréablement avec la couleur des
sourcils et des paupières, sur ce teint délicat
dont la blancheur ressemble à de la candeur,
sur ces joues brillantes qu'on croiroit toujours
colorées par l'innocence!..... Et vous-même,
mon père, si vous pouviez voir un moment ce
front uni comme la simplicité, et cette bouche
expressive qui a parlé avant de s'ouvrir, et ces
yeux couleur de pensée, d'où il sort plus de
rayons qu'ils n'en reçoivent, et ce nez qui, par
sa forme, sa finesse, par je ne sçais quelle physionomie qui n'appartient qu'à lui, devient
comme le point de réunion de tous les charmes
du visage, et même jusqu'à ce menton qu'on
ne peut s'empêcher de regarder aussi, à part du

reste, et où l'on croit voir commencer encore l'ensemble de tous les traits !.....

« Vous riez, bon père ; oui, vous riez, je le vois d'ici ; vous dites : Mon pauvre Adrien est fou ; mais vous dites aussi, comme tous les pères : Cela passera, et, moi, je dis que non. Si vous voyiez Madame de Blumm, ce charme répandu jusque sur les moindres détails de sa personne, cette taille souple et ronde, qui a tenu un moment tout entière entre mes deux mains, quand je l'ai sortie de la voiture, et cette contenance modeste, et cette démarche légère, et ces formes sveltes et nobles que la peinture réserve pour les Déesses ; oui, encore une fois, vous seriez frappé comme votre fils de ce je ne sçais quoi, tout ensemble noble et champêtre, élégant et simple, tranquille et animé, dont son air se compose ; de ce corps presque aérien, où la nature n'a employé de matière que ce qu'il en faut pour montrer la grâce et pour loger l'esprit. ... Je m'enivre d'elle en vous en parlant, bon père ; passez-le-moi, je ne puis en parler qu'à vous ; pourquoi faut-il que bientôt je la voie fuir pour aller chercher un mari que je déteste sans le connaître ! et, moi, que je la fuie pour une femme que je hais de même ! Ah ! cher père, que j'ai de mérite à la servir avec tant de zèle, à lever, comme je fais, tous les obstacles qui l'arrêtent, à ne pas la suivre au bout du monde, à me souvenir de mes derniers engagements ! Vous m'entendez, mon père. *Ah ! si...*»

La lettre n'alloit que jusque-là ; encore une fois nous ne nous permettrons pas de dire que la Comtesse se soit permis d'y jeter les yeux. On remarquera cependant qu'au bruit de Martine, qui remontoit, le verrou a été retiré, et que la Comtesse est allée à sa rencontre la lettre à la main, et que la petite lui a trouvé un certain air plus gai, plus ouvert, plus accort que le moment d'auparavant : *honni soit qui mal y pense;* cela ne veut pas dire que la lettre ait été lue, mais cela ne veut pas dire non plus qu'elle ne l'ait pas été.

« Eh bien ! petite folle, dit la Comtesse, le Comte n'est-il pas chez lui ? — Oh ! non, marraine ; t'nez, regardez plutôt là-bas, au fond de la cour, vous le verrez autour de notre carrosse. — Et l'homme d'ici qui le sert ne seroit-il pas revenu ? — Bon ! il est allé au château. — La porte du Comte est-elle ouverte ? — Toute grande. — N'y a-t-il rien de dérangé dans la chambre ? — Pas une papillote. — Où était la lettre ? — Sur la table. — Était-elle au bout ou bien au milieu ? — Au milieu ; la place est encore marquée par la poudre ; mais queuque ça fait ça, marraine ? — Cela fait beaucoup, petite niaise ; car vous voyez bien que, si le Comte en rentrant trouve la lettre à une autre place, il verra que la lettre a été touchée, et il pensera que sûrement elle a été lue. — Comment ! bonne marraine, est-ce qu'une lettre touchée ou une lettre lue c'est la même chose ?

— Mais, en vérité, à peu près, dit la Comtesse
en souriant et en songeant apparemment à la
curiosité des autres femmes. Allons! dépêchez-
vous, car on peut revenir. Martine, remets la
lettre. Est-ce bien comme cela qu'elle était?
répète la Comtesse en regardant de près sur la
table. — Oh! oui, marraine, tout juste; mais
t'nez, voyez-vous par la fenêtre M. le Comte
qui se retourne et qui revient? — Eh! vite, eh!
vite, sauvons-nous! » Et les voilà qui s'en-
volent toutes deux comme des colombes effarou-
chées.

Le Comte ne tarde pas à remonter, un peu
inquiet de la réception qu'on va lui faire;
mais, au lieu d'un visage sévère, il en trouve
un brillant de joie et d'amitié; il prend bonnement cet air gracieux pour la récompense des
soins qu'il vient de se donner pour hâter le
départ qu'au fond de l'âme il redoute. « Que
de bontés! lui dit la Comtesse, que de fatigues!
et c'est moi qui en suis la cause; car je ne vous
ai pas perdu de vue, et je disois en regardant
par la fenêtre : Encore s'il me donnoit un
moyen de reconnaître tant de soins. — Ah!
Madame, si j'osais, je vous en proposerais un
bien doux pour moi. — Dites toujours. — Ce
seroit d'en profiter le plus tard que vous
pourrez. — Je sçais ce que vous en pensez,
dit la Comtesse, mais les choses s'arrangent
presque d'une manière à vous le faire croire.
— J'abuse peut-être d'une lueur de bonté, dit

le Comte, mais passez-moi une curiosité que
chaque instant augmente, et que chaque regard
justifie. — Il faudrait être bien ingrate ou bien
dissimulée pour ne pas la satisfaire. — Vous
êtes donc bien pressée? dit-il en la regardant
avec une tendre inquiétude. — Bien pressée,
répond-elle; c'est, grâce au Ciel, le premier
mot que Martine vous a dit; au fait, comment
voulez-vous que je ne le sois pas? il y va pour
moi d'un si grand intérêt! — Eh! juste Dieu!
reprend le Comte, il y a de grands intérêts
pour tout le monde; mais, ajouta-t-il avec un
ton qui expliquoit parfaitement sa pensée, ils
n'emportent pas toujours la balance. — Eh bien!
Monsieur, les attentions flatteuses... pour ne
pas dire touchantes, que vous voulez bien avoir
pour moi, vous acquièrent une véritable amie,
et me font un devoir de vous parler en toute
confiance. Une affaire importante m'appelle à
Prague. Vous souriez! — Moi, Madame? et qui
ne souriroit pas à tant de grâce et à cette aimable rougeur qui vous embelliroit encore, si cela
se pouvoit? — Il n'y a là, reprend-elle, ni de
quoi rire ni de quoi rougir; Martine vous l'a
dit, je vais me marier. » Là-dessus elle regarde
le Comte, le Comte la regarde; puis, après un
moment de silence des deux parts, qui ne signi-
fiait sûrement pas qu'on n'eût rien à se dire :
« Ah! Madame, reprend le Comte en soupirant,
je crains pour vous une mésalliance. — En quoi
donc? reprend la Comtesse; si la naissance est

quelque chose, si la fortune est quelque chose,
l'égalité s'y trouve. — Voilà bien deux égali-
tés, dit le Comte, mais il y en aura toujours
une qui ne se trouvera jamais, non jamais. Au
moins êtes-vous aimée comme vous le méritez?
— Je ne suis pas même connue, et je ne me
marie, le croiriez-vous? que pour faire plaisir
à une personne dont je ne veux plus me séparer :
le modèle des amies, des sœurs! — Quelle complaisance! — J'ai été élevée avec elle dès la plus
tendre enfance; nous avons sucé le même lait,
car ma mère est morte en couches, et sa mère,
la plus aimable des femmes de son temps, amie
intime de la mienne, a voulu me nourrir en
même temps que sa fille, qui est née le même
jour que moi; nous avons depuis toujours été
entre les mains des mêmes gouvernantes, et en
pension dans les mêmes couvents. — Je commence à concevoir votre résolution de continuer
toutes les deux comme vous avez commencé.
— Vous la concevriez bien mieux, si vous la
connaissiez. Sçachez donc que notre amitié,
préparée avant notre existence, et comme née
avec nous, a pour ainsi dire grandi avec nous
jusqu'à l'âge de dix-huit ans, époque fatale où
des raisons de famille nous séparèrent. Un
excellent oncle, que j'avais pour tuteur, obligé
de revenir dans le Palatinat, m'y mena avec lui,
et m'y fit épouser un de ses meilleurs amis;
c'était un homme très-riche, d'une grande naissance et d'un plus grand mérite, mais beaucoup

plus âgé que moi, et d'une santé très-affaiblie, que j'ai soigné, servi et même regretté comme un second père. Il y a deux ans que je l'ai perdu, sans qu'il me soit resté aucun fruit de notre mariage : ces deux ans ont été consumés à des affaires, à des chicanes toujours renaissantes, presque toujours sans autre fondement que la grande fortune que mon mari avait trouvé le moyen de me laisser, au grand chagrin des collatéraux ; enfin, pour cette fois, la justice a prévalu, et dès que je me suis trouvée maîtresse de mon bien comme de ma personne, je n'ai plus songé qu'à me rapprocher de ma noble nourrice et de ma tendre amie. Mon amie, de son côté, pour être plus sûre que nous ne nous quitterions jamais, m'a proposé de m'unir avec son frère ; il est d'un premier lit, il a dix ans de plus qu'elle ; il est assez avancé dans le service, il aura de grands biens, et il l'a persécutée pour me le faire épouser. — Et.....! — Et j'y ai consenti. Vous paraissez étonné ; mais si vous connaissiez mon amie ! — Je l'aurois épousée peut-être, mais à coup sûr je n'aurois épousé personne par amitié pour elle. — Elle me le peint comme un homme d'un extérieur imposant, qui a beaucoup de dignité dans les manières, beaucoup de fermeté dans le caractère, exact, rangé, sérieux, très-habile en affaires, toujours occupé de choses utiles, et qui paraît destiné à jouer un grand rôle dans le monde. Mais, comme il faut un contre-poids à tout, et que mon amie ne sçait rien déguiser, elle ajoute qu'il seroit disposé peut-être à un peu de jalousie.— Eh quoi ! Madame.....— Quoi, Monsieur ? — Mille pardons ; je m'étois imposé la loi du silence, j'y reviens. — Ah ! je vous entends à demi-mot. Cette jalousie, n'est-ce pas ? Cela ne pouvoit pas m'effrayer ; je ne porte que mon amie dans mon cœur ; et la douce pensée de rentrer sous le toit de l'amitié (moi qui n'ai, grâce au Ciel, jamais connu un autre sentiment), de passer ma vie entre celle qui m'a donné son lait et celle avec qui je l'ai partagé, a fait disparaître toutes les autres considérations.— Non, je n'y tiens pas, dit le Comte ; comment ! l'amitié, que je croyois une lumière de plus pour la raison, l'amitié auroit aussi ses imprudences ? — Et quelles imprudences ? — Quoi ! Madame, vous faire épouser un inconnu ! — On se trouve si mal en pareille circonstance de ceux qu'on croyoit le mieux connaître, que souvent le meilleur parti à prendre, c'est..... — En vérité, Madame, c'en est un tout autre que celui que vous prenez. — Non, Monsieur, c'est de laisser un peu agir le hasard, de s'armer au besoin de quelque adresse et de beaucoup de résignation ; d'étudier le caractère de l'homme qu'on vous destine pour y accommoder le nôtre ; de s'attendre à tout, de ne s'effrayer de rien ; enfin, de penser qu'un âme tranquille, une humeur douce, une conduite irréprochable doivent conjurer tous les orages..... (M. de Glüksleben reste quelque temps sans parler.) — Vous ne répondez pas, Monsieur ? — Madame, j'écoute encore. — Et qu'est-ce que vous écoutez? — Les pensées qui naissent de vos paroles. — Vous me blâmez? — Oui, Madame, autant que l'admiration en est capable. — Grâce pour les compliments, expliquez-vous. — Vous le voulez? je commence par applaudir du fond de mon cœur à ce noble et doux sentiment qui règne sur toute votre existence, et qui vous inspire le généreux projet de payer de votre vie entière les soins donnés à vos premières années; mais devez-vous donc à la sœur d'épouser le frère, à la belle-mère de vous donner au beau-fils? Vous ne le connaissez pas, ce frère, ce beau-fils, je ne le connois pas non plus; mais, chère Comtesse, dit-il avec un tendre intérêt voilé sous l'air du badinage, laissez-moi vous dire ce que j'en pense, et permettez-moi d'être ce qu'on appelle à Rome l'avocat du Diable, pendant que vous vous disposez à faire un bienheureux. — Je vous l'abandonne d'ici à la signature du contrat. — Le croiriez-vous? je le juge d'après les propres paroles de sa sœur. *Un extérieur imposant*, dit-elle, *de la dignité dans les manières ;* ces qualités-là me deviennent suspectes quand elles se font remarquer, et surtout par une sœur : il faut de cela sans doute, mais il n'en faut pas trop, et il n'en faut pas en famille. *Il est ferme*, dit-elle; mais une sœur n'a pas une autre expression pour parler de la rudesse

de son frère; *il est naturellement sérieux;
sérieux,* en pareil cas, est un synonyme de
triste; *rangé,* c'est un éloge qui convient à tous
les hommes parcimonieux; *ne pensant qu'à
l'utile,* et dès lors méprisant l'agréable; *enclin
à la jalousie...* à la jalousie! ai-je bien entendu,
Madame? — Hélas! oui, Monsieur, dit la belle
Comtesse en souriant; mais, encore une fois,
qu'importe pour qui n'a pas d'autre projet que
de se conduire de son mieux? — Et vous croyez
que cela suffit contre un caractère jaloux, chère
Comtesse? Les vierges sages y perdraient leur
peine : vous ne sçavez donc pas qu'on est jaloux,
non point parce qu'on en a quelque sujet, mais
parce qu'on en a le défaut. Vous aurez beau
être exemplaire avec un homme comme celui-
là, il vous suffira d'être belle, d'être spirituelle,
d'être franche, d'être aimable, d'être douce, que
sçais-je? d'avoir tous les défauts que je vous
vois et tous ceux dont je vous soupçonne..... —
Vous me les feriez désirer. — La jalousie se
sert de tout pour se tourmenter elle-même,
excepté souvent de ce qui pourroit la justifier;
car, tout éveillée qu'elle paraît, elle a d'ordinaire les yeux fermés pour la réalité et s'en
tient à ses rêves. — En vérité, Comte, vous
devriez vous faire un scrupule d'inquiéter une
pauvre femme sur un parti pris; et ce malheureux homme qu'est-ce qu'il vous a fait? —
Comment! ce qu'il m'a fait, Madame? Je le
regarde d'avance comme un ennemi personnel;

il peut vous rendre malheureuse. — Je devrois peut-être me fâcher, mais je vous remercie. — Je voudrois me tromper, mais je crains. — Et sur quoi fondé? — Le voici : il ne vous a jamais vue; il sçait seulement depuis quelque temps que vous jouissez d'une grande fortune; et c'est depuis ce temps-là qu'il persécute sa sœur pour vous parler de lui; et vous cédez, et vous consentez, et la chose est comme faite. — Comme vous y allez! il est vrai que tous les arrangements sont pris, qu'il ne me reste qu'à me rendre auprès de mon amie le plus tôt que je pourrai, et que même le moindre retard pourrait tout faire manquer, puisque celui dont nous parlons est absolument obligé de partir sans délai pour son régiment. — Eh bien! attendez qu'il en revienne, dit le Comte en riant. — J'attendrois longtemps, car il est cantonné aux extrémités de la Transylvanie. — Attendez toujours. — Il est destiné à faire la guerre en Turquie. — Attendez encore. — Non, vraiment, il n'y a pas un instant à perdre; et voilà pourquoi je pressois les postillons de tous mes moyens, craignant de ne pouvoir jamais leur promettre assez d'argent ni leur faire boire assez d'eau-de-vie... et vous voyez ce qui en résulte. — Et vous, chère Comtesse, vous voyez comme j'en suis touché. — Mais ce n'est pas la peine de vous dire, ajoute la Dame, que ma confiance n'est pas tout à fait désintéressée, et qu'elle attend la vôtre. — En vérité, dit le Comte, j'admire comme nos situations se rencontrent presque aussi juste que nos voitures, et vous serez étonnée de voir que mon histoire est à peu près l'androgyne de la vôtre. — Contez-la-moi, quelle qu'elle soit, ne fût-ce que pour me distraire des inquiétudes que vous venez de me donner. »

Il alloit commencer, lorsque Martine arrive en courant. « Marraine, marraine, dit-elle tout essoufflée, venez, venez donc voir la jolie calèche et les beaux chevaux qui sont là-bas; j'ai demandé au cocher pour qui : il m'a répondu que c'étoit pour M. le Comte et M^{me} la Comtesse. — Voyez, ne diroit-on pas..... ? — Oh! c'est vrai, dit Martine; il n'y a d'aucune chose comme ça qu'on dit d'abord, et où ce qu'on ne pense qu'après; ce n'est pas que ça ne serait bien joli, dà..... — Pardonnez-lui, Monsieur le Comte, reprend la Comtesse; c'est une si bonne fille, et qui s'est tant dépêchée de vous aimer; mais que signifie cette calèche? — Je vais vous l'expliquer; je me suis déjà vanté auprès de vous de ma nouvelle charge. — Laquelle s'il vous plaît? — Celle de Bourgmestre. — Ah! le bon homme, je n'y pense pas sans reconnaissance, et je serois vraiment fâchée de partir sans le voir. — Il ne tient qu'à vous. — Je lui sçais si bon gré de sa passion soudaine pour vous; elle me met à mon aise; mais cette calèche..... — Sçachez donc qu'en sa qualité d'homme de confiance et honoré de l'intimité du Seigneur

d'ici, il commande en souverain dans un château que vous voyez de vos fenêtres, à une
demi-lieue d'ici, au-dessous de la grande avenue. — Eh bien! quel acte de souveraineté a-
t-il fait? — Il a mis château, jardin, parc, forêt,
domestiques, voitures, chevaux, garde-chasses,
chiens de chasse, fusils, que sçais-je, tout à ma
disposition pour être mis à la vôtre. — Qui
est-ce qui auroit pu s'attendre à cela? dit la
Comtesse; mais le Seigneur en sera-t-il bien
content? — C'est ce qui doit le moins vous
inquiéter : il m'a repondu qu'il ne faisoit que
remplir les intentions du respectable Comte
qu'il a l'honneur de représenter, M..... M.....
On m'a bien dit son nom; mais j'ai beau le
chercher..... — Comment oublie-t-on cela? —
Que voulez-vous, quand on oublie tout? Ce
que j'ai le mieux retenu, c'est que c'est un
homme de la vieille roche, autrefois passionné
pour les Dames, aujourd'hui leur adorateur
désintéressé : il est malheureusement à cinquante milles d'ici, en Bohême, je crois, ou en
Silésie; et quand il apprendra quelle Déesse
(c'est le galant Bourgmestre qui parle) est venue
briller un moment dans ces lieux, il ne se
consolera point de ne s'y être pas trouvé pour
l'adorer. — C'est dommage que le temps nous
manque. — Si c'est dommage, dit le Comte en
souriant, le temps ne vous manquera pas. —
L'ouvrage de la voiture est-il bien avancé? —
Il avance. — Mais il n'est pas fini, n'est-ce pas?

— Non, et même il durera tant que vous voudrez. — Mais je vous prie de croire que je suis très-pressée ; n'allez pas vous y méprendre, vous l'êtes aussi. — Plus que je ne voudrois, moins que je ne devrois. — Eh bien ! profitons de la calèche. Voulez-vous que nous partions sur-le-champ ? — A vos ordres ; permettez seulement que j'aille donner un coup d'œil à votre voiture. — Toujours, et toujours cette voiture ! elle commence à m'ennuyer. — Moi, au contraire, vous n'imaginez pas comme je l'aime dans son repos. — Et vous ne cessez d'y faire travailler, qui plus est, d'y travailler vous-même, pour la mettre plus tôt en campagne. — Si je m'en croyois, j'y travaillerois toute ma vie ; quelquefois même la petite malice de Pénélope me vient dans la tête ; mais si je cédois à la tentation, que diroit votre impatience conjugale ? — Conjugale ! répète la Comtesse en haussant les épaules ; j'essayerois de la dissimuler. Allons, partons... » Les voilà dans la calèche, et en moins d'un quart d'heure ils arrivent à la lisière d'un bois dont la sombre majesté les frappe et les arrête au premier pas. Jamais encore ce reste auguste des antiques forêts des Druides n'a connu les outrages ni du temps ni des hommes ; et sa vigueur, que les siècles paraissent accroître, promet à vingt générations encore l'ombrage qu'il a déjà donné à vingt générations disparues comme ses premières feuilles.

Salut, vénérables contemporains de nos fiers aïeux, dit le Comte hors de lui-même, qui n'avez comme eux obéi à aucune volonté ; vos formes variées suivant les caprices mystérieux de votre nature, et vos racines qui touchent aux entrailles du monde, et vos cimes qui se baignent dans les nues, et vos flottantes chevelures que jamais le fer n'a profanées, et ces membres robustes que l'art ni la force n'ont fléchis ni redressés, réveillent en moi le souvenir de ces nobles compagnons d'Arminius demeurés libres au milieu des nations subjuguées, et défiant encore l'orgueil des Romains.

La Comtesse applaudit à un enthousiasme qu'elle partage ; puis, après avoir parcouru lentement ce bois jadis religieux, pénétrés tous les deux de ce respect inné dans l'homme pour tout ce que le temps a respecté, ils trouvent des jardins variés, des bosquets, des vergers, des potagers, des parterres, établis par terrasses sur la pente d'une riante colline exposée aux plus doux rayons du matin, entre une foule d'arbres rares et de jolis arbustes dont chacun retarde encore leur marche. Enfin on découvre les balustres de la plate-forme d'un château bâti à mi-côte sur un terrain aplani, mais irrégulier dans ses contours, et où l'art a toujours conservé quelque respect pour la nature. Ils y arrivent par des chemins tournants, entre des haies fleuries, et ne voient d'abord rien de magnifique ; mais ils jugent bientôt que c'est pour que tout soit agréable, car le goût et le faste sont malheureusement presque toujours ennemis. L'architecture de l'édifice ne se montre qu'à moitié au milieu des roses, des lilas, des jasmins qui l'entourent, mais qui, en cachant une partie de son élégance, ne laissent pas de lui en prêter. Une infinité de sources, plus vives, plus pures les unes que les autres, viennent par differentes cascades se réunir dans un joli étang, qui baigne les murs du château, et continuent ensuite leur route vers une belle prairie, où elles se divisent en mille rigoles, tracées de cette main invisible qui vaut celle de tous les maîtres. Les regards se promènent au loin sur cette vaste étendue, entre des groupes d'arbres, qui en varient l'aspect, et de nombreux troupeaux, qui lui prêtent le mouvement et la vie, jusqu'à une chaîne de coteaux éloignés, où des bois, des vignes, des clochers, des hameaux, des châteaux disposés, assortis pour ainsi dire à la fantaisie de l'œil, ne lui laissent rien à désirer.

La Comtesse, émue, comme toutes les belles âmes, à l'aspect des touchantes beautés de la campagne, qui offrent en effet tant de poésie et tant de philosophie à qui sçait les comprendre, demeure quelques moments comme ravie en extase; puis, se laissant aller à son admiration : « Convenez, dit-elle au Comte, que tous les jardins anglois font pitié quand on a vu celui-là; c'est la nature, c'est le génie inconnu

des choses qui a pris soin de l'arranger, ou
plutôt qui l'a laissé s'arranger de soi-même ; les
hommes à côté d'elle sont des enfants qui
gâtent tout ; leur main est à la fois .faible et
grossière ; celle de la nature est la puissance et
la délicatesse mêmes. Ah! comme elle sçait
bien, comme elle prépare bien ce qu'il nous
faut! mais, pour la plupart, nous n'y croyons
pas ; nous ne sçavons point, nous n'osons point
nous y attacher. — Il y a plus, dit le Comte,
c'est que nous la fuyons ; c'est que nous inven-
tons mille moyens, mille prétextes pour nous
enchaîner loin d'elle ; à la vérité, toutes ces
chaînes-là sont imaginaires, mais notre servi-
tude n'en est que plus réelle : c'est d'être soumis à des caprices, au lieu de l'être à des
lois. — Gardez votre philosophie pour vous,
mon cher Comte ; il n'appartient pas à une
femme de s'élever si haut. Les mésanges ne
suivent pas les aigles (ajoute-t-elle avec un peu
de malice) ; mais qu'il feroit bon vivre ici !
n'est-ce pas ? — Qu'il y fait bon, dit le Comte,
, puisque vous vous y plaisez ! — Mais, vous,
pour votre compte, qu'en pensez-vous ? vous soupirez, qu'avez-vous ? — Je m'attriste en pensant
à cette belle et bonne nature, à laquelle vous
rendez en ce moment un si pur hommage, et
qui nous présente à tous tant que nous sommes
les seuls vrais plaisirs, les seuls vrais biens ; et
nous la quittons pour courir après des chi-
mères ! nous ne nous attachons jamais à ce qui

nous convient, et souvent nous ressemblons à
une personue sensible..... (Il s'arrête et la
regarde.) — Vous n'achevez pas..... — qui
laisse tout, qui renonce à tout pour..... — Pour ?
— aller épouser un inconnu à qui elle croit
bonnement qu'elle se doit. — Encore cet
inconnu que vous avez la bonté de ne pas
aimer ! — Oh ! moins que personne. — A
propos, vous me devez votre histoire ; elle ne
sera pas écoutée avec moins d'intérêt que
la mienne. — Vous le voulez, Comtesse ?
au moins elle ne vous ennuiera pas longtemps. Sçachez donc que, moi, le détracteur
des inconnus, je vais aussi épouser une inconnue. — J'imagine que c'est pour me flatter
que vous le dites : un sage comme vous ! — Ce
sage, dont vous parlez bien à votre aise, en sa
qualité de cadet d'assez bonne maison, a toujours été fort pauvre ; mais un homme tout-
puissant, un grand Ministre, de tout temps ami
intime de mon père, s'intéressoit beaucoup à
moi ; il ne prenoit pas moins d'intérêt à la
veuve d'un premier commis auquel il avoit fait
faire une immense fortune ; cet homme est
mort, et sa femme, unique héritière de ses trésors, encore assez jeune, toujours très-jolie, à
ce qu'on dit, a voulu avoir dans le monde un
rang qu'elle avoit toujours inutilement désiré :
notre patron à tous les deux a vu, d'un côté,
une fortune sans nom, de l'autre, un nom sans
fortune ; il a voulu procurer à chacun ce qui

lui manquoit; et, muni d'un consentement que
ni elle ni moi ne pouvions lui refuser, il nous
a réciproquement engagés par un écrit signé
de chacun de nous. — Et c'est là pourquoi, dit
madame de Blumm, votre voiture est venue
avec tant d'ardeur se précipiter sur la mienne!
en vérité je ne vous le pardonne pas. — Vous
conviendrez du moins, chère Comtesse, que
cette ardeur-là était bien réciproque. *Ah! si.....*
— A ce mot il rougit. — Ah! si je ne vous
avois pas rencontrée!..... n'est-ce pas ce que
vous voulez dire? — Je vous laisse le soin
de l'expliquer, répondit-il en rougissant un
peu plus fort. — Vous soupirez, parce que
vous seriez déjà aux pieds de votre belle,
n'est-ce pas? — Je ne dis pas que ce soit précisément pour cela. — Cependant, n'y eût-il que
la belle fortune, c'est un genre de beauté qui
tourne bien des têtes. — La fortune pouvoit
me tenter il y a quelques mois; mais un vieux
parent que je ne connaissois que de nom, et
qui est mort au moment où je m'y attendois le
moins, m'a laissé un superbe héritage qui m'a,
de ce côté-là, mis au-dessus du besoin et même
du désir; en sorte que tous mes empressements
se bornent à celui de tenir ma parole. — N'importe, c'est toujours une folie que d'épouser
sans connaître. Ces paroles, Monsieur le Comte,
sont tirées de votre dernier sermon. — Hélas!
j'ai dû prêcher avec bien du zèle, car c'étoit
pour votre bonheur. — Et, moi, le croiriez-

vous? je serais tenté de prendre la même liberté; car, ajouta-t-elle avec un regard de
bienveillance, comment ne pas vous rendre
intérêt pour intérêt? — Parlez, très-chère Dame,
parlez; toute mon âme vous écoute. — Tenez,
cher Comte, je ne connais ni votre Ministre,
ni votre Dame, ni son premier mari, et surtout
point assez le second; mais il me semble
qu'entre voyageurs comme nous... très-impa-
tients de se quitter... n'est-ce pas, Comte? —
— Parlez pour vous, Madame. — On est tenté
de se dire :

> Qui n'a plus qu'un moment à vivre
> N'a plus rien à dissimuler.

Je vais donc me servir de vos armes, et vous
prouver que je connais peut-être mieux votre
prétendue que vous-même. — J'écoute. — Votre
Dame et son patron si déclaré me sont sus-
pects; on sçait quel prix beaucoup de ces nobles
protecteurs ont coutume de mettre à de pareils
services. — Madame, ne jugez-vous pas un peu
légèrement? — Et vous, Monsieur, n'épousez-
vous pas un peu légèrement? Je vois ici une
jolie personne... ne m'avez-vous pas dit qu'elle
étoit très-jolie? — Je n'en sçais que ce qu'on
m'en a dit. — Eh bien! supposons-la très-jolie
pour un moment; aussi bien cela ne dure-t-il
guère : un Ministre très-puissant, et qui passe
pour très-galant, fait épouser cette très-jolie

femme à un de ses commis ; ce commis, honoré
(quel honneur !) de la faveur déclarée de son
chef, est mis à portée d'acquérir des biens
immenses ; il meurt et laisse tous ses trésors,
bien ou mal acquis, à sa respectable veuve : le
Ministre ne la perd pas de vue (car je me figure
que le crêpe et la baptiste lui prêtent encore de
nouveaux charmes).—Mais sçavez-vous que vous
êtes aussi méchante que bonne. — Laissez-moi
achever. Votre digne Ministre avise, dans sa
sagesse, aux moyens de consoler cette excellente
veuve, et trouve que le meilleur de tous est un
noble mari, qui donne à cette vertueuse amie
un état assez honorable pour vivre, non plus
seulement dans l'intimité, mais dans la société
de son cher protecteur. Après cela, regardez-
vous vous-même au fond de votre pensée comme
dans une glace merveilleuse qui vous montre-
roit votre destinée en traits symboliques, et
jouissez d'avance des honneurs qui vous sont
destinés. — Tout le monde ne voit peut-être pas
cela des mêmes yeux que la plus aimable des
femmes. — Pensez-y, croyez-moi, et rendez
grâce à mon postillon d'avoir au moins retardé
de quelques jours une aussi grande folie. —
J'aimerois peut-être mieux de quelques années. »

Tout cela se disoit en calèche, pendant une
promenade charmante dans un superbe parc
attenant aux jardins du château ; partout c'étoit
la nature, mais la nature dans son plus beau
moment et dans toute son action, même sur les

âmes, qu'elle épanouit comme les fleurs; tous
les deux s'abandonnoient sans crainte à son
empire : cette bonne nature est un tiers si dis-
cret, si favorable, si encourageant ! Les discours
étoient plus confiants, le silence plus expressif,
et un témoin invisible auroit aisément lu dans
les deux intérieurs plus que chacun n'y lisoit
soi-même.

On étoit de part et d'autre occupé de ces douces et secrètes pensées qu'un air pur et libre, un
beau temps, une belle verdure, une température
agréable et l'haleine embaumée de la végétation
font germer dans les esprits; et déjà l'on ne
voyoit plus rien que ce qu'on pensoit... lorsque
le bruit de la calèche sur le pavé de la cour les
tira l'un et l'autre de leur commune rêverie. La
fille du Bourgmestre les attendoit dans le vesti-
bule; elle les invite à voir les appartements,
qui, en effet, méritoient une attention particulière. La jeune personne dit avec timidité qu'elle
est bien fâchée que sa mère soit malade, et qu'il
n'y ait qu'elle, pauvre fille, au château pour
recevoir M. le Comte et M^{me} la Comtesse...
(A ces deux mots, si souvent réunis, tous les
deux sourirent.) Elle ajouta qu'elle avoit fait
préparer une petite collation dont elle voudroit
leur faire les honneurs ; et, pour les conduire à
la salle à manger, elle prend le Comte par une
main, pendant qu'il donnoit l'autre à la Comtesse : le Comte ne sçauroit s'empêcher de crier;
la jeune personne, sans le sçavoir, a serré,

quoique bien légèrement, une brûlure que le
Comte s'étoit faite en étouffant celle du Bourgmestre ; l'autre s'en aperçoit, elle pense au danger que son père a couru, et au bon Monsieur
qui l'en a délivré ; et voilà cette pauvre fille au
désespoir, qui se jette à genoux, et qui arrose
la blessure de ses larmes. « Aimable et bonne
enfant, dit le Comte en l'embrassant, c'est le
baume le plus souverain qui puisse couler sur
ma plaie ; restez ici avec Madame la Comtesse,
et dites-moi seulement où je trouverai votre
digne mère, pour que j'aille un moment la féli-
citer d'avoir un si bon mari et une si bonne fille. »

Il revient au bout de quelques minutes ; et dès
qu'il se voit seul avec la Comtesse : « Il me
semble, dit-il, qu'il y a dans cet intérieur je ne
sçais quoi de triste et de mystérieux, qui, tout
étranger que je suis, ne laisse pas que de m'af-
fecter. Ce bon et honnéte homme est parti le
lendemain de notre arrivée, comme il me l'avoit
annoncé, pour une grande affaire qui l'a in-
quiété : il a été mandé auprès d'une assez jeune
personne qui ne veut pas être connue, et qui
paraît avoir des vues sur la terre. Ces braves
gens craignent de changer de Seigneur : celui
qu'ils ont depuis longtemps est la vertu et
l'honneur mêmes ; mais il y a toute apparence
qu'il est dangereusement malade ( on ne dit pas
de quoi), et ce digne Seigneur veut vendre sa
belle possession, parce qu'il craint, dit-on, de
mourir avant que d'avoir arrangé ses affaires.

14

— Ah! les pauvres gens! dit la Comtesse. —
Je sçais bien, dit le Comte, que cela ne touche
ni vous ni moi, ni de près ni de loin ; mais ce
bon père! mais cette bonne femme infirme!
mais cette jolie personne! — Ah! oui, surtout
cette jolie personne..... Messieurs les gens du
monde, voilà les vrais titres à votre charité. —
Est-ce bien à vous, répond le Comte, à me
parler de ces titres-là? Voyez mes mains..... —
Pardon, mille fois pardon, cher Comte ; je suis
tentée d'en faire autant que la petite: Souffrez-
vous toujours? — Non, je vous regarde. —
Comte, je vois là un beau trictrac ; y jouez-
vous? — Prêt à faire votre partie. — Quel jeu
jouez-vous? — Le vôtre. — Aimez-vous le gros
jeu? — Je le crains. — Vous n'êtes donc pas de
la grande force? — Si cela étoit, je le craindrois
encore davantage. Au gros jeu, le plus faible ne
sçait pas qu'il donne la clef de son coffre ; mais
le plus fort se doute bien qu'il la tient. —
D'après cela, ne nous exposons point de part ni
d'autre, car vous n'avez pas l'air d'en vouloir
à mon argent. — Arrêtez-vous à tout autre
soupçon. — Jouons donc une discrétion à la
volonté du gagnant. Je commence. Six cinq
pour moi ; vous de même ; à moi, sonnet: je
bats les deux coins, six points ; à vous, deux
et as ; à moi, sonnet encore: six autres points.
— La victoire est à vous, Madame la Comtesse,
rien de plus juste ; mais il m'est du moins permis de m'avouer vaincu, c'est toujours quelque

chose. Il me reste à demander vos ordres. — Seroit-ce être bien indiscrète que de vous condamner à m'écrire après votre départ? — C'est comme si j'avois gagné. »

Vient ensuite la revanche; on n'amène des deux parts que de petits dés. Le Comte fait son petit-jan et remplit de deux façons par un bezette: il a gagné. « Allons, dit la Dame, j'attends que mon vainqueur..... (Ce mot de *vainqueur* n'a pas été prononcé sans quelque embarras. Ce qu'il y a de pis, c'est qu'on a remarqué que le Comte y prenoit garde. Ces deux choses se voient bien vite entre deux personnes qui ne se quittent pas des yeux.) J'espère au moins, dit-elle aussitôt, que le vainqueur sera généreux.— Plus qu'il ne voudroit, dit le Comte. — Souvenez-vous, reprend-elle, qu'en abusant de la victoire, on risque de la perdre. — Cela se peut; mais, en n'en profitant pas, c'est encore pis. Est-ce donc exiger une rançon trop forte que de demander en toute humilité ce beau cheveu blond que je vois serpenter sur cette robe? — Un cheveu! c'est bien fort. — Je le sçais; mais la loi du combat..... Ainsi, croyez-moi, chère Comtesse, ne le défendez point; que celui-là du moins ne soit pas pour l'inconnu.—Imbécile que je suis! j'allois le donner, tandis qu'il y en a tant et de si beaux qui vous attendent à Paris. —Ceux-là n'ont rien de magique. — Et quelle magie peut-il y avoir? — Madame, je ne sçais que vous dire; un cheveu est un lien.....—Bien faible! ce qui ne tient qu'à un cheveu..... — Mais un cheveu a toute la force qu'on y attache. Vous qui possédez si bien vos auteurs latins, vous devez vous souvenir du cheveu fatal de Nisus. celui-ci sera de même pour moi ; je sens que le fil de ma vie y tiendra. —En vérité, dit la Comtesse, je me trouverois plus que ridicule de mettre tant d'importance à un cheveu ; et puisque celui-là ne tient plus à moi, je n'y tiens pas non plus. — Oh ! pour moi, dit le Comte, en le prenant et en le serrant soigneusement dans son portefeuille, je le tiendrai si bien, qu'il ne me quittera pas. — Avant de partir, dit la Dame, encore une partie, encore une discrétion ; mais de peur, ajouta-t-elle avec malice, de risquer plus qu'on ne voudroit perdre, convenons que la discrétion sera cette fois à la volonté du perdant. » La partie est décidée à peu près comme les autres, en quatre ou cinq coups de dés, et le Comte a perdu par une école. Au moment de traiter de la discrétion, Martine accourt tout essoufflée : « Monsieur, dit-elle, voilà M. La Cour qui vient d'arriver au grand galop. — Qui est ce M. La Cour? dit la Comtesse. — Mon valet de chambre, Madame. — Oh ! ma foi, reprit Martine, c'est ici que l'on peut bien dire : Tel maître, tel valet ; car c'est bien le plus beau garçon, le plus joli homme après vous que j'aie jamais vu. — Allons, ma chère Martine, vous êtes une petite folle. — Oh ! mais c'est que c'est vrai, Madame ; il a tout l'air

de son maître. Oh! si je pouvois avoir comme
ça de l'air de Madame, je ne serois pas embarrassée de ma noce.— En vérité cette petite extra-
vagante-là me fait toujours peur. — Il vouloit
venir ici, et dare, dare, dare, et patata, et patata ;
mais, moi qui voulois un peu causer avec lui,
je lui ai dit, comme de fait, que Monsieur et
Madame étoient à causer ensemble, et qu'il
falloit bien prendre garde de les déranger. —
Autre niaiserie. — Il a regardé les voitures, il a
levé les épaules avec chagrin ; mais quand il a
sçu que celle de Madame n'avoit été refaite
qu'avec les pièces de la vôtre, il a dit : Mais,
mais, où mon pauvre maître avoit-il donc mis
tout son esprit ? — Allons, Mademoiselle, laissez-nous, et allez retrouver votre M. La Cour;
et nous, Monsieur le Comte, nous remonterons,
si vous le voulez, en calèche. Mais non, restons
plutôt encore un moment; nous nous éloigne-
rions trop vite de ces lieux... Ah! mon Dieu! si
l'on pouvoit y habiter avec un mari qu'on aimeroit, comme on y oublieroit le reste du monde!—
Il y a bien un grand poète qui parle aussi d'une
agréable retraite, où il lui seroit si doux à la
fois d'oublier le monde et d'en être oublié ;
mais vous n'auriez jamais que la moitié de cette
douceur-là.— Expliquez-vous.— Eh! comment
pourriez-vous compter sur l'oubli de personne ?»
On revient à la maison du Bourgmestre; le
Comte parle à son valet de chambre; la Comtesse, de son côté, gronde sa petite étourdie, et

voit en même temps, par la fenêtre, M. La Cour
remettre à son maître un paquet que l'autre a
l'air de lire avec une grande attention. « Allons,
Mademoiselle, dit-elle, cherchez-moi le chapeau
que vous sçavez que j'aime. — Oui, Madame,
j'entends, qui vous va si bien ; le blanc, avec la
plume bleu céleste. Oh ! comme M. le Comte
aura, pour le coup, la tête tournée ! — Vous
serez donc toujours la même ! Allons, dépêchons-
nous, et tirez-moi en même temps cette robe
brodée en toutes petites, toutes petites fleurs. —
Comment, Madame, en *vergiss-mein-nicht ?* —
Oui, précisément. — Mais, Madame, mais, Madame, vous n'y pensez pas ; elle est dans le fond
d'une grande malle ; il faudra tout déranger pour
cela. — Faites vous aider. — Ce n'est pas ma
peine que je crains... mais vous êtes si pressée
de partir ! — Qui vous l'a dit ? — Pardi, ça
s'entend de reste ; quand on va se marier, on ne
s'amuse pas en chemin. — C'est bon, faites ce
que je vous dis. — C'est qu'en vérité je ne sçais
pas trop comment m'y prendre pour grimper sur
la voiture, pour défaire les chaînes, pour détor-
dre les cordes ; encore si vous n'aviez pas un de
vos gens en arrière et les autres en avant ; mais
non, quoi ! il faut que nous voyagions ensemble
toutes fines seules. Ce n'est pas que ça me fait plaisir à moi, car je vous aime tant ! je voudrois qu'il
n'y ait que moi autour de vous, et M. le Comte...
Ah ! je sçais ce que je m'en vais faire ; je m'en
vais prier ce beau M. La Cour de m'aider, en

lui disant que tout ce que vous en faites, c'est pour son maître. — Toujours de mieux en mieux ! N'allez pas vous aviser de cela, Mademoiselle, entendez-vous ? — Eh bien ! non, ce n'est pas la peine ; M. La Cour fera bien quelque chose pour moi toute seule, car il m'a déjà regardée avec un air malin. — Ah ! ah ! — Quand je dis malin, c'est bon, en même temps. — A la bonne heure ! »

Cependant le Comte, toujours occupé du radoub de cette voiture, et qui n'y avoit épargné ni soins, ni peines, ni courses, ni argent, revient enfin annoncer que tout est réparé, que le ressort qui manquoit est remplacé, qu'on a même trouvé des glaces qui s'ajustent parfaitement, enfin que la voiture est au moins aussi en état de faire la route qu'en partant de Paris. « En vérité, Monsieur, dit la Comtesse, je ne sçaurais vous faire trop de remerciements, ni trop priser cet empressement flatteur à vous débarrasser de moi. — Me débarrasser de vous ! répondit-il, sur le ton de la douleur et de l'étonnement ; ah ! plutôt, plutôt me débarrasser de moi ! moi à qui vous faites tout oublier, excepté vos ordres ; moi qui ne suis occupé jour et nuit que des moyens de vous revoir, de vous revoir souvent, de vous aller trouver, s'il le faut, au bout du monde ; moi qui donnerois toutes les années de ma vie pour en passer une avec vous..... »

La Comtesse, émue jusqu'au fond du cœur, continue sur le ton de l'humeur, pour ne pas prendre celui de l'attendrissement : « Passer la vie avec vous, ce sont des discours dont on berce toutes les femmes ; mais faciliter, mais presser le départ d'une amie..... — Une amie ! — Au moins je le croyois ; et lui dire après toutes ces jolies choses-là, c'est lui creuser sa tombe pour avoir le plaisir d'y jeter des fleurs. — Oh! que je vous remercie de votre charmante injustice ; mais, au moins convenez-en, ne m'avez-vous pas fait jurer de donner tous mes soins pour que vous puissiez partir la première? — Cela se peut, monsieur ; mais, à présent, c'est moi qui jure de ne point partir avant vous. — Ah ! v'là qui va bien, dit Martine ; v'là M. le Comte et M^{me} la Comtesse qui se font quasi quoi comme des compliments à une porte. — Laissez-nous, Mademoiselle, dit la Comtesse ; on se passera fort bien de vos réflexions..Non, Monsieur, je vous le répète, je ne partirai point avant vous. — Ni moi avant vous, Madame. — C'est dit. Nous verrons qui des deux tiendra le mieux sa parole. — Est-elle donnée, Madame? — Oh ! bien donnée, répond-elle. — Et encore mieux reçue, dit le Comte. Or sçachez maintenant que je viens de recevoir une lettre de mon père, qui me demande, ou plutôt qui me commande, quelque part que je sois, de ne pas poursuivre ma route et de l'attendre. — Il vient, Monsieur votre père? Oh ! comme je m'en réjouis : le mien était mort avant mon mariage, et je n'ai point connu le plaisir d'aimer un père. — Le mien n'a jamais eu de fille ; mais quand il vous verra, il sentira combien il serait doux d'en avoir une comme vous ; il vous connaîtra, il vous aimera et vous parlera de son fils. — C'est moi qui lui en parlerai, cher Comte. » Elle alloit continuer, et déjà ses yeux humides en disoient encore plus. Mais, voyez comme sont les femmes, elle craint que le Comte n'en tire avantage, et, au moment où son imagination se perdait dans une mer de délices, la Dame part d'un grand éclat de rire. « Eh ! bon Dieu ! eh ! bon Dieu ! à quoi pensons-nous ? dit-elle ; et cette charmante personne, qui se promène sûrement soir et matin sur la route, où elle espère apercevoir celui dont la main doit lui ouvrir les portes de l'Empyrée ! — Et que devient, dit le Comte, un peu piqué, que devient ce héros délicat qui, méprisant tout autre intérêt, vous aime uniquement pour votre bien, et ne veut emporter en Turquie d'autre gage de votre tendresse que votre fortune ! — Au fait, reprend la Comtesse, ils sont faits l'un et l'autre pour attendre ; moi, je me trouve assez bien ici, et vous, Comte ? — Moi, trop bien ; ainsi, que ce Monsieur et cette Dame prennent patience chacun de son côté, ou, s'ils s'ennuient, qu'ils se marient : je donne mes pleins pouvoirs. Et vous, Comtesse ? — On m'a élevée à ne pas dire mon goût. »

J'aurois beau essayer de persuader à mes lecteurs que ces aimables gens-là ne s'aiment

point, on ne me croiroit jamais. Oui, sans
doute, ils s'aiment, et jamais ils n'ont été si
heureux; jamais peut-être ils ne le seront davantage. Ce n'est pas que chacun ne sente au
fond de sa conscience l'embarras d'une promesse donnée qu'il faudra remplir tôt ou tard;
ce n'est pas qu'en promenant leurs pensées
dans l'avenir, il ne leur semble voir l'immensité
qui va les séparer; ce n'est pas que, soumis
comme ils le sont l'un et l'autre aux saintes
lois de l'honneur, ils ne se fassent quelques
scrupules d'un retard qui, de nécessaire, est
devenu volontaire; mais le scrupule, au rapport même des âmes les plus timorées, devient
quelquefois l'assaisonnement des plaisirs. Au
fait, cette promesse n'a-t-on pas la vie entière
pour la tenir? et ce plaisir si imprévu, si aimable, n'est-il pas en même temps bien inno-
cent? Un jour, et puis encore un jour, et d'encore en encore une semaine, sont des à-compte
si doux, si pardonnables à prélever sur sa
destinée! c'est une goutte de malvoisie sur le
vase; mais peut-être, hélas! qu'ensuite le reste
semblera de l'absinthe! Quoi qu'il en soit, les
intentions sont droites, les cœurs sont purs, la
liaison est innocente : chaque jour ressemble à
la veille, mais ils n'en offrent et n'en offriront
peut-être que plus de délices.

Faut-il donc que l'amour change sur sa
route comme toutes les choses de la vie? D'où
vient qu'il ne conserve pas plus longtemps sa

première forme, sa première grâce, quand les cœurs mêmes où il est entré peuvent encore s'y tromper et le prendre pour l'amitié, semblable à un bel adolescent encore ignorant de lui-même, et qui laisse les premiers regards en doute sur son sexe? Au reste, je ne sçais trop si notre Comte et notre Comtesse en sont encore là; ce que je vois, c'est une confiance mutuelle que l'estime ne produit pas si vite : c'est des deux côtés un besoin égal, une soif toujours croissante de se voir encore plus à mesure qu'on se voit davantage, et une même terreur à l'idée d'une prochaine séparation. On se couche tous les jours plus tard, on se lève tous les jours plus matin; une minute perdue paraît un diamant tombé dans la mer. Les jours se passent, au dedans, en lectures, en jeux, en conversations, où l'un espère toujours être deviné, où l'autre espère toujours ne l'être pas; au dehors, ce sont tous les jours de nouvelles parties à pied, à cheval, en calèche, en gondole... On a vu et revu tous les environs à plus d'une lieue à la ronde; on les voit et revoit encore, et toujours avec un nouvel intérêt, parce qu'on s'y voit toujours l'un et l'autre, et que chacune de ces places-là rappelle encore qu'on s'y est déjà vus.

Si deux personnes de ma connaissance en étaient à ce point-là, et qu'elles craignissent d'aller plus loin, je leur conseillerois prudemment de s'abstenir autant qu'elles le pourroient (hélas ! ce seroit peut-être comme si on le leur recommandoit), je leur défendrois, dis-je, de se promener ensemble dans certains endroits champêtres, et surtout vers le soir d'une belle journée de printemps, parce que c'est précisément cette saison-là, ce sont ces endroits-là, ce sont ces heures-là que l'ennemi invisible choisit de préférence pour tendre ses pièges les plus sûrs ; là tout est danger, tout est amorce. Craignez, dirois-je à nos deux soi-disant amis, jusqu'à ces oiseaux qui ne chanteroient pas s'ils n'aimoient point, et qui, sous la feuille qui vous les cache, deviennent pour vous autant de sirènes ; craignez jusqu'à ces images fugitives du plaisir fugitif, jusqu'à ces fleurs dont le parfum vous enivre si doucement, et qui vous invitent à les cueillir, à les offrir, à vous en parer. Défiez-vous de ces beaux arbres qui vous protègent de leur ombre, et de ces tertres qui vous offrent leur mousse, et de ces eaux dont le murmure semble vous dire : Faites comme nous, suivez votre penchant. Vous sentez, vous goûtez, vous savourez cet air vif et léger, qui est à l'air des villes ce que l'eau de la source est à celle de la mare. Il vous semble qu'il parvient jusqu'à votre âme, et qu'il chasse loin de vous toutes les idées qui vous obsédoient. Vous vous fiez bonnement à la paix rassurante des champs, à la solitude amie des amis, qui ne vous montre à tous les deux que vous deux, et qui vous livre sans partage l'un à l'autre; à la nature, enfin, qui est là dans toute sa puissance, qui ne se plaît que là, qui vous parle sans cesse, et qui, si vous l'écoutez bien, ne vous parle que d'amour. Que sera-ce donc quand le jour baissera, quand tous les objets qui pourroient encore vous distraire s'effaceront peu à peu et céderont de moment en moment vos regards à l'objet qui maîtrise votre pensée? Jamais vous n'aurez trouvé autant de délices secrètes à le contempler; jamais vous n'aviez remarqué dans sa voix un accent aussi tendre, aussi pénétrant; jamais vous n'aviez dans tout autre moment écouté avec un si doux, mais si dangereux intérêt, ces discours déjà plus familiers, et que tantôt l'embarras, tantôt la confiance rendent si persuasifs; jamais vous n'aviez si parfaitement compris ce langage du cœur au cœur, qui se passe si bien de paroles, et tant de choses mystérieuses qu'on ne peut connaître si on ne les a senties, et qu'on n'essayera jamais d'exprimer si on les connaît.

Mais où tend cet avant-propos? Le Comte et la Comtesse n'ont sans doute rien à craindre de ce danger si délicieux, puisque l'un et l'autre ont un engagement d'honneur, et que l'un et l'autre ont de l'honneur : ils peuvent le maudire en secret, ils peuvent différer de le remplir; mais ils ne peuvent point penser à le rompre. Cependant, un jour qu'ils respiroient ensemble la fraîcheur d'une soirée superbe dans une belle allée de charmille qui mène du château à la ferme, le Comte, plus enivré, s'il est possible, ou du moins plus encouragé que de coutume, entretenoit la Comtesse de la manière dont il comptoit disposer du reste de sa vie, car le premier regard d'une vraie passion embrasse toute l'existence. D'abord, comme l'honneur marche avant tout, il acquittera cette fatale promesse, qui, pour être imprudente, n'en est pas moins sacrée. Il épousera donc cette maudite jolie femme! il ne lui faut pour cela que trois ou quatre semaines; mais combien d'avance elles lui paraissent longues! Après quoi il est résolu de laisser, à ses risques et périls, sa jolie femme à Versailles (il espère qu'on lui en saura gré); quant à lui, son projet bien arrêté, c'est de voyager seul, non pour son plaisir, si on l'en croit, mais pour son bonheur! non pour sa santé, mais pour sa vie! et c'était dire assez de quel côté il devait voyager. Tout cela, dira-t-on, n'est pas bien moral; mais premièrement il n'y a jusqu'ici rien de fait, et puis l'amour ne se pique point, à beaucoup près, de moralité; il ne s'occupe jamais que de lui, et c'est l'égoïsme en deux personnes. Ce n'est pas tout : on doit acquérir à tout prix la terre la plus voisine du château futur de la Comtese ; et si elle doit passer les hivers dans une ville, quelle qu'elle soit, fût-ce au Mexique ou à la Chine, on y achète une maison. La Comtesse est le point de vue où toutes les lignes de ce beau plan se dirigent.

« Ainsi, lui disoit-il, chacun de mes jours me remontrera ce que je vois ici avec tant de délices, et le flambeau de... l'amitié, continua-t-il en bégayant un peu (lui qui prononçoit si bien), luira sur toute ma vie. — Oui, l'amitié, reprend la Comtesse, qui jusque-là s'étoit abstenue de l'interrompre, le flambeau de l'amitié, c'est une lumière si pure, une chaleur si douce! — Douce pour vous, peut-être, qui craignez de vous en approcher; mais vous ne me donnerez jamais votre prudence. — Ne me louez pas trop, cher Comte, et, croyez-moi, sur ce point-là-même..... — Quoi! chère Dame? — Oui, sur ce point-là même, je ne suis point tout à fait sans reproches à mes propres yeux. Je vous blâmois tout à l'heure bien hardiment d'épouser une inconnue. — Ah! comme vous aviez raison, chère Comtesse; mais convenez que j'avois raison aussi. — Que trop, peut-être! Mais vous, cher Comte, convenez en même temps qu'on devroit mettre les mêmes précautions au choix d'un ami; car un ami, c'est pour la vie, n'est-ce pas? dit-elle en le regardant... comme... ces amies-là regardent. — Pour la vie! pour mille vies, chère amie! dit le Comte, ivre de joie : ah! Dieu! pardonnez, dit-il en se reprenant, un accès d'orgueil et de délire! — Non, dit la Comtesse, j'attendois ce titre-là pour vous le donner; mais, je le répète, nous sommes des imprudents; j'ai beau me le dire et me le redire, il

semble que je ne m'en croie pas moi-même, et
je serois quelquefois tentée de m'accuser de
pédanterie. En vérité vous auriez plus raison
que vous ne croyez. Cependant, mon ami, nous
aurons toujours l'un et l'autre un vrai tort.— Et
quel tort?—C'est que nous ne nous connaissons
pas assez; c'est que ce n'est point la raison qui
a commencé notre amitié; et vous sçavez peut-
être mieux que moi qu'en fait de sentiment ce
qu'elle n'a pas lié ne tient pas. — En effet, dit
le Comte, ce n'est point à la raison que j'en ai
l'obligation, c'est au hasard, ce premier ministre du Destin. Je sçais trop bien qu'il ne
sçait rien de ce qu'il fait; mais j'en suis si re-
connaissant, que, si j'ai jamais dans une de mes
terres un jardin comme celui-ci ou autrement.....
— Ah! tâchez que ce soit précisément comme
celui-ci; vous n'imaginez pas comme je l'aime!
— J'en demanderai le plan à mon bon. Bourgmestre. — Mais je vous ai interrompu : qu'est-
ce que vous voulez faire dans ce jardin. — Un
temple! — Un temple! à qui? au Dieu inconnu? — Non, au Dieu qui ne connaît personne, au bon Hasard, qui nous a rapprochés;
et que je prie si dévotement de ne point nous
séparer. — Quoi! dit la Comtesse, ce Hasard
que tant de gens maudissent. — Moi, je ne
serai jamais le détracteur de mon bienfaiteur;
je lui dois le bonheur de huit jours, et peut-
être.... peut-être le malheur de ma vie : n'importe, je lui élève un temple, je lui voue un

culte, et dût-il, aveugle et bizarre comme on le
peint, tourner toutes ses forces contre moi, je
le défie, dès ce moment même, de me faire
autant de mal qu'il m'a fait de bien. — Encore
une fois, mon ami, il faut connaître davantage
pour aimer autant. — Ah! croyez, ma nouvelle, ma seule amie, que nous nous connaissons mieux que beaucoup de soi-disant vieux
amis! — Eh quoi! cher Comte, vous prenez donc
les jours pour des années? Oh! nous ne comp-
tons pas de même : moi, je prendrais plutôt
les années pour des jours. — J'aime à être interrompu comme cela, dit-il ; mais je reprends
mon apologie : une vingtaine de visites d'un
quart d'heure chacune, quelques rencontres à des
dîners, à des bals, à des promenades, suffisent
dans le monde pour croire qu'on se connaît, et
souvent même on prend le titre d'ami à moins
que cela : ici les journées se passent entre deux
personnes qui ne voient qu'elles, qui ne con-
versent qu'entre elles, dont l'une s'ennuie peut-
être... — Le croyez-vous? — mais dont l'autre
s'enivre à toute heure d'un bonheur toujours
nouveau... — Dois-je le croire? — et pour qui,
au milieu de son ivresse, les approches d'une
séparation sont les affres de la mort. — De la
mort! n'en parlons point, cher Comte, n'en parlons point; prenez sur vous, vous voyez que j'ai
besoin d'un exemple de courage. — Cependant,
chère Comtesse, si l'ennemi de mon bonheur...
— Qui? dit-elle. — Celui qui vous attend, cet

inconnu vers qui vous volez, emportant avec
vous tout ce que je chéris, tout ce que je regrette. — Ah! Dieu! cet inconnu! — Sans
doute, il ne sent point, quel qu'il soit, il ne
sent point assez toute la félicité qui lui est
réservée; mais s'il ressemblait au portrait que
je m'en fais, s'il vous déplaisait?— J'ai en effet
bien peur qu'il ne me plaise guère; mais n'importe, c'est moins lui que ma bonne amie que
j'épouse.— Enfin, si quelque incident, quelque
hasard..... (vous connaissez ma dévotion au
hasard). — Toujours ce hasard! — Oui, s'il
dérangeait ce fatal projet qui va changer le
reste de mes jours en nuits..... — Achevez. —
Non; répondez à ce que je n'ose pas dire. —
*Ah! si.....,* dit la Comtesse; au reste, ajoute-
t-elle en se reprenant, non sans quelque embarras, je ne m'engage à rien; car vous êtes
attendu, de votre côté, et sans doute le piège
est trop bien dressé pour que vous y échappiez
— Vous voyez au moins, dit le Comte, que je
ne m'y précipite point: vos réflexions demeu-
rent gravées là. — J'en suis fière. — Faite,
comme vous l'êtes, pour égarer tant et tant de
raisons, vous avez éclairé la mienne; mais
l'honneur me commande. — Moi, je dis
qu'il vous défend. — Enfin, mon père viendra
tôt ou tard. — Votre amie l'attend, et puis
(vous l'avez dit) rien n'est impossible au
hasard; et croyez-moi, Comte, votre amie
l'invoque aussi bien que vous. — Eh bien

donc, chère amie, si......? — *Ah! si.....* »

Le bienheureux Comte, hors de lui, se précipite aux genoux de la Dame, lorsqu'au bout de l'allée ils voient tout à coup paraître la jolie fille de M. le Bourgmestre, qui, craignant d'être arrivée mal à propos, disparaît sur-le-champ, et reparaît une minute après, quand elle croit qu'on a de part et d'autre repris ses esprits ; elle fait signe au Comte qu'elle a quelque chose à lui dire. Il y va. La Comtesse les observe, à quelque distance, se parlant avec une action qui ne lui fait aucun plaisir, avec des gestes qui l'étonnent, et qu'elle interprète à sa manière, mais pas tout à fait à sa fantaisie. Le Comte revient au bout de deux minutes, et retrouve sa Dame un peu plus froide qu'il ne l'avoit quittée. « Vous me paraissez avoir ici des affaires très-intéressantes, dit-elle avec une certaine mine, un certain ton que mes lectrices, si j'en ai, sçauront mieux prendre en pareille occasion que je ne sçaurois l'indiquer. — Madame, répond le Comte sans avoir l'air de s'apercevoir de rien, quand on est, comme moi, revêtu soudain d'une haute dignité, et que pour la première fois on exerce les augustes fonctions de Bourgmestre, le premier soin doit être de se rendre accessible. — Oui, aux jolies Demoiselles ! — A celles-là comme aux autres : la justice pour tout le monde ; et où en seriez-vous si la beauté n'avoit pas aussi quelque droit à la justice ? — Mais qu'est-ce que cette petite créature-là peut avoir toujours à vous dire? — Ne suis-je pas le représentant de son père? Ne me doit-elle pas confiance et amitié? D'ailleurs, n'y a-t-il pas, des affaires à régler dans mon nouvel empire, ne fût-ce que les mémoires de nos ouvriers?— A propos, dit la Comtesse un peu remise, avant de partir nous aurons beaucoup de comptes à solder. — Oui, sans doute, chère Dame; mais je vous avertis qu'il me faut beaucoup de temps pour me mettre en règle. — Encore si j'étois sûre d'être la seule cause de vos lenteurs..... — Serait-ce trop peu pour mon amie d'être le seul objet de mes empressements?—Pendant que nous parlons, dit la Comtesse, le jour baisse; il faut qu'il soit tard, et l'air de la nuit est dangereux, surtout dans les berceaux de charmille. — Mais vous n'êtes pas seule. — Cela seroit très-bon, Monsieur le Comte, si je ne craignois que de m'ennuyer; mais j'ai encore d'autres précautions à prendre. — Au moins, chère Dame, avant de remonter en calèche, répétez ici même ces deux petits mots que ma bouche aime tant à prononcer, et qui, dans la vôtre, ont tant de douceur. — Quels mots? dit la Comtesse avec une ignorance affectée. — *Ah! si...*, dit le Comte. — Eh bien! dit-elle avec un peu d'étouffement qu'il n'auroit tenu qu'à lui de prendre pour un soupir. *Ah! si...*» Puis, comme si elle se le reprochoit, elle court à la calèche et retourne à la ville.

Elle n'a pas dit une parole dans le chemin, et s'est retirée sans vouloir souper. Ce mot, ce

petit mot lui paraissoit terriblement significatif
de sa part ; mais aussi le Comte l'avoit prononcé
avec tant de grâce, tant de feu, tant de passion...
avec je ne sçais quel accent... j'ai pensé dire un
timbre si pénétrant, qu'elle n'avoit pu l'entendre sans le répéter. Il en étoit à peu près comme
d'un instrument qui vibre de lui-même aux
accents d'un autre. Faible femme ! se disoit-elle
en répondant à sa pensée, cet instrument, ce
n'étoit pas ta voix, c'étoit ton cœur ; mais au
fait, répliquoit-elle intérieurement, il n'y a rien
là que de vague, rien, rien même dont cet
homme, tout dangereux qu'il pourroit être,
puisse tirer le moindre avantage... Ai-je donc
manqué à mes engagements avec mon amie ?
Lui ai-je juré que personne ne me marqueroit
d'amitié, et que je n'en aurois pour personne ?
Il falloit donc promettre que je ne rencontre-
rois point M. de Glüksleben, et que je serois
insensible à l'impression qu'il me semble que je
lui ai faite ? Mais, si j'étois de marbre, serois-je
l'amie de mon amie ? Est-ce une âme ingrate,
un cœur féroce qu'elle veut faire épouser à son
frère ? Enfin ma promesse reste tout entière, et
je n'ai pas même pensé à l'éluder. *Ah ! si.....*
Remarquez que tout ce qui a précédé ce dernier
mot, l'aimable femme s'étoit contentée de le
penser ; mais que ces deux syllabes, en quelque
sorte magiques, avoient comme forcé le passage
de la voix : elle est étonnée, effrayée même de
les entendre ; elles lui montrent l'état au vrai

de son cœur ; mais en même temps elles lui rappellent et celui qui lui a comme appris à les prononcer, et cette grâce, ce ton passionné, cet accent d'amour avec lesquels il les prononçoit. De si douces pensées n'amènent que des rêves agréables ; rapportons-nous-en sur ce point à l'imagination de la Comtesse, et attendons son réveil.

Il arrive enfin, ce réveil, et la première parole, écho de la première pensée, c'est : « Que fait M. le Comte ?—M. le Comte, Madame ? répond Martine tout embarrassée ; Madame ne sçait donc pas..... — Quoi donc ?—Hier, dès que Madame a été couchée..... —Eh bien ?—Il est venu une petite calèche. — Et qui est-ce qui étoit dans cette calèche ? — Mademoiselle la Bourgmestre. — Et puis ? — Et puis elle est venue parler à M. le Comte. — Le petit monstre ! Et puis ? — Et puis, Madame, que voulez-vous que je vous dise ? ils ont sauté tous les deux dans la calèche, et vogue la galère. — Eh ! vite des chevaux !—Mais, Madame, vous donnerez le temps de remballer vos robes que j'ai tirées des malles. — Des chevaux ! vous dis-je. — Comment, Madame ? celle que j'ai sortie hier, pas plus loin qu'hier ? que vous aviez emportée de Paris pour la veille de la noce ? — Des chevaux ! des chevaux ! des chevaux !— Mais il faut le temps de plier, d'emballer, de charger. — Laissez tout plutôt ; que m'importe ? Des chevaux ! des chevaux ! — Madame donnera sûrement pour boire aux gens de la maison et de la ville, qui l'ont servie avec tant de zèle ? — Voilà ma bourse, arrangez tout ; mais surtout des chevaux ! — Madame ne laissera-t-elle rien à cette jolie fille de M. le Bourgmestre ? — Ma malédiction ! — Elle paraît si attachée à M. le Comté et à M<sup>me</sup> la Comtesse, à M. le Comte surtout. — Je vous défends de m'en parler. Allons, des chevaux ! des chevaux ! disoit-elle toujours quand Martine étoit déjà loin ; que je fuie, que tout ceci s'éloigne de moi ; que je disparaisse moi-même, s'il est possible, à mes propres yeux ! »

Enfin, à force de peines et de soins, et surtout avec l'aide de M. La Cour, qui rendoit ce service-là bien à contre-cœur à Martine, la voiture est chargée, attelée et partie : à mesure qu'elle avance, la première agitation de l'aimable Dame avoit fait place, sinon à un calme parfait, du moins à la mélancolie, qui ne console point sans doute, mais qui devient au chagrin ce que l'engourdissement est à la douleur, et qui permet à une personne bien née d'écouter tour à tour en juge tranquille, mais rarement impartial, son affection et sa raison. Pauvre Louisa ! disoit-elle intérieurement, après une vie sans reproches, aurais-tu donc perdu ta propre estime en si peu d'heures ? es-tu donc coupable ? Quoi ! la reconnaissance pour les procédés ; quoi ! la sensibilité, la tendresse même, cet attrait si naturel d'une âme pure vers une âme qu'on croit honnête, seront des crimes ! Non, Louisa, tu es encore innocente ; mais con-

viens que tu es heureuse de l'être encore ! Tu as
été trompée, et qui ne l'auroit pas été ! Non,
Louisa, non, rassure-toi, le crime est au trom-
peur. Ah! les hommes! les hommes sont tous
nos ennemis.

Pendant qu'elle s'occupoit ainsi de son examen de conscience, et qu'elle s'abandonnoit à
ses réflexions, Martine, qui avoit tenu constamment la tête à la portière, regardant, sans trop
sçavoir pourquoi, du côté de M. La Cour,
s'écrie tout à coup : « Madame, Madame..... —
Eh bien ! quoi ? Mademoiselle, vous sçavez que
je n'aime point qu'on me parle quand j'ai la
migraine. — Mais, Madame c'est une grosse
poussière que j'ai vue bien loin, bien loin derrière nous, et, quoique nous allions bien vite, la
voilà tout près. — Eh! que me fait cette poussière ? — C'est un homme à cheval qui court,
qui court : oh dame ! il faut voir. — Levez la
glace. — Madame, c'est M. le Comte. — Baissez
le store. — Madame, il a une lettre à la main ;
il crie au postillon d'arrêter. — Mademoiselle,
faites ce que je vous dis. » La bonne Martine
se mettoit en devoir d'obéir bien malgré elle,
mais il n'étoit plus temps ; la main du Comte
étoit déjà passée par la portière, présentant un
paquet. « Revenez à vous, disoit-il; revenez à
moi, ô la plus aimée des femmes ! et lisez. » La
Comtesse ne daigne pas répondre, et reste enfoncée dans le coin de sa voiture avec un voile
constamment rabattu sur son visage, ne fût-ce

que pour cacher des larmes qu'elle reprochoit
à ses yeux ; mais, entrevoyant l'adresse du paquet, qui lui présente une écriture chérie : « Ah!
mon amie, ma seule amie, dit-elle avec émotion, elle ne m'oubliera, elle ne me trahira, elle
ne me chagrinera jamais, celle-là ! » Puis, s'adressant au Comte d'un ton de voix sec et poli :
« Mille grâces, Monsieur, pour les nouvelles
que vous voulez bien m'apporter de celui que
je vais épouser : vos projets vous appellent du
côté opposé à la route que je prends, et ce n'est
pas moi, ajouta-t-elle avec un peu d'altération
dans la voix, qui peux avoir des titres pour
vous arrêter. — C'est à moi que cette modestie-
là conviendroit avec vous, dit le Comte d'un
ton affecté ; aussi n'ai-je la prétention de vous
retenir que le temps de lire cette lettre. — Mais
oserois-je vous demander de qui vous la tenez?
— De ce bon Bourgmestre, à qui elle est parvenue il y a huit ou dix jours, dans un paquet
qui lui étoit adressé. — Le Bourgmestre ! et
quel rapport mon amie peut-elle avoir avec
lui ? Quant à ceux qu'il peut avoir avec vous,
Monsieur, je crois sçavoir à quoi m'en tenir.
— J'espère que bien des choses s'éclairciront
dans peu. — Oh! non, Monsieur, il y a des
choses si claires qu'on ne sçauroit les éclaircir.
— En attendant, Madame, l'amitié vous commande d'oublier un moment tout ce qui n'est
pas elle, et de vous occuper de votre amie
absente. —Vous permettez donc, Monsieur, dit

la Comtesse en ouvrant le paquet. — Madame,
si j'avois quelque pouvoir dans le monde, je ne
défendrois que l'injustice. »

La Comtesse lit à demi-voix :

« Hâtez-vous, chère Louisa, non pas de remplir un dessein qui devoit faire à jamais mon
bonheur, mais de venir consoler celle qui sera
la plus malheureuse des femmes tant que je ne
vous verrai point. J'ai perdu mon père ; il étoit
infirme et vieux : je le pleurois depuis longtemps ; je le pleurerai toujours : il étoit si vertueux, si tendre, si bon ! Hélas ! pourquoi,
mon frère lui ressemble-t-il si peu !... Mais
non, je n'ai plus de frère : celui qui, du vivant
de notre père commun, ne sçavoit quelles caresses me faire, quels hommages rendre à ma mère
(à votre tendre nourrice), s'est tout à coup
transformé en ennemi ; et à peine la succession
a-t-elle été ouverte, qu'il n'a plus songé qu'à
nous dépouiller, ma mère de ses reprises, et
moi de ma légitime. Hélas ! il ne sçavoit pas
qu'il pouvoit tout sur nous en continuant à
nous aimer, ou du moins à le feindre, et que
nos sacrifices volontaires auroient été plus loin
que ses prétentions ; mais nous attaquer devant
les tribunaux ! nous accuser d'avoir abusé de la
confiance d'un homme que, ma mère et moi,
nous respections et nous honorions comme un
Dieu ! oser affirmer en justice que ma mère,
pendant l'agonie de son mari, qu'elle n'a pas
quitté une seconde (vous la connaissez), oser

dire qu'elle a profané les heures sacrées de l'agonie de son époux en retirant un coffre qui ren-
fermoit des richesses immenses ! » Ah ! Dieu ! dit
la Comtesse, dans quel abîme j'allois tomber !
— J'avois osé le craindre pour vous, Madame.
—Et que vous importe, Monsieur, cet abîme-là
pour moi ou un autre ? Au moins me voilà sauvée ; j'en remercie le hasard. — Le hasard ! dit
le Comte en souriant. — Il y a des choses, dit
la Comtesse, à qui ce sourire-là déplaisoit, qui
ne sont pas toujours gaies, et des moments où
la gaieté est bien déplacée ! mais permettez que
je continue : « Il a été ouvert par autorité de
justice, ce coffre ; et qu'y a-t-on trouvé ? Une
correspondance de vingt-cinq ans. On y a vu
les mécontentements que le digne homme con-
fioit à sa seconde femme, au sujet du fils de la
première ; on y a vu les soins touchants que
celle-ci prenoit d'excuser sans cesse un beau-
fils et de rallumer pour lui une tendresse paternelle prête à s'éteindre. Vous reconnaissez sûrement bien là votre aimable nourrice, ma
Louisa ; mais apprenez le reste. J'ai un oncle
Général, un frère de ma mère, que vous ne connaissez point, parce qu'il a passé vingt ans soit
à la guerre contre les Turcs, soit dans des
quartiers au fond de la Transylvanie, et qui,
après des services honorables, est revenu, couvert de blessures, achever sa vie dans sa famille.
Il loge avec nous ; et comme ce digne homme
a conservé dans son grand âge toute la délica-

tesse de sentiments et toute la fermeté de caractère qui distinguent les vrais braves, vous pensez
bien qu'il n'a pas vu de sang-froid tant de chicanes, tant de manœuvres, tant d'avarice, tant
de duplicité. Il a été en parler à mon frère poliment, sans doute, mais avec une franchise et
une autorité qui convenoient à son âge et à son
grade. L'autre, qui est naturellement rude et fier
(hélas ! j'espérois que vous l'adouciriez), a mal
pris la remontrance : mon oncle, animé de son
côté, y a mis plus de force et même de roideur.
Bref, on s'est échauffé de part et d'autre, au
point que mon frère (si c'est là un frère) a parlé
de se battre. Mon oncle, que son âge, sa haute
réputation, ses belles actions, ses blessures, son
grade même autorisoient de reste à refuser le
combat, a trop montré que l'honneur ne vieillit
point dans les plus vieux guerriers. Il saisit son
épée, malgré sa goutte et ses blessures ; et mon
frère, profitant malheureusement de tous les
avantages que sa force et sa souplesse lui don-
noient sur le plus digne des hommes, le laisse
étendu sur la place.

« Cette triste scène se passoit à cinquante pas
de nous, dans notre jardin, que vous connaissez. Nous les avions d'abord observés, ma
mère et moi, des fenêtres du salon, qui donnent,
comme vous le sçavez, sur le parterre, se promenant et parlant avec une action qui nous
étonnoit. Nous croyions même remarquer dans
la marche et les gestes de mon oncle une cer-

taine vivacité que nous ne lui avions jamais
vue depuis son retour parmi nous. Sa tête étoit
aussi haute, sa contenance aussi fière, son pas
aussi délibéré que s'il n'avoit eu que trente
ans : ils entrent, l'instant d'après, tous les deux
dans ce petit bois que vous avez vu planter. A
cette vue, ma mère et moi, également frappées
d'une terreur que nous n'osions pas nous expliquer, nous descendons plus mortes que
vives, et la première personne que nous ren-
controns dans le jardin, c'est mon frère... Où
est mon oncle ? lui dis-je en hésitant ; où est
mon frère ? lui dit ma mère en tremblant.—Là,
répond-il avec un air et un ton sinistres, en
montrant du doigt le bosquet fatal, et il disparaît. Nous y allons... et que voyons nous ?...
Funeste argent ! funeste honneur ! mon oncle
immobile et nageant dans son sang ! Les gens
de l'art sont appelés ; la blessure, qu'ils ont
d'abord jugée mortelle, cède au bout de deux
ou trois jours à leur science et à leurs soins.
Enfin, ma chère (nous sommes au 11), il est
hors de danger, mais il n'en veut pas moins
mettre ses affaires en ordre, et il est résolu, en
conséquence, à vendre sur-le-champ une belle
terre immédiate qu'il possède en Souabe, où il
n'ira jamais, accablé d'infirmités comme il l'est
depuis longtemps, et avec une blessure qui doit
laisser de longues suites. J'irai donc bientôt en
Souabe pour la vente qu'il désire. Dès que j'y
serai, je vous le manderai ; et comme j'aurai

franchi la moitié de l'énorme distance qui nous sépare, si je puis encore, ou si vous pouvez franchir l'autre, j'oublierai, quelques moments du moins, cette horrible époque de ma vie, et, après de si fâcheux orages, je reverrai encore des jours sereins. Adieu. »

Où irai-je maintenant ? dit la Comtesse ; continuerai-je ma route, au risque de me croiser en chemin avec mon amie sans nous connaître, et de la trouver partie à mon arrivée ? et puis, voir cet homme ! ce bourreau qu'on me destinoit ! je ne m'en sens pas le courage. — Et penser, dit le Comte, qu'on étoit sur le point d'épouser cet homme-là ! — Il y en a peut-être, dit la Comtesse, qui, sous des formes plus douces, ne sont guère moins effrayants. — Enfin, Madame, votre projet n'est sûrement point de rester au milieu des champs ? — *Ah ! si...,* dit-elle en soupirant. — *Ah ! si...,* dit le Comte. Ah ! si Madame la Comtesse vouloit achever ces deux mots, auxquels un cœur, s'il pouvoit s'en trouver un digne du sien, répondroit avec tant de délices ! ou si elle me permettoit de les interpréter pour m'y conformer......—Dispensez-vous-en, Monsieur ; le sens en est trop différent de celui que vous avez pu leur prêter. — Je vais donc essayer, d'après les nouvelles lumières que vous me donnez, de me les expliquer à moi-même : Ah ! si je n'avois pas toujours sous les yeux un homme qui m'obsède...... — Je n'ai pas dit et n'ai pas

voulu dire cela. — Qui m'ennuie, qui me déplaît, qui s'est attaché à moi comme une che-
nille à une fleur..... — J'admire, dit la Comtesse
en souriant amèrement, comme vous me faites
parler de vous et de moi. — Le Comte pour-
suivant : Un homme qui ne me quittera pas,
qui a juré de ne vivre que pour moi. — Tout
cela seroit charmant pour une personne qui ne
sçauroit pas à quoi s'en tenir..... Elle allait, je
crois, parler de la promenade nocturne avec la
petite Demoiselle, quand ils sont interrompus
tout à coup, et toujours par Martine, qui semblait n'avoir point d'autre charge auprès de sa
maîtresse. Elle avoit tenu constamment la tête
à la portière, faute de pouvoir rien entendre de
ce qui se disoit. « Madame, Madame, crie-
t-elle sans se retourner, voilà une jolie voiture
qui arrive ; je ne vois pas ce qu'il y a dedans.
Tiens ! ne diroit-on pas que c'est la même où
ce que M. le Comte a emmené hier la fille de
la maison ? — Monsieur le Comte, dit la Comtesse, rendue à sa première indignation, c'est
trop vous gêner pour moi ; vous devez bien
penser, ajouta-t-elle, que j'en suis honteuse, et
vous auriez peut-être sujet de l'être au moins
autant : ainsi séparons-nous, oublions-nous,
et recevez mes adieux pour la vie. Allons, postillon ! » Là-dessus elle lève les glaces, tire les
stores, abaisse son voile et se renfonce de nouveau dans le coin de sa voiture... Madame, dit
Martine la curieuse, qui ne partageoit point

ces caprices-là, et qui levoit furtivement un
coin du store pour regarder sur la route; Madame, c'est que ce n'est point elle, c'est un
vieux Monsieur qui descend avec bien de la
peine, et M. le Comte, ah! il faut voir! qui
saute comme un oiseau de dessus son cheval.
Ma foi, vivent les jeunes gens pour avoir bonne
grâce à tout ce qu'ils font! Quoi! ma fine, je
ne sçais pas seulement à quoi les vieux sont
bons. — Halte! postillon, crie la Comtesse par
la glace de devant. — Tiens, dit Martine, voilà
M. Lacour qui est descendu de l'autre côté, et
qui est venu prendre le cheval de M. le Comte
par la bride... Tiens! tiens! mais, mon Dieu!
queu drôle de chose! Voilà ce vieux qui ne
sçait plus de quel côté qui descendra; mais là,
je vous demande, avec sa grande perruque
toute dépoudrée d'un côté, son surtout de ve-
lours, et sa grande veste d'or et d'argent, et ses
bas roulés, couleur de tabac, et ses souliers
carrés... Il s'est d'abord mis en devant pour
descendre, et puis apparemment que ça n'allait
pas bien; mon Dieu! mon Dieu! tous ces
vieux-là me font rire. — Fi, Martine; c'est
fort mal fait de rire de la vieillesse; c'est in-
sulter au fond de son âme à son père et à sa
mère. — Ah! le voilà qui descend à reculons,
et M. le Comte qui le soutient par derrière, et
le vieux qui se retourne, et M. le Comte qui
l'embrasse. Ah! mais, en v'là bien d'une autre!
ce bon M. le Comte, on diroit que c'est trop

d'honneur pour lui, car il lui baise la main, ni plus ni moins qu'à vous, le dernier bonsoir qu'il vous a dit. Mais, chut! les voilà qui viennent...

Madame, permettez-vous que j'aie l'honneur de vous présenter le meilleur des pères? — Monsieur, vous sçavez le désir que j'avois de lui être présentée, et le bonheur que j'attachois à le connaître. — Madame, dit le vieux Comte, je vois d'abord combien mon fils a eu raison, et je l'applaudis. — En tout, Monsieur le Comte? — Oui, Madame, en tout. — N'êtes-vous pas bien indulgent? comment! en tout?... — Mais tout est compris dans une seule chose: il aime, et je vois qu'il ne peut plus qu'aimer; et si une passion comme il n'appartient qu'à vous d'en allumer, une fidélité dont je me ferois garant, quand tout ce que je sçais et tout ce que je vois ne le seroient pas... — Ah! Monsieur, la fidélité ne se connaît que par des épreuves, et quelquefois dès la première..... Au reste, brisons là-dessus. Je rends justice, plus que justice à Monsieur votre fils; plus touchée peut-être que je ne le devois de ses attentions, la manière dont il m'a parlé de vous, Monsieur, a, s'il se peut, encore ajouté à mon sentiment pour lui; aussi ai-je ambitionné, j'en conviens, le bonheur de joindre mes hommages aux siens pour un père tel qu'il aime à vous dépeindre, et de mériter de vous, à la longue, le nom de votre fille..... — Ah! Madame, je sens déjà combien ce nom-là

seroit bientôt prononcé du fond du cœur. Et
qui peut donc encore s'opposer au bonheur du
fils et du père? — Monsieur, vous sçavez mieux
que moi qu'un acte d'empire comme celui-là
sur toute la suite de la vie demande beaucoup
de réflexions. — Il n'appartient pas à mon âge,
Madame, de combattre une prudence au-dessus
du vôtre; je m'en tiens à plaider la cause d'un
fils dont la destinée heureuse ou affreuse est
entre vos mains. — Cependant il m'a parlé de
je ne sais quels engagements..... — Ils sont rom-
pus, Madame; une vieille femme artificieuse,
comme on en voit plus d'une autour des gens
en place, étoit venue à bout d'engager mon fils
dans des nœuds ou, pour mieux dire, dans des
filets que l'honneur m'a commandé de rompre,
et je venois lui en porter la nouvelle. Hélas!
s'il étoit arrivé quatre jours plus tôt, le mal
étoit sans remède; et, sous ce rapport-là même,
il doit rendre grâce au Ciel de la cause de son
retard. — Si je pouvois me flatter d'y être pour
quelque chose, je m'en applaudirois. — Eh
bien, Madame? — Eh bien, Monsieur, j'en
reviens toujours à dire que toute démarche
précipitée porte avec elle sa punition. En si
peu de temps on ne se connaît point assez; et
quelquefois, ajouta-t-elle en soupirant, on se
connaît trop. Joignez à cela, Monsieur, que je
me suis reconnu, à la vérité depuis peu, un
défaut..... — Un défaut! vous, Madame? —
Oui, Monsieur, entre beaucoup d'autres sûre-

ment, mais qui pourroit faire le malheur de Monsieur votre fils comme le mien. — Je l'attends encore ce défaut, Madame. — C'est une sensibilité outrée, une inquiétude vague, une défiance, bien ou mal fondée, de ce qui me plaît le plus, une disposition au soupçon qui doit rendre à la longue une femme insupportable à son mari et à elle-même. — Ces accusations-là, Madame, dit le vieux Comte, me sont suspectes, et j'y vois seulement deux choses dont je ne suis rien moins qu'effrayé pour celui qui aura le bonheur de les braver; c'est un grand fonds de tendresse et de modestie : permettez donc que cela ne nous arrête point. — Non, Monsieur; s'il faut vous parler franchement, je n'épouserai point Monsieur votre fils, et c'est dire en même temps que je ne me remarierai jamais. Mon parti est pris; j'attends une amie, celle dont le Comte m'a remis une lettre tombée, par je ne sçais quel hasard, entre ses mains. Le même jour nous a vues naître, le même lait nous a nourries et élevées ensemble; jusqu'à l'âge de dix-huit ans, je n'avais connu qu'elle, elle n'avait connu que moi. Le sort nous a depuis établies l'une et l'autre aux deux extrémités de l'Allemagne, mais toutes deux également affectées de notre séparation, et nourrissant toutes deux le projet de nous rejoindre tôt ou tard et pour la vie. Voici un moment où elle a eu de grands chagrins; j'ai peut-être les miens, nous les oublierons en nous re-

voyant : l'amitié est le baume du cœur. — Ah !
Madame, l'occupation où je suis de mon fils et
le charme attendrissant de votre conversation
m'auroient presque fait oublier de vous remettre une lettre dont on m'a chargé ce matin
pour vous ; elle pourroit bien être de cette
même personne que vous attendez et qui va
être si heureuse. La voici ; ouvrez-là tout de
suite, et pardonnez-moi que vous la lisiez si
tard :

« Eh bien ! me voici, ma Louisa ; me voici
près de toi. Donne-moi un rendez-vous où tu
voudras, dans le premier endroit venu : tous
les lieux conviennent quand on s'aime comme
nous nous aimons, et celui où l'on se rencontre
devient un paradis.

« Mon oncle est en pleine convalescence, ma
mère le soigne ; nos affaires sont arrangées ; à
la vérité, c'est à force de sacrifices ; mais il nous
restera toujours de quoi être plus heureuses que
celui qui s'enrichit à nos dépens. »

Monsieur le Comte, dit la Comtesse, sommes-
nous encore loin de la première station ? — On
la voit d'ici, Madame. — Auriez-vous la bonté
de venir avec moi jusque-là, pour que je puisse
faire une réponse à mon amie et vous en charger ? — Je vous avertis d'avance, Madame, que
ce n'est qu'une espèce de grange où vous ne
trouverez point de gîte..... — Je ne m'arrêterai
point. — Au lieu qu'à l'autre station vous
pourriez attendre votre bienheureuse amie, et,

mon fils et moi, nous passerions du moins encore quelques moments..... — Mille grâces, Monsieur le Comte, dit-elle au digne homme ; mon parti est pris, bien pris ; vous le voyez, et vous sçavez sans doute pourquoi. Mes chagrins céderont peut-être au temps ; mais il y a des souvenirs que le temps n'efface point, et celui que vous laissez, Monsieur le Comte, est du nombre.

On arrive à la poste ; la Comtesse écrit en hâte ; le vieux Comte prend le billet ; les chevaux se trouvent mis plus tôt qu'on ne s'y attendoit ; la voiture est là ; Martine est placée ; la Dame, prête à monter, se retouner. « Adieu, Messieurs, dit-elle. Mais quoi ! Monsieur votre fils seroit-il déjà loin ? ai-je donc mérité un pareil procédé de sa part ? malheureuse ! je devois m'attendre à tout. — Madame, sans doute la douleur d'une séparation peut-être éternelle..... — Éternelle ! ah ! Dieu ! N'importe, Monsieur le Comte, recevez mes adieux pour vous et pour lui. » Le Comte veut lui baiser respectueusement la main. « Non, permettez, lui dit-elle en l'embrassant et en l'inondant de ses larmes, que j'use un moment des droits d'une fille avec le père que j'aurois tant désiré... Allons, postillons ! » Et la voiture s'éloigne.

Comment rendre maintenant ce qui se passoit dans l'âme de cette excellente personne, au moment d'une aussi douloureuse séparation ? C'est moi pourtant qui l'ai voulu, se disoit-elle inté-

rieurement, c'est cette jalousie insensée, cette
funeste fille de la haine et de l'amour qui m'a
égarée ; j'allois être heureuse ; à présent tout a
fui, mon cœur est déchiré : encore s'il n'y avoit
que le mien ! mais ce digne père d'un tel fils que
j'ai navré de tristesse. Ah ! ce que je craignois,
je le méritois ; et qu'avois-je à craindre ? Est-ce
un homme comme cela qui aimeroit une enfant
dont l'esprit ne pourroit pas le comprendre,
dont le cœur ne pourroit pas lui répondre ? est-
ce lui qui violeroit l'hospitalité ? est-ce lui, qui
est l'honneur même, qui voudroit ravir l'honneur à une innocente créature, lui à qui son
rang interdit de le rendre ? est-ce lui qui me
trahiroit, qui m'outrageroit, lui que je vois
encore, que j'entends encore me jurer un amour
si respectueux et si tendre ? Non, non ; s'il en
étoit capable, il auroit mis à son crime d'autres
formes, et surtout plus de mystère. Cette même
publicité qui l'accuse le justifie. Ah ! je suis la
seule coupable ; ingrate ! et je désire peut-être
de n'être pas la seule punie. Mais enfin je verrai
mon amie ; il la connaît ; mais d'où la connaît-
il ? N'importe, elle pourra lui parler, lui porter
mes regrets... Fol espoir ! il est déjà bien loin,
il a fui indigné ; plus de bonheur, plus de retour,
plus de remède : au moins mon amie me reste ;
mais, moi, que suis-je pour elle ? Au milieu des
angoisses, des regrets, des remords, y a-t-il vraiment dans mon âme une place pour l'amitié ?

Ainsi gémissoit en silence la sensible Louisa,

sans prendre garde à rien de ce qui se passoit
autour d'elle, tout entière à son accablement, et
défiant pour ainsi dire le ciel et la terre de
l'en arracher. Il n'en étoit pas ainsi de Martine;
la bonne petite fille observoit depuis longtemps
que la voiture avoit quitté la route de poste, et
qu'elle changeoit à chaque instant de chemin,
tantôt une traverse, tantôt une avenue, tantôt
sur des bruyères, tantôt à travers champs; elle
avertissoit de temps en temps sa maîtresse, qui
la faisoit toujours taire, parce que la distraction
déplaît encore plus, s'il est possible, à la douleur qu'au plaisir. Cependant la pauvre fille,
qui n'étoit pas aussi entièrement désintéressée
d'elle-même que sa triste maîtresse, prend sur elle
de s'adresser au postillon. — Où sommes-nous?
— Ici, répond le postillon d'un ton bourru. —
Sommes-nous encore loin? — Vous le verrez.
— Mais ce n'est point le chemin? — Je sçais ce
que je fais.—Pour ça vous êtes bien grossier; hu !
le malhonnête! Tenez, Madame, ct' homme-là
me fait peur avec sa vilaine houppe-
lande plus sale, plus déchirée, où il s'encapu-
chonne, son vilain visage tout barbouillé, ses
vilains cheveux d'ours qui tombent jusque sur
son nez... Vous diriez d'un loup-garou qui veut
nous mener au sabbat : ah! que j'ai peur! et
puis v'là qu'il se fait tard, on n'y voit quasiment plus goutte, et le voilà qui passe et repasse
encore ; on diroit qu'il est saoul comme déjà
ct' autre. Oh ! mon Dieu! mon Dieu ! mais il se

met à sonner; nous sommes quelque part où
ce qu'il doit y avoir des maisons. Eh bien! qui
est-ce qui diroit qu'un malotru comme ça sonne
si gentiment; et puis le v'là qui est descendu,
apparemment qu'il va voir si l'on va ouvrir
c'te porte qui me semble que v'là devant : oui,
frappe, cogne : ah! v'là qu'on vient; et puis, lui,
v'là qu'il remonte. Enfin, enfin, nous voici
donc quelque part : oh! quelle triste journée!
mais peut-être que la nuit sera meilleure.
Allons, ma bonne maîtresse (en lui baisant les
mains), essuyez vos beaux yeux, qu'on ne les
voie pas tout rouges ; à quoi sert-il d'être si
belle, si ça n'empêche pas d'avoir du chagrin?
Ah! pardi! une autre qui auroit votre ressem-
blance! il faudroit voir comme elle seroit contente; mais, dame! je leur en souhaite.

La voiture arrête dans une grande cour, au
pied d'un escalier obscur; une femme arrive,
un bougeoir à la main, ouvre la portière et
donne la main à la Comtesse. — Où me menez-
vous, la bonne? dit-elle. — Dans votre chambre, Madame : à quelle heure Madame or-
donne-t-elle son souper? — Ah! ma chère,
répond-elle en soupirant, il me seroit impossible de manger! — Pauvre Louisa! dit la
femme. — A ce mot, prononcé d'un ton et d'un
son de voix qui frappent la Comtesse, elle
soulève son voile, et fixant attentivement...
Ah! ma Gustel, ma chère, mon unique amie!
toi que j'ai tant regrettée, tant désirée pendant

ces huit longues années!... —Ah! bien longues,
bien tristes, ma Louisa; mais oublions-les
comme un mauvais rêve de huit ans, et recom-
mençons la vie. — Ah! que demandes-tu, ma
sœur! et quelle déplorable compagne tu re-
trouves! — Il y a remède à tout, Louisa, il ne
faut désespérer de rien, puisque nous nous
revoyons; mais suis-moi... A l'instant une
porte s'ouvre, un homme s'avance, offrant la
main à la Comtesse; c'est le vieux Comte, à
qui elle croyait avoir fait d'éternels adieux :
rien ne la retient, elle vole à lui, et, se jetant
dans ses bras : Ah! mon père! puis reprenant :
Ah! Monsieur, pardonnez. — Que je vous pardonne, ma fille! je ne vous pardonnerois pas
tout autre titre. — Ah! mon père! ah! mon
amie! je te reconnais au bonheur que tu me
ramènes!... Mais je m'égare, je déraisonne;
ayez tous les deux pitié d'une folle que ses
idées tourmentent et ravissent tour à tour; répondez-moi, où suis-je? — Chez Votre Excellence, Madame la Comtesse, répond un gros
homme qn'elle n'avait pas encore aperçu dans
l'enfoncement de la chambre, et qu'elle reconnaît pour le Bourgmestre. — Comment, chez
moi! — Oui, chez vous, ma fille... — Oui,
chez toi, ma Louisa... — Oui, chez Votre Excellence, Madame la Comtesse, ajoute le Bourgmestre, et en voici la preuve dans un contrat
en bonne forme, auquel est joint un mot de la
main de Son Excellence M. le Comte. Elle lit :

« La plus aimable des femmes, et la plus belle des joueuses, a peut-être oublié une dernière partie de trictrac où nous avions joué une discrétion qu'il lui a plu de mettre au choix du perdant : j'ai perdu, et je remplis une obligation bien douce pour moi, en offrant à Madame la Comtesse un séjour où elle a paru se plaire un moment, et dont mon esprit ne peut s'éloigner. »

Je n'entends rien à cela : veut-on achever la ruine de ma faible raison ? C'est sans doute une plaisanterie ; mais trop de chagrin et trop de joie m'empêchent de m'en amuser. — Non, Votre Excellence, ce n'est point une plaisanterie qui puisse l'offenser ; c'est une acquisition en belle et bonne forme, et soldée en belles et bonnes lettres foncières que M. le Comte m'a bien et dûment remises en sa qualité de votre fondé de pouvoir. — Mais je ne lui avois point remis de fonds. — Sans doute M. le Comte aura fait les avances ; c'est à Votre Excellence à voir comment elle veut s'acquitter envers lui. Il ne me paraît pas pressé... — Qui sçait ? dit madame Gustel en riant... — Et que sont-elles devenues ces lettres foncières, Monsieur le Bourgmestre ? — Madame, je les ai fait passer sur-le-champ, par ma fille, en Silésie, à M. le général Rheeborn ; elle a profité pour cela du retour de la voiture qui avait amené Madame votre amie. — Mais qu'est-ce que j'apprends là ? dit la Comtesse : quoi ! Monsieur, c'est Mademoiselle vôtre fille qui est chargée de cette commission-là? — Oui, Madame. — Et quel rôle avais-tu là-dedans, mon amie? — Un bien important; c'est moi qui ai vendu la terre. —. Et cette jolie petite personne est partie? — Oui, dans la voiture que je renvoie à ma mère. — Ah! que je l'aime! dit-elle tout haut; et tout bas : Mais que je me hais! Et comment s'appelle cet endroit-ci? — Mais rappelle donc une fois tes esprits, bonne Louisa; comment! tu ne vois pas que tu es à Flussenhausen? — Pardonnez-moi tous : je suis si troublée, si agitée; mes pensées se perdent dans leur foule; mais cependant, reprit-elle, je ne suis pas encore assez dépourvue de mémoire et de raison pour consentir à une folie qui me dégraderoit à mes propres yeux : non, Monsieur le Comte... — Madame; je ne réponds plus à ce nom-là. — Eh bien donc, mon père!... (mais, bon Dieu! dit-elle à voix basse, où est donc son fils?...) mon père donc (puisque vous m'y encouragez),. j'espère que vous ne m'en croyez pas capable, et que vous allez employer ici votre autorité pour rappeler la raison de Monsieur votre fils. — Madame, j'ai ratifié l'acquisition, et je ne suis point accoûtumé à me rétracter. Mon fils étoit maître de ses actions, c'est à vous à traiter avec lui; mais je crois entre nous que l'amitié vous ordonne de garder ce que l'honneur luï défend de reprendre. — Mais où est-il? reprend la Comtesse, oubliant tout ce qui étoit là; où est-il? On cherche en vain à me bercer d'un espoir qui redouble ma peine; il n'a pas même reçu mes adieux; il a disparu, disparu pour jamais!...

Martine arrive. — Madame, Madame, vous avez là un drôle de postillon. Va te promener avec ton argent, m'a-t-il dit avec sa grosse voix. Et qu'est-ce qu'il te faut donc? lui ai-je dit, vieux ours mal léché; que je le dise à ma maîtresse. — Dis-lui qu'il me faut... qu'il me faut du service dans sa maison. — Ah bien oui! lui ai-je dit, moi, elle auroit là un fameux serviteur; mais attends du moins qu'elle ait une ménagerie, tu y auras une loge. Làdessus, il m'a prise, il m'a fait faire la pirouette, et me voilà... Mais tenez, je l'entends de l'autre côté qui joue un petit air. — Comment! dit la bonne Demoiselle Gustel; mais je n'ai rien entendu comme cela dans toute la Bohême, où il y a de si bons cors! un air de Mozart! entends-tu, Louisa? — Oui; mais que me font les airs de Mozart? — Allons, écoute, suis les paroles; il semble que l'instrument les prononce :

Ah ! laissez-vous, laissez-vous attendrir.

— Permettez-vous qu'il entre, ma chère fille? dit le vieux Comte. En même temps il sort, et dès que l'air est fini, il revient suivi en effet du même postillon qui venoit de faire la course, mais qui, débarrassé de ses moustaches postiches, de sa redingote tout usée et de son bonnet de poil, n'offre plus aux yeux de la Comtesse que l'homme qui lui a fait faire tant de chemin en si peu de temps... — O mon père, ô mon père, disent-ils à la fois, mon père ! bénissez-nous!

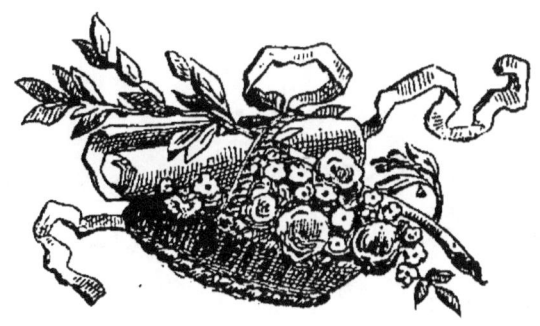

# TABLE

---

*Achevé d'imprimer*

par

LE HUIT SEPTEMBRE 1878